HENRY JAMES

Benvolio

Erzählungen

Aus dem Amerikanischen übersetzt
von Ingrid Rein

Nachwort von Elmar Krekeler

MANESSE VERLAG
ZÜRICH

EIN LANDSCHAFTSMALER

Erinnern Sie sich noch, wie vor einem Dutzend Jahren die Nachricht vom Platzen der Verlobung des jungen Locksley mit Miss Leary eine Reihe unserer Freunde aufgeschreckt hat? Dieses Ereignis erregte damals einiges Aufsehen. Beide Parteien durften in gewisser Weise für sich beanspruchen, etwas Besonderes zu sein: Locksley seines Reichtums wegen, den man für enorm hielt, und die junge Dame ihrer Schönheit wegen, die wahrhaftig sehr groß war. Ich hörte des Öfteren, ihr Liebster vergleiche sie gern mit der Venus von Milo, und tatsächlich: Wenn Sie sich die verstümmelte Göttin im Vollbesitz ihrer Gliedmaßen vorstellen, herausgeputzt von Madame de Crinoline[1] und unter dem Kronleuchter im Gesellschaftszimmer in belangloses Geplauder vertieft, mögen Sie eine ungefähre Vorstellung von Miss Josephine Leary bekommen. Locksley war, Sie erinnern sich, ein eher kleingewachsener Mann, dunkelhaarig und nicht besonders gutaussehend; und wenn er mit seiner Verlobten so umherspazierte, wunderte sich nahezu jeder darüber, dass er es gewagt hatte, einer jungen Dame von solch stattlichen Proportionen einen Antrag zu machen. Miss Leary hatte die grauen Augen und kastanienbraunen Haare, wie ich sie in meiner Vorstellung stets mit der berühmten Statue verbunden hatte. Die einzige Unzulänglichkeit, die ihre Züge trotz ihrer großen Offenheit und Anmut aufwiesen, war ein gewisser Mangel an Lebhaftigkeit. Was Locksley außer ihrer Schönheit noch angezogen hatte, fand ich nie heraus: In Anbetracht der Kurzlebigkeit seiner Zuneigung war es ja vielleicht wirklich nur ihre Schönheit gewesen. Ich sage, seine Zuneigung war von kurzer Dauer, da es hieß, die Auflösung der Verlobung sei von ihm ausgegangen. Sowohl er als auch Miss Leary hüllten sich in dieser Frage wohlweislich in Schweigen, doch ihre Freunde und Feinde hatten natürlich hundert Erklärungen parat. Am populärsten bei jenen, deren Wohlwollen Locksley gehörte, war die, dass er sich erst angesichts unübersehbarer Anzeichen für die – was? Unredlichkeit? der Dame, erst angesichts des unwiderlegbaren Beweises für das außerordentlich *geldgierige* Wesen Miss Learys zurückgezogen habe (derartige Ereignisse werden, wie Sie wissen, in vornehmen Kreisen ganz so diskutiert wie bei Zusammenkünften anderer Art ein mit Spannung erwarteter Preisboxkampf, der dann doch nicht stattfindet). Sie sehen, man traute unserem Freund durchaus zu, für eine «Idee» zu Felde zu ziehen. Zugegebenermaßen war dieser Vorwurf, der da gegen Miss Leary erhoben wurde, völlig neu, doch da Mrs Leary, die Mutter, eine Witwe mit vier Töchtern, mir seit langem als unverbesserlicher alter Geizhals bekannt war, war ich so frei, ihrer Erstgeborenen eine ähnliche Neigung zuzutrauen. Vermutlich vertrat die Familie der jungen Dame ihrerseits eine sehr überzeugende eigene Version des Ungemachs, das sie erlitten hatte. Sie wurde dafür jedoch schon recht bald durch Josephines Heirat mit einem Gentleman entschädigt, dessen Aussichten beinahe ebenso glänzend waren wie jene ihres alten Bräutigams. Und welche Entschädigung erhielt *er*? Genau davon handelt meine Geschichte.

Locksley verschwand, wie Sie sich erinnern werden, aus dem Blickfeld der Öffentlichkeit. Die oben erwähnten Ereignisse fanden im März statt. Als ich ihn im April in seiner Wohnung aufsuchen wollte, sagte man mir, er habe sich «aufs Land» zurückgezogen. Doch Ende Mai traf ich ihn. Er erzählte mir, er sei auf der Suche nach einem ruhigen, nicht überlaufenen Ort am

Meer, wo er ein einfaches Leben führen und Skizzen anfertigen könne. Er sah sehr schlecht aus. Ich schlug Newport² vor und erinnere mich noch daran, dass er kaum die Kraft hatte, über den kleinen Scherz zu lachen. Wir gingen auseinander, ohne dass ich ihm hatte weiterhelfen können, und danach verlor ich ihn für sehr lange Zeit gänzlich aus den Augen. Er starb vor sieben Jahren im Alter von fünfunddreißig. Fünf Jahre lang war es ihm also gelungen, sein Leben vor den Blicken der Menschen abzuschirmen. Durch Umstände, auf die ich hier nicht näher einzugehen brauche, gelangte ein großer Teil seiner persönlichen Besitztümer in meine Hände. Wie Sie sich erinnern werden, war er das, was man einen schöngeistigen Menschen nennt, das heißt, er interessierte sich ernsthaft für Kunst und Literatur. Er schrieb einige sehr schlechte Gedichte, schuf aber eine Reihe bemerkenswerter Gemälde. Er hinterließ eine Menge Aufzeichnungen zu allen möglichen Themen, von denen nur wenige von allgemeinem Interesse sind. Einen Teil davon schätze ich allerdings sehr – jenen nämlich, der sein privates Tagebuch ausmacht. Es umfasst den Zeitraum zwischen seinem fünfundzwanzigsten und seinem dreißigsten Lebensjahr, in dem die Aufzeichnungen dann plötzlich abbrechen. Wenn Sie mich zu Hause aufsuchen, werde ich Ihnen die Skizzen und Gemälde zeigen, die sich in meinem Besitz befinden, und Sie, wie ich zuversichtlich glaube, zu meiner Überzeugung bekehren, dass er das Zeug zu einem großen Maler hatte. Unterdessen will ich Ihnen die letzten hundert Seiten seines Tagebuchs vorlegen, als Antwort auf Ihre Frage, wie die mächtige Nemesis[3] sein Verhalten Miss Leary gegenüber, seine Verschmähung der erhabenen Venus Victrix[4], abschließend beurteilte. Das noch nicht lange zurückliegende Ableben der Person, die bei der Verfügung über Locksleys persönliche Habe mehr zu sagen hatte als ich, versetzt mich in die Lage, agieren zu können, ohne mir Zurückhaltung auferlegen zu müssen.

Cragthorpe, 9. Juni. – Die Feder in der Hand, saß ich einige Minuten lang da und überlegte, ob ich auf diesem neuen Boden, unter diesem neuen Himmel diese sporadischen Berichte über meinen Müßiggang fortführen sollte. Ich denke, ich werde den Versuch auf jeden Fall wagen. Und wenn's misslänge, so misslingt's, wie Lady Macbeth bemerkt.[5] Ich stelle fest, meine Einträge sind dann am längsten, wenn mein Leben am langweiligsten ist. Deshalb hege ich keinen Zweifel, dass ich, einmal in die Eintönigkeit des dörflichen Lebens eingetaucht, von morgens bis abends dasitzen und vor mich hin kritzeln werde. Wenn nichts geschieht... Doch meine prophetische Seele sagt mir, dass etwas geschehen *wird*. Ich bin fest entschlossen, dafür zu sorgen, dass etwas geschieht – und wenn es nichts anderes ist, als dass ich ein Bild male.

Als ich vor einer halben Stunde heraufkam, um zu Bett zu gehen, war ich todmüde. Jetzt, nachdem ich ein Weilchen aus dem Fenster gesehen habe, ist mein Verstand hellwach und klar, und ich habe das Gefühl, ich könnte bis zum Morgen schreiben. Aber leider habe ich nichts, worüber ich schreiben könnte. Und außerdem muss ich zeitig zu Bett, wenn ich früh aufstehen will. Das ganze Dorf schläft schon, nur ich gottloser Großstadtmensch bin noch auf! Die Lampen auf dem Platz vor dem Haus flackern im Wind; da draußen gibt es nichts außer vollkommener Dunkelheit und dem Geruch der ansteigenden Flut. Ich war den ganzen Tag auf den Beinen, bin mühsam von der einen Seite der Halbinsel zur anderen gewandert. Was für eine famose Frau Mrs M. doch ist, dass sie an diesen Ort gedacht hat! Ich muss ihr einen glühenden

Dankesbrief schreiben. Noch nie zuvor, so will mir scheinen, habe ich eine unberührte Küstenlandschaft gesehen. Noch nie zuvor habe ich an der Schönheit von Wellen, Felsen und Wolken Gefallen gefunden. Ich bin von einer sinnlichen Verzücktheit erfüllt ob des Lebens, des Lichtes und der Transparenz der Luft, die ihresgleichen suchen. Ich verstumme in ehrfürchtiger Bewunderung angesichts der großartigen Vielfalt an Farben und Geräuschen, die dem Ozean eigen sind, und dabei habe ich vermutlich bei weitem noch nicht alle erlebt. Ich kam hungrig, müde, mit wunden Füßen, sonnenverbrannt und schmutzig zum Abendessen zurück – glücklicher, kurz gesagt, als ich es in den letzten zwölf Monaten je war. Und nun möge der Pinsel triumphieren!

11. Juni. – Erneut ein Tag auf den Beinen und auch auf See. Ich habe heute Morgen beschlossen, dieses widerwärtige kleine Wirtshaus zu verlassen. Ich halte es in meinem Federbett keine weitere Nacht aus. Ich fasste den Entschluss, mir eine andere Aussicht zu suchen als auf den Stadtbrunnen und die Gemischtwarenhandlung. Nach dem Frühstück erkundigte ich mich bei meinem Wirt, ob es wohl möglich sei, in einem der Farm-

oder Landhäuser in der Umgebung unterzukommen. Doch mein Wirt konnte oder wollte mir nicht weiterhelfen. So beschloss ich, auf gut Glück loszugehen – mit offenen Augen die Gegend zu durchstreifen und an die Gastfreundschaft der Einheimischen zu appellieren. Doch noch nie sind mir Leute begegnet, denen es an dieser liebenswürdigen Eigenschaft derart mangelte. Bis zur Essenszeit hatte ich die Suche verzagt aufgegeben. Nach dem Mittagessen schlenderte ich zum Hafen hinunter, der sich ganz in der Nähe befindet. Die Klarheit des Wassers und die leichte Brise, die darüber hinwegstrich, verleiteten mich dazu, ein Boot zu mieten und meine Erkundungen wiederaufzunehmen. Ich wurde eines alten Kahns mit einem kurzen Stummel von Mast habhaft, der, da er sich genau in der Mitte befand, das Boot wie einen auf dem Kopf liegenden Pilz aussehen ließ. Ich nahm Kurs auf das, was ich für eine Insel hielt und was auch tatsächlich eine Insel ist, die, langgestreckt und flach, drei oder vier Meilen vor der Stadt liegt. Ich segelte eine halbe Stunde lang direkt vor dem Wind und lief schließlich auf den abfallenden Strand einer kleinen Bucht auf. *So* eine hübsche kleine Bucht! So heiter, so still, so warm, so weitab der Stadt, die, weiß und halbkreisförmig, in der Ferne lag! Ich sprang an Land und warf den Anker aus. Vor mir erhob sich eine steile, von einem verfallenen Fort oder Turm gekrönte Klippe. Ich machte mich auf den Weg hinauf und näherte mich ihm von der Landseite. Das Fort ist ein hohles altes Gerippe. Wenn man vom Strand hinaufschaut, sieht man den heiteren blauen Himmel durch die ins Leere führenden Schießscharten. Das Innere ist mit Felsbrocken, Dornengestrüpp und Unmengen herabgestürzten Mauerwerks angefüllt. Ich kletterte auf allen vieren zur Brustwehr hinauf und wurde mit einem herrlichen Blick auf das Meer belohnt. Jenseits der weiten Bucht sah ich Stadt und Land wie in Miniatur gemalt vor mir ausgebreitet und auf der anderen Seite den unendlichen Atlantik – über den, nebenbei bemerkt, all die schönen Sachen aus Paris kommen. Ich verbrachte den ganzen Nachmittag damit, kreuz und quer über die Hügel zu wandern, die die kleine Bucht umschlossen, in der ich an Land gegangen war. Ohne auf die Zeit und meine Schritte zu achten, beobachtete ich die über den Himmel segelnden Wolken und die wolkengleichen Segel am Horizont, lauschte dem melodischen Aneinanderreiben der von den Wellen in ständiger Bewegung gehaltenen Kieselsteine,

tötete harmlose Blutsauger. Die einzige Emp-
findung, deren ich mich deutlich entsinne, ist,
dass ich mich wieder wie ein zehnjähriger Junge
fühlte und vage Erinnerungen an Samstagnach-
mittage in mir aufstiegen, an die Freiheit, durch
das Wasser zu waten oder gar hineinzugehen,
um zu schwimmen, und an die Aussicht, in der
Dämmerung mit einer wunderbaren Geschichte, wie ich *beinahe* eine Schildkröte gefangen
hätte, nach Hause zu humpeln. Als ich an den
Strand zurückkam, stellte ich fest – aber ich weiß
sehr gut, was ich feststellte, und ich brauche es
wohl kaum zu meiner Demütigung hier zu wiederholen. Der Himmel weiß, dass ich nie ein
praktisch veranlagter Mensch gewesen bin. Was
dachte ich an die Gezeiten? Da lag mein alter
Kahn hoch und trocken, und der rostige Anker
ragte aus den flachen grünen Steinen und seichten Pfützen hervor, die die ablaufende Flut zurückgelassen hatte. Das Boot auch nur einen
Zoll, geschweige denn weit mehr als ein Dutzend Yard zu bewegen überstieg meine Kräfte.
Langsam kletterte ich die Klippe wieder hinauf,
um zu sehen, ob von dort oben irgendwo Hilfe
auszumachen war. Weit und breit war keine in
Sicht, und ich war schon im Begriff, mich völlig
niedergeschlagen auf den Rückweg zu machen,

als ich ein schmuckes kleines Segelboot hinter einer benachbarten Klippe hervorschießen und die Küste entlangkommen sah. Ich beschleunigte meine Schritte. Als ich unten ankam, entdeckte ich den Neuankömmling etwa hundert Yard vom Strand entfernt. Der Mann an der Ruderpinne schien mich mit einigem Interesse zu betrachten. Im Stillen betend, dass er so etwas wie Mitleid empfinden möge, forderte ich ihn durch Rufe und Gesten auf, zu einer kleinen felsigen Landspitze zu kommen, die sich ein Stückchen weiter oben befand und zu der ich mich begab, um ihn dort zu treffen. Ich erzählte ihm meine Geschichte, und er nahm mich bereitwillig an Bord. Er war ein höflicher alter Gentleman aus der Seefahrerzunft, der offenbar zu seinem Vergnügen in der Abendbrise kreuzte. Sowie wir angelegt hatten, suchte ich den Eigentümer meines alten Kahns auf, berichtete ihm von meinem Missgeschick und erbot mich, für den Schaden aufzukommen, sollte sich am Morgen herausstellen, dass das Boot welchen genommen hatte. Bis dahin ist es dort wohl sicher, wie heimtückisch der nächste Gezeitenwechsel auch sein mag. – Doch zurück zu meinem alten Gentleman. Ich habe da fraglos eine Bekanntschaft gemacht, wenn nicht sogar einen Freund gewonnen. Ich schenkte ihm eine sehr gute Zigarre, und noch bevor wir den Hafen erreichten, waren wir schon vollkommen vertraut miteinander. Im Tausch für meine Zigarre nannte er mir seinen Namen; dabei lag etwas in seiner Stimme, was anzudeuten schien, dass ich keineswegs das schlechtere Geschäft gemacht hätte. Sein Name ist Richard Blunt, «obwohl mich die meisten der Kürze halber einfach Kapitän nennen», fügte er hinzu. Dann erkundigte er sich nach meinem Namen und meinen Absichten. Ich belog ihn nicht, erzählte ihm aber nur die halbe Wahrheit, und wenn er sich deshalb irgendwelche romantischen Vorstellungen von mir macht, nun ja, dann soll er das ruhig tun, Gott schütze seine schlichte Seele! In Wirklichkeit verhält es sich so, dass ich mit der Vergangenheit gebrochen habe. Ich bin – wie ich glaube, ruhig und überlegt – zu dem Entschluss gelangt, dass es um meines Erfolges, jedenfalls aber um meines Glückes willen erforderlich ist, eine Weile lang meinem bisherigen Selbst abzuschwören und ein einfaches, ungekünsteltes Wesen anzunehmen. Wie kann ein Mann einfach und ungekünstelt sein, von dem man weiß, dass er hunderttausend im Jahr hat? Das ist der größte Fluch. Es ist schlimm genug, sie zu haben;

dass bekannt ist, dass man sie hat, ja lediglich bekannt zu sein, weil man sie hat, ist absolut verdammenswert. Vermutlich bin ich zu stolz, um glücklich reich zu sein. Nun will ich sehen, ob Armut das Richtige für mich ist. Ich habe einen Neubeginn gewagt. Ich habe beschlossen, einzig und allein auf meine eigenen Verdienste zu bauen. Scheitere ich damit, werde ich auf meine Millionen zurückgreifen; doch mit Gottes Hilfe werde ich meine Fähigkeiten erproben und feststellen, aus welchem Stoff ich bin. Jung sein, stark sein, arm sein – das ist, in diesem gesegneten neunzehnten Jahrhundert, die wesentliche Basis für soliden Erfolg. Ich habe den Entschluss gefasst, wenigstens einen kleinen Schluck aus den reinen Quellen der Inspiration meiner Zeit zu nehmen. Ich antwortete dem Kapitän mit jener Zurückhaltung, wie eine kurze Prüfung dieser Grundsätze sie gebot. Welch eine Wonne ist es, in der Vorstellung eines armen Mannes als sein Bruder durchzugehen! Ich fange an, Achtung vor mir zu haben. So viel weiß der Kapitän: dass ich ein gebildeter Mann bin mit einer Neigung zur Malerei; dass ich hierhergekommen bin, um diese Neigung durch das Studium der Küstenlandschaft zu befördern, aber auch um meiner Gesundheit willen. Zudem habe ich Anlass zu glauben, dass er meine finanziellen Mittel für beschränkt und mich für einen recht sparsamen Menschen hält. Amen! *Vogue la galère!*[6] Den Höhepunkt meiner Geschichte bildet jedoch sein äußerst gastfreundliches Angebot, mir Unterkunft zu gewähren. Ich hatte ihm von meinen diesbezüglich erfolglosen Bemühungen vom Vormittag erzählt. Er ist eine seltsame Mischung aus einem Gentleman der alten Schule und einem altmodischen, hitzköpfigen Handelskapitän. Ich nehme an, gewisse Züge dieser Charaktere sind beliebig austauschbar.

«Junger Mann», sagte er, nachdem er mehrmals nachdenklich an seiner Zigarre gezogen hatte, «ich sehe nicht ein, warum Sie in einem Wirtshaus wohnen sollen, wenn es um Sie herum Leute gibt, die so viel Platz im Haus haben, dass sie gar nicht wissen, was sie damit anfangen sollen. Ein Wirtshaus ist kein richtiges Haus, geradeso wie diese neumodischen Schraubendampfer keine richtigen Schiffe sind. Wie wäre es, wenn Sie mitkommen und sich die Sache ansehen? Ich besitze ein ganz respektables Haus dort hinten, links von der Stadt. Sehen Sie die alte Werft mit den baufälligen Lagerhäusern und die lange Ulmenreihe dahinter? Ich wohne inmitten der Ulmen. Wir haben den hübschesten kleinen

Garten auf der ganzen weiten Welt, er reicht bis zum Meer hinunter. Es ist so ruhig, wie es nur sein kann, fast wie auf einem Friedhof. Die hinteren Fenster gehen auf den Hafen hinaus, wissen Sie, und Sie können zwanzig Meilen die Bucht hinauf und fünfzig Meilen aufs Meer hinaus sehen. Dort können Sie den lieben langen Tag vor sich hin malen und brauchen ebensowenig eine Störung zu befürchten, wie wenn Sie da draußen auf dem Feuerschiff wären. Außer mir und meiner Tochter hält sich niemand im Haus auf, und sie ist eine vollkommene Dame, Sir. Sie gibt Musikunterricht an einer höheren Mädchenschule. Sehen Sie, wir könnten das Geld gut brauchen, wie man so sagt. Wir haben bisher noch nie einen Pensionsgast aufgenommen, weil uns noch nie einer über den Weg gelaufen ist, aber ich denke, wir werden die Gepflogenheiten schon lernen. Ich nehme an, Sie haben schon als Pensionsgast logiert; sicher können Sie uns da den einen oder anderen Rat geben.»

In dem wettergegerbten Gesicht des alten Mannes war etwas so Liebenswürdiges und Aufrichtiges, in seinem Auftreten etwas so Freundliches, dass ich, unter dem Vorbehalt der Einwilligung seiner Tochter, sogleich eine Vereinbarung mit ihm traf. Morgen soll ich ihre Antwort er-

fahren. Ebendiese Tochter scheint mir ein recht
dunkler Fleck im Gesamtbild. Lehrerin an einer
höheren Mädchenschule – wahrscheinlich an der
Anstalt, von der Mrs M. gesprochen hatte. Vermutlich ist sie über dreißig. Ich denke, ich kenne
die Spezies.

12. Juni, Vormittag. – Es gibt außer dem Herum-
kritzeln tatsächlich nichts, was ich tun könnte.
«Barkis will.»[7] Kapitän Blunt teilte mir heute
Morgen mit, seine Tochter lächle gnädig. Ich
soll mich heute Abend einfinden, mein karges
Gepäck werde ich jedoch schon in ein, zwei
Stunden hinschicken.

Abend. – Hier bin ich, und ich bin gut unter-
gebracht. Das Haus liegt keine Meile vom Gast-
hof entfernt und ist über eine sehr hübsche
Straße zu erreichen, die am Hafen entlangführt.
Gegen sechs fand ich mich ein, Kapitän Blunt
hatte mir den Weg beschrieben. Eine sehr höfliche alte Negerin öffnete mir und führte mich
dann in den Garten, wo ich meine Freunde beim
Blumengießen antraf. Der alte Mann trug seinen
Hausmantel und Pantoffeln. Er hieß mich herzlich willkommen. Seine Umgangsformen haben etwas erfreulich Ungezwungenes – die von

Miss Blunt übrigens auch. Sie empfing mich
äußerst freundlich. Die verstorbene Mrs Blunt
muss eine wohlerzogene Frau gewesen sein.
Und was Miss Blunts Alter betrifft, so ist sie
keine dreißig, sondern um die vierundzwanzig. Sie trug ein adrettes weißes Kleid, dazu ein
violettes Band am Hals und eine Rosenknos-
pe im Knopfloch – oder wie auch immer man
den entsprechenden Platz am weiblichen Busen
nennen mag. Ich meinte zu erkennen, dass diese
Kleidung eine gewisse Höflichkeit, eine gewisse
Ehrerbietung zur Feier meiner Ankunft zum
Ausdruck bringen sollte. Ich glaube nicht, dass
Miss Blunt jeden Tag weißen Musselin trägt. Sie
gab mir die Hand und hielt mir einen sehr frei-
mütigen kleinen Vortrag über ihre Gastfreundschaft. «Wir hatten bisher noch nie irgendwelche Hausgenossen», sagte sie, «und deshalb ist
dies alles neu für uns. Ich weiß nicht, was Sie
erwarten. Ich hoffe, nicht allzu viel. Lassen Sie
es uns wissen, wenn Sie etwas brauchen. Wenn
wir Ihren Wunsch erfüllen können, werden wir
dies sehr gern tun; können wir es nicht, kün-
dige ich jetzt schon an, dass wir rundweg ab-
lehnen werden.» Bravo, Miss Blunt! Das Beste
an allem ist, dass sie fraglos schön ist, und zwar
auf stattliche Weise: großgewachsen und recht

drall. Wie lautet die übliche Beschreibung eines hübschen Mädchens? Weiß und rot? Miss Blunt ist kein hübsches Mädchen, sie ist eine schöne Frau. Sie hinterlässt einen Eindruck von schwarz und rot; das heißt, sie ist eine blühend aussehende Brünette. Sie hat volles, welliges schwarzes Haar, das ihren Kopf wie eine dunkle Strahlenkrone, wie ein schattenhafter Heiligenschein umrahmt. Auch ihre Augenbrauen sind schwarz, die Augen selbst aber von einem kräftigen Blaugrau wie jene Schieferfelsen, die ich gestern unter den vor- und zurückrollenden Wellen schimmern sah. Ihre eigentliche Stärke ist jedoch ihr Mund. Er ist sehr groß und birgt die schönsten Zahnreihen auf dieser ganzen beschwerlichen Welt. Ihr Lächeln ist ausnehmend intelligent, ihr Kinn voll und ein wenig breit. All dies ergibt eine leidliche Aufzählung, aber noch kein Bild. Ich habe mir das Hirn zermartert, um herauszufinden, ob ihr Typ oder ihre Gestalt mich mehr beeindruckte. Fruchtloses Grübeln! Im Ernst, ich glaube, es war keines von beiden; es war die Art, wie sie sich bewegte. Sie geht wie eine Königin. Es war die bewusste Haltung ihres Kopfes und das unbewusste «Hängenlassen» ihrer Arme, die unbefangene Anmut und Würde, mit der sie langsam den Gartenpfad entlangschlenderte und an einer ach so roten Rose roch! Sie hat offenbar sehr selten das Bedürfnis, etwas zu sagen; spricht sie jedoch, so ist es stets zur Sache, und legt es die Sache nahe, lächelt sie dabei ganz reizend. Wenn sie nicht sehr gesprächig ist, so gewiss nicht aus Schüchternheit. Vielleicht aus Gleichgültigkeit? Die Zeit wird es weisen, wie so manch anderes auch. Ich gehe davon aus, dass sie liebenswürdig ist. Überdies ist sie intelligent; sie ist vermutlich recht zurückhaltend und möglicherweise sehr stolz. Sie ist, kurz gesagt, eine Frau von Charakter. Da stehen Sie vor uns, Miss Blunt, in voller Lebensgröße – ganz entschieden das Bildnis einer Dame[8]. Nach dem Tee gab sie für uns im Wohnzimmer ein kleines Konzert. Ich gestehe, der Anblick des dämmrigen kleinen Raumes, der nur von einer einzigen Kerze auf dem Klavier und von der Ausstrahlung des Spiels von Miss Blunt erhellt wurde, entzückte mich mehr als die Musik selbst. Miss Blunt hat ganz offenkundig einen exzellenten Anschlag.

18. Juni. – Nun bin ich schon fast eine Woche hier. Ich bewohne zwei sehr freundliche Zimmer. Mein Maleratelier ist ein riesiger, recht schmuckloser Raum mit sehr gutem Licht von Süden. Ich habe ihn mit einigen alten Drucken und Skizzen herausgeputzt, und er ist mir schon sehr ans Herz gewachsen. Als ich mein künstlerisches Handwerkszeug so malerisch wie möglich angeordnet hatte, bat ich meine Gastgeber herein. Der Kapitän sah sich ein paar Sekunden schweigend um und erkundigte sich dann hoffnungsvoll, ob ich mich schon einmal an einem Schiff versucht hätte. Auf meine Antwort hin, dass mein Können dafür noch nicht ausreiche, verfiel er erneut in ehrerbietiges Schweigen. Seine Tochter lächelte anmutig, stellte freundlich Fragen und bezeichnete alles als entzückend und schön, was mich etwas enttäuschte, hatte ich sie doch für eine Frau gehalten, die eine gewisse Originalität besitzt. Sie gibt mir Rätsel auf. Oder ist sie vielleicht doch nur ein ganz gewöhnlicher Mensch, und der Fehler liegt bei mir, der ich Frauen stets weitaus mehr Bedeutung zumesse, als ihr Schöpfer ihnen zugedacht hat? Über Miss Blunt habe ich einige Fakten zusammengetragen. Sie ist nicht vierundzwanzig, sondern siebenundzwanzig Jahre alt. Seit ihrem zwanzigsten Lebensjahr gibt sie Musikunterricht an einem großen Pensionat, das in unmittelbarer Nähe der Stadt liegt und an dem sie einst selbst ihre Ausbildung erhielt. Das Gehalt, das sie an dieser – soweit ich weiß, leidlich florierenden – Anstalt bezieht, bildet, zusammen mit den Einkünften aus einigen zusätzlichen Unterrichtsstunden, die Haupteinnahmequelle des Haushalts. Doch zum Glück gehört Blunt das Haus, und seine Ansprüche und Gewohnheiten sind von der einfachsten Art. Was wissen er oder seine Tochter schon von den angeblich so wichtigen weltlichen Bedürfnissen, der großen Bandbreite weltlicher Vergnügungen? Miss Blunts einziger Luxus sind ein Abonnement für die Leihbücherei und ein gelegentlicher Spaziergang am Strand, den sie, wie eine von Miss Brontës Heldinnen[9], in Gesellschaft eines alten Neufundländers entlangschreitet. Ich fürchte, sie ist beklagenswert unwissend. Sie liest nichts außer Romanen. Doch darf ich annehmen, dass sie aus der Lektüre dieser Werke gewisse eigene praktische Erkenntnisse gezogen hat. «Ich lese alle Romane, deren ich habhaft werden kann», sagte sie gestern, «aber ich mag nur die guten. ‹Zanoni›,[10] den ich gerade ausgelesen habe, mag ich sehr.» Ich muss dafür sorgen, dass sie sich einige der Klassiker vornimmt. Ich wünschte, einige dieser mürrischen New Yorker Erbinnen sähen, wie diese Frau lebt. Und ich wünschte auch, ein halbes Dutzend von *ces messieurs*[11] aus den Klubs könnten heimlich einen Blick auf das

25

gegenwärtige Leben ihres bescheidenen Dieners werfen. Wir frühstücken um acht Uhr. Unmittelbar danach macht sich Miss Blunt, versehen mit einem schäbigen alten Hut und Umschlagtuch, auf den Weg zur Schule. Ist das Wetter schön, fährt der Kapitän zum Fischen hinaus, und ich bin mir selbst überlassen. Zweimal habe ich den alten Mann begleitet. Beim zweiten Mal hatte ich das Glück, einen großen Blaubarsch zu fangen, den es dann zum Abendessen gab. Der Kapitän ist ein Musterbeispiel eines unerschrockenen Seemanns mit seiner lose sitzenden blauen Kleidung, seinem extrem breitbeinigen Gang, seinem krausen weißen Haar und seinem fröhlichen wettergegerbten Antlitz. Er stammt aus einem englischen Seefahrergeschlecht. Das altertümliche Haus erinnert mehr oder weniger an eine Schiffskajüte. Zwei-, dreimal habe ich den Wind um seine Mauern pfeifen hören, als wäre man draußen auf offener See. Und irgendwie wird die Illusion durch die ungewöhnliche Intensität des Lichts noch geschürt. Von meinem Atelier aus lassen sich die Wolken wunderbar beobachten. Oft sitze ich eine geschlagene halbe Stunde lang da und schaue ihnen zu, wie sie vor meinen hohen, vorhanglosen Fenstern vorbeisegeln. Befindet man sich weiter hinten im Zimmer, hat man das Gefühl, sie gehörten zu einem Meereshimmel, und tatsächlich sieht man, wenn man näher kommt, draußen die weite, graue See, in die der Himmel übergeht. In diesem Teil der Stadt herrscht vollkommene Ruhe. Es ist, als sei jede menschliche Betriebsamkeit aus ihm gewichen, um nie mehr zurückzukehren, und nur eine Art melancholischer Resignation zurückgeblieben, die alles überlagert. Die Straßen sind sauber, freundlich und luftig, doch gerade dieser Umstand scheint einen den eindringlichen Ernst, der allenthalben herrscht, nur noch stärker empfinden zu lassen. Er deutet darauf hin, dass der weite Himmel in das Geheimnis ihres Niedergangs eingeweiht ist. Die anhaltende Stille hat etwas Gespenstisches. Oft hören wir das Geklapper von den Werften und die Befehle, die auf den im Hafen ankernden Barken und Schonern ausgegeben werden, bis hierher.

28. Juni. – Mein Experiment funktioniert viel besser, als ich es zu hoffen gewagt habe. Ich fühle mich äußerst wohl; mein Seelenfrieden übertrifft meine kühnsten Erwartungen. Ich arbeite eifrig; mir gehen nur angenehme Dinge durch den Kopf. Die Vergangenheit hat ihre Schrecken beinahe verloren. Seit einer Woche bin ich jetzt jeden Tag zum Zeichnen draußen gewesen. Der Kapitän setzt mich mit dem Boot an einem bestimmten Punkt an der Küste in der Nähe des Hafens ab, und ich wandere quer über die Felder zu einer Stelle, wo ich eine Art *Rendezvous* mit einem Fels und dem Schatten habe, den er besonders effektvoll wirft; bisher hat sich dieses Naturschauspiel recht zuverlässig an unsere Verabredung gehalten. Hier stelle ich meine Staffelei auf und male bis zum Sonnenuntergang. Dann gehe ich zurück zum Ausgangspunkt, wo der Kapitän mich wieder abholt. Alles ist sehr ermutigend. Der Horizont meines Schaffens erweitert sich zusehends. Und außerdem macht mich die Überzeugung, dass ich für ein Leben in (bescheidener) Arbeit und (relativer) Entbehrung offenbar nicht gänzlich ungeeignet bin, unsagbar glücklich. Ich bin in meine Armut richtig verliebt, wenn ich so sagen darf. Warum auch nicht? Unter diesen Umständen gebe ich keine achthundert im Jahr aus.

12. Juli. – Seit einer Woche haben wir schlechtes Wetter: Dauerregen, Tag und Nacht. Dies ist zweifellos gleichzeitig die heiterste und die düsterste Gegend in ganz Neuengland. Der Himmel hier kann lächeln, gewiss; aber wie finster er auch dreinschauen kann! Ich habe eher lustlos und bei recht ungünstigen Bedingungen an meinem Fenster gemalt... In diesem strömenden Regen macht Miss Blunt sich auf den Weg zu ihren Schülern. Sie hüllt ihren hübschen Kopf in eine große wollene Kapuze, ihre schöne Figur in eine Art feminin geschnittenen Mackintosh[12]; ihre Füße steckt sie in schwere Überschuhe, und über dem Ganzen balanciert sie einen Stoffschirm. Wenn sie nach Hause kommt, bietet sie mit den Regentropfen, die auf ihren roten Wangen und dunklen Wimpern glitzern, ihrem schlammbespritzten Mantel und ihren von der feuchten Kälte ganz roten Händen einen äußerst erfreulichen Anblick. Ich versäume es nie, sie mit einer besonders tiefen Verbeugung zu begrüßen, wofür sie mich mit einem außerordentlich liebenswürdigen Lächeln belohnt. Diese Alltagsseite ihres Charakters gefällt mir an Miss Blunt besonders. Diese hehre Alltagstracht aus Schönheit und Würde kleidet sie mit der Schlichtheit eines antiken Gewandes. Wenig Verwendung hat sie für Fischbeinstäbe[13] und Volants. Welch eine Poesie versteckt sich doch hinter roten Händen! Ich küsse die Ihren, Mademoiselle. Ich tue es, weil Sie sich selbst zu helfen wissen; weil Sie sich Ihren Lebensunterhalt selbst verdienen; weil Sie aufrichtig, schlicht und (obwohl doch eine verständige Frau) unwissend sind; weil Sie zur Sache sprechen und zielstrebig handeln; weil Sie, kurz gesagt, so ganz anders sind als – manche Ihrer Schwestern.

16. Juli. – Am Montag klarte es weitgehend auf. Als ich nach dem Aufstehen ans Fenster trat, erinnerten Himmel und Meer in ihrer Heiterkeit und Frische an ein gelungenes englisches Aquarell:[14] Die See ist von einem tiefen purpurnen Blau; darüber sieht der wolkenlose heitere Himmel geradezu blass aus, während er sich über dem Land in unendlicher Intensität wölbt. Hier und da schimmert auf dem von einer leichten Brise bewegten dunklen Wasser eine weiße Schaumkrone, flattert das weiße Segeltuch eines Fischerbootes. Ich habe fleißig Skizzen angefertigt; nur ein paar Meilen entfernt habe ich einen großen, einsam gelegenen Teich entdeckt, der in eine recht eindrucksvolle Landschaft aus kahlen Felsen und grasbewachsenen Hängen eingebettet ist. Vom einen Ende aus hat man einen weiten Blick auf das offene Meer; am anderen steht, tief verborgen im Laub eines Apfelgartens, ein altes Bauernhaus, das so aussieht, als spukte es darin. Westlich des Teichs erstreckt sich eine weite Ebene aus Fels und Gras, Strand und Marschland. Die Schafe weiden darauf wie auf einem Moor in den Highlands. Außer ein paar verkrüppelten Kiefern und Zedern ist kein Baum zu sehen. Möchte ich Schatten, suche ich ihn im Schutz eines der großen moosbewachsenen Findlinge, die ihre glitzernden Schultern der Sonne entgegenrecken, oder in einer der langgestreckten Talmulden, wo ein Gestrüpp aus Brombeersträuchern einen Tümpel säumt, in dem sich der Himmel spiegelt. Ich habe mein Lager gegenüber einem kahlen braunen Hügel aufgeschlagen, den ich, mit Fleiß und Ausdauer, auf die Leinwand banne; und da wir nun seit einigen Tagen den immer gleich heiteren Himmel hatten, ist es mir gelungen, eine recht erfreuliche kleine Studie beinahe fertigzustellen. Ich breche gleich nach dem Frühstück auf. Miss Blunt gibt mir, in eine Serviette eingewickelt, reichlich Brot und kaltes Fleisch mit, die ich zur Mittagszeit in meiner sonnigen Einöde in Sichtweite des schlummernden Ozeans mit meinen farbbeschmierten Fingern gierig an die Lippen führe. Um sieben Uhr kehre ich zum Abendessen zurück, bei dem wir einander die Geschichte unseres Tagewerks erzählen. Für die arme Miss Blunt ist es tagaus, tagein die gleiche Geschichte: eine

31

ermüdende Abfolge von Unterrichtsstunden in der Schule und in den Häusern des Bürgermeisters, des Pastors, des Metzgers und des Bäckers, deren junge Damen natürlich alle Klavierunterricht erhalten. Doch sie klagt nicht, ja sie sieht nicht einmal sehr müde aus. Wenn sie zum Abendessen ein frisches Baumwollkleid angezogen und die Haare wieder in Ordnung gebracht hat, wenn sie dann, dergestalt zurechtgemacht, mit ihren sachten Schritten leise hierhin und dorthin huscht, während sie unser Abendmahl zubereitet, in die Teekanne lugt, den großen Brotlaib aufschneidet, oder wenn sie sich auf die niedrige Stufe vor der Haustür setzt und ausgewählte Passagen aus der Abendzeitung vorliest, oder auch wenn sie, nach dem Essen, die Arme verschränkt (eine Haltung, die ihr besonders gut steht) und noch immer auf der Türstufe sitzend, den Abend in behaglicher Untätigkeit verplaudert, während ihr Vater und ich uns an einer wohlriechenden Pfeife gütlich tun und dabei zusehen, wie nach und nach die Lichter an verschiedenen Stellen der im Dunkel versinkenden Bucht aufleuchten: In diesen Augenblicken sieht sie so hübsch aus, so heiter, so unbeschwert, wie es einer verständigen Frau ansteht. Wie stolz der Kapitän auf seine Tochter ist! Und sie ihrerseits –

wie treu ist sie dem alten Mann ergeben! Ihre
Anmut erfüllt ihn mit Stolz, ihr Feingefühl, ihre
Urteilskraft, ihr Humor, so wie er ist. Er hält sie
für die vollkommenste aller Frauen. Er umsorgt
sie, als wäre sie nicht seine altvertraute Esther,
sondern eine erst jüngst in die Familie aufgenom-
mene Schwiegertochter. Und in der Tat, wäre ich
sein eigener Sohn, könnte er nicht liebenswürdiger zu mir sein. Sie – nein, warum soll ich es
nicht sagen? – *wir* sind fraglos ein sehr glücklicher kleiner Haushalt. Wird das immer so bleiben? Ich sage «wir», denn Vater wie Tochter haben mir – er direkt, sie, wenn ich mir nicht zu viel
einbilde, nach Art ihres Geschlechts, indirekt –
hundertmal versichert, ich sei bereits ein ge-
schätzter Freund. Eigentlich ist es ganz natürlich,
dass ich ihr Wohlwollen gewonnen habe, bin ich
ihnen meinerseits doch stets mit ausgesuchter
Höflichkeit begegnet. Der Weg zum Herzen des
alten Mannes führt über ein beflissen achtungs-
volles Auftreten seiner Tochter gegenüber. Ich
glaube, er weiß, dass ich Miss Blunt verehre. Sollte ich jedoch jemals die Grenzen der Höflichkeit
überschreiten, bekäme ich es zweifellos mit ihm
zu tun. All dies ist, wie es sein sollte. Menschen,
die mit Dollars und Cents geizen müssen, haben
das Recht, in ihren Gefühlen anspruchsvoll zu

sein. Ich selbst bilde mir nicht wenig auf meine guten Manieren meiner Gastgeberin gegenüber ein. Dass mein Betragen bisher untadelig war, ist jedoch ein Umstand, den ich mir hier in keiner Weise als Verdienst anrechne, denn ich bin überzeugt, selbst der impertinenteste Kerl (wer immer er auch sei) käme nicht auf den Gedanken, sich dieser jungen Dame gegenüber Freiheiten herauszunehmen, ohne dass ihm dies unmissverständlich gestattet worden wäre. Diese unergründlichen dunklen Augen haben etwas äußerst Einhaltgebietendes. Ich erwähne das lediglich, weil ich es in künftigen Jahren, wenn meine bezaubernde Freundin nur noch ein ferner Schatten sein wird, beim Durchblättern dieser Seiten als erfreulich empfinden werde, schriftliches Zeugnis für das eine oder andere zu finden, was ich sonst wahrscheinlich allein meiner Phantasie zuschriebe. Ich frage mich, ob Miss Blunt, wenn sie dereinst die Register ihres Gedächtnisses nach irgendeinem trivialen Sachverhalt, nach irgendeinem prosaischen Datum oder halb verschütteten Markstein durchsucht, auch auf dieses unser kleines Geheimnis, wie ich es nennen darf, stoßen und eine alte verblasste, von den Aufzeichnungen der nachfolgenden Jahre überschriebene Notiz ähnlichen Inhalts entziffern wird. Natürlich wird sie das. Nüchtern betrachtet ist sie eine Frau mit einem ausgezeichneten Gedächtnis. Ob sie jemand ist, der vergibt, oder nicht, weiß ich nicht; aber sicher ist sie niemand, der vergisst. Zweifellos ist Tugend um ihrer selbst willen erstrebenswert, doch verschafft es doppelte Befriedigung, zu einem Menschen höflich zu sein, der dies zu *würdigen* weiß. Ein weiterer Grund für mein erfreulich gutes Verhältnis zum Kapitän ist, dass ich ihm die Möglichkeit biete, seine eingerostete Weltläufigkeit wieder aufzupolieren und mit seinen zuweilen recht kuriosen, bruchstückhaften Kenntnissen altmodischer Lektüre zu renommieren. Es ist ihm eine Wonne, sein fadenscheiniges Seemannsgarn vor einem einfühlsamen Zuhörer zu spinnen. Diese warmen Juliabende im süß duftenden Garten sind genau der richtige Rahmen für seine liebenswerte Redseligkeit. In diesem Punkt besteht zwischen uns eine recht sonderbare Beziehung. Wie viele seiner Berufskollegen vermag der Kapitän dem Drang zum Aufschneiden und Fabulieren nicht zu widerstehen, selbst wenn es um Themen geht, die sich dafür gar nicht eignen, und es ist äußerst vergnüglich zu beobachten, wie er seinen Zuhörer gleichsam auf die Stimmung in seinem tiefsten Innern hin abhorcht, um sich zu vergewissern, ob dieser auch bereit sei, seine hinterlistigen Flunkereien zu schlucken. Bisweilen gehen diese beim Erzählen indes völlig unter: Im unerschöpflichen Sammelbrunnen der meerwassergetränkten Phantasie des Kapitäns sind sie, wie ich mir wohl vorstellen kann, sehr hübsch, doch die Verpflanzung in die seichten Binnenseen meiner vom Leben an Land geprägten Denkart verkraften sie nicht. Dann wieder, wenn der Zuhörer sich in einer verträumten, sentimentalen Stimmung befindet, in der er seine Prinzipien ganz und gar vergisst, trinkt er das Salzwasser, das der alte Mann ihm einschenkt, eimerweise, ohne sich dabei schlecht zu fühlen. Was ist schlimmer – eine hübsche kleine Lüge, die niemandem schadet, vorsätzlich zu erzählen oder vorsätzlich zu glauben? Vermutlich kann man nicht vorsätzlich glauben; man gibt nur vor zu glauben. Meine Rolle in dem Spiel ist deshalb fraglos ebenso verwerflich wie die des Kapitäns. Vielleicht finde ich an seinen schönen Verdrehungen der Tatsachen Gefallen, weil ich mich selbst einer solchen Verdrehung bediene, weil ich selbst unter völlig falscher Flagge segle. Ich frage mich, ob meine Freunde Verdacht geschöpft haben. Wie sollten sie? Ich bilde mir ein, meine Rolle im Großen und Ganzen recht gut zu spielen. Ich bin erfreut, dass es mir so leicht fällt. Damit meine ich nicht, dass es mir wenig Mühe bereitet, auf den Luxus und die tausend kleinen Annehmlichkeiten zu verzichten, die mir früher zu Gebote standen – diesen habe ich mich, dem Himmel sei Dank, nie so mit Leib und Seele verschrieben, dass nicht ein einziger heilsamer Schock die Bande hätte lösen können –, sondern dass es mir besser als erwartet gelingt, jene unzähligen stillschweigenden Anspielungen zu unterdrücken, die mich ernsthaft verraten könnten.

Sonntag, 20. Juli. – Dies war ein sehr erfreulicher Tag für mich, obwohl ich natürlich keinerlei Arbeit nachgegangen bin. Am Vormittag hatte ich ein entzückendes *tête-à-tête* mit meiner Gastgeberin. Sie hatte sich beim Treppensteigen den Knöchel verstaucht und war deshalb gezwungen, zu Hause auf dem Sofa zu bleiben, anstatt sich auf den Weg zur Sonntagsschule und zum Gottesdienst zu machen. Der Kapitän, der es mit der Frömmigkeit sehr genau nimmt, brach allein auf. Als ich ins Wohnzimmer kam, während gerade die Kirchenglocken läuteten, fragte mich Miss Blunt, ob ich denn nie zum Gottesdienst ginge.

«Nie, wenn es zu Hause Besseres zu tun gibt», sagte ich.

«Was kann besser sein, als in die Kirche zu gehen?», fragte sie mit bezaubernder Naivität.

Sie saß zurückgelehnt auf dem Sofa, den Fuß auf einem Kissen, die Bibel auf dem Schoß. Sie wirkte keineswegs betrübt, weil sie dem Gottesdienst fernbleiben musste, und anstatt ihre Frage zu beantworten, nahm ich mir die Freiheit, ihr das auch zu sagen.

«Ich bedauere aber, dass ich nicht hingehen kann», erklärte sie. «Wissen Sie, es ist in der ganzen Woche die einzige Geselligkeit für mich.»

«Sie sehen es also als Geselligkeit», sagte ich.

«Ist es nicht schön, seine Bekannten zu treffen? Ich gebe zu, die Predigt interessiert mich nie sonderlich, und die Kinder unterrichte ich auch nur ungern. Aber ich trage gern meine beste Haube und singe gern im Chor und spaziere auf dem Heimweg auch gern ein Stück mit...»

«Mit wem?»

«Mit jedem, der sich anbietet, mich zu begleiten.»

«Mit Mr Johnson, zum Beispiel», sagte ich.

Mr Johnson ist ein junger Anwalt aus dem Dorf, der hier einmal in der Woche einen Besuch macht und dessen Aufmerksamkeiten Miss Blunt gegenüber bereits registriert werden.

«Ja», antwortete sie, «mit Mr Johnson, zum Beispiel.»

«Er wird Sie sicherlich sehr vermissen!»

«Wahrscheinlich. Wir singen aus dem gleichen Gesangbuch. Worüber lachen Sie? Er gestattet mir liebenswürdigerweise, das Buch zu halten, während er mit den Händen in den Taschen neben mir steht. Letzten Sonntag habe ich die Geduld verloren. ‹Mr Johnson›, habe ich gesagt, ‹halten Sie doch bitte das Buch! Wo bleiben Ihre Manieren?› Da hat er mitten in der Lesung laut aufgelacht. Heute wird er das Buch zweifellos selbst halten müssen.»

«Was für eine ‹feinsinnige Seele› er ist! Ich nehme an, er wird nach dem Gottesdienst vorbeikommen.»

«Vielleicht. Ich hoffe es.»

«Ich hoffe, er kommt nicht», sagte ich unverblümt. «Ich werde mich hier zu Ihnen setzen und mich mit Ihnen unterhalten, und ich möchte nicht, dass unser *tête-à-tête* gestört wird.»

«Haben Sie mir etwas Bestimmtes zu sagen?»

«Nichts so Bestimmtes wie Mr Johnson vielleicht.»

Miss Blunt hat eine sehr hübsche Art, größere

Sachlichkeit vorzutäuschen, als ihrem Wesen tatsächlich zu eigen ist.

«Dann hat er weitaus größere Rechte als Sie», sagte sie.

«Ach, Sie geben zu, dass er Rechte hat?»

«Keineswegs. Ich stelle lediglich fest, dass Sie keine haben.»

«Sie irren sich. Ich habe Anrechte, die ich geltend machen werde. Ich habe ein Anrecht auf Ihre ungeteilte Aufmerksamkeit, wenn ich Ihnen einen Morgenbesuch abstatte.»

«Ihrem Anrecht wird natürlich Rechnung getragen. Bitte sagen Sie: War ich unhöflich?»

«Unhöflich vielleicht nicht, aber taktlos. Es hat Sie nach der Gesellschaft eines Dritten verlangt, und Sie können nicht erwarten, dass ich davon begeistert bin.»

«Und warum nicht, bitte schön? Wenn ich, eine Dame, mich mit Mr Johnsons Gesellschaft abfinden kann, weshalb sollten Sie, sein Geschlechtsgenosse, es dann nicht auch können?»

«Weil er so unerhört eingebildet ist. Aber Sie als Dame, oder jedenfalls als Frau, mögen eingebildete Männer ja.»

«Ach tatsächlich? Ich bezweifle nicht, dass ich, als Frau, alle möglichen ungehörigen Vorlieben habe. Das ist eine alte Geschichte.»

«Geben Sie wenigstens zu, dass unser Freund eingebildet ist.»

«Zugeben? Ich habe das schon hundertmal gesagt. Ich habe es ihm selbst schon gesagt.»

«In der Tat! Dann ist der Punkt also bereits erreicht?»

«Welcher Punkt, bitte?»

«Jener kritische Punkt in der Freundschaft zwischen einer Dame und einem Herrn, an dem sie einander alle möglichen ergötzlichen Vorwürfe an den Kopf werfen und sich gegenseitig moralischer Verirrungen beschuldigen. Seien Sie auf der Hut, Miss Blunt! Zwei intelligente Neuengländer beiderlei Geschlechts, jung, unverheiratet, sind sich schon recht nahegekommen, wenn sie beginnen, sich gegenseitig moralische Vorhaltungen zu machen. Sie haben Mr Johnson also gesagt, er sei eingebildet? Und vermutlich haben Sie hinzugefügt, er sei überdies schrecklich sarkastisch und pietätlos. Was hat er darauf erwidert? Lassen Sie mich überlegen. Hat er jemals gesagt, Sie seien ein wenig affektiert?»

«Nein, er hat es Ihnen überlassen, mir das auf diese äußerst geistreiche Art zu sagen. Vielen Dank, Sir.»

«Er hat es mir überlassen, das zu bestreiten –

was wesentlich angenehmer ist. Halten Sie meine Art für geistreich?»

«Ich halte das Ganze in Anbetracht des Tages und der Stunde für sehr profan, Mr Locksley. Wie wäre es, wenn Sie gingen und mich in meiner Bibel lesen ließen?»

«Und was soll ich unterdessen tun?», fragte ich.

«Lesen Sie in Ihrer Bibel, sofern Sie eine haben.»

«Ich habe keine.»

Ich war dennoch gezwungen, mich zurückzuziehen, allerdings nicht ohne das Versprechen erhalten zu haben, dass sie mir in einer halben Stunde erneut eine Audienz gewähren werde. Die arme Miss Blunt ist es ihrem Gewissen schuldig, eine bestimmte Anzahl von Kapiteln zu lesen. Was für eine reine, aufrechte Seele sie ist! Und welch ein erbauliches Schauspiel bietet doch ein gut Teil der weiblichen Frömmigkeit! Frauen finden für alles einen Platz in ihren geräumigen kleinen Köpfen, geradeso wie sie in ihren bewunderungswürdig unterteilten Koffern für alles einen Platz finden, wenn sie auf Reisen gehen. Ich bezweifle nicht, dass diese junge Dame ihre Religion geradeso wie ihre Sonntagshaube in einer Ecke verstaut – und sie, wenn der geeignete Augenblick gekommen ist, wieder hervorholt und nachdenklich betrachtet, während sie sie vor dem Spiegel aufsetzt und den lediglich eingebildeten Staub wegbläst, denn welcher weltliche Schmutz kann schon ein halbes Dutzend Lagen Batist und Seidenpapier durchdringen. Du meine Güte, wie tröstlich ist es, einen hübschen, sauberen Feiertagsglauben zu haben! – Als ich ins Wohnzimmer zurückkam, saß Miss Blunt noch immer mit ihrer Bibel im Schoß da. Aus irgendeinem Grund war ich nicht mehr zum Scherzen aufgelegt. So fragte ich sie ganz nüchtern und sachlich, was sie gelesen habe. Und sie antwortete mir ebenso nüchtern und sachlich. Sie erkundigte sich, wie ich meine halbe Stunde verbracht hätte.

«Mit dem Denken guter Sabbatgedanken», sagte ich. «Ich war im Garten spazieren.» Und dann sagte ich frei heraus, was mir auf der Seele lag. «Ich habe dem Himmel dafür gedankt, dass er mich, einen armen, einsamen Wanderer, in einen so friedvollen sicheren Hafen geführt hat.»

«Sind Sie denn so arm und einsam?», fragte Miss Blunt recht unvermittelt.

«Haben Sie jemals von einem Kunststudenten unter dreißig gehört, der nicht arm gewesen wäre?», erwiderte ich. «Auf mein Wort, ich muss mein erstes Bild erst noch verkaufen. Und was meine Einsamkeit angeht, so gibt es auf der ganzen Welt keine fünf Menschen, denen wirklich etwas an mir liegt.»

«*Wirklich* etwas an Ihnen liegt? Ich fürchte, Sie nehmen es zu genau. Außerdem halte ich fünf gute Freunde für eine ganze Menge. Ich schätze mich mit zweien schon sehr glücklich. Aber wenn Sie keine Freunde haben, sind Sie wahrscheinlich selbst daran schuld.»

«Vielleicht», sagte ich, während ich im Schaukelstuhl Platz nahm, «vielleicht aber auch nicht. Finden Sie mich denn so schrecklich abweisend? Finden Sie mich nicht vielmehr recht gesellig?»

Sie verschränkte die Arme und schaute mich einen Augenblick lang schweigend an, ehe sie antwortete. Es würde mich nicht wundern, wenn ich ein wenig rot geworden wäre.

«Mit einem Wort, Mr Locksley, Sie möchten ein Kompliment hören. Ich habe Ihnen kein einziges Kompliment gemacht, seit Sie hier sind. Wie sehr müssen Sie gelitten haben! Aber es ist schade, dass Sie nicht noch ein Weilchen gewartet haben, anstatt jetzt einen so plumpen Köder auszulegen. Für einen Künstler zeigen Sie wenig künstlerisches Gespür. Männer können einfach nicht warten. Finde ich Sie ‹abweisend›? Finde ich Sie nicht ‹gesellig›? Angesichts dessen, was mir durch den Kopf geht, ist es vielleicht doch gar nicht so schlecht, dass Sie ein Kompliment hören wollten. Ich finde Sie charmant. Ich sage das ganz offen; aber ebenso aufrichtig sage ich auch, dass meiner Meinung nach nur sehr wenige andere Menschen Sie charmant fänden. Ich kann entschieden behaupten, dass Sie nicht gesellig sind. Dafür sind Sie viel zu wählerisch. Sie sind mir gegenüber aufmerksam, weil Sie wissen, dass ich weiß, dass Sie es sind. Sehen Sie, das ist der entscheidende Punkt: Ich weiß, dass Sie wissen, dass ich es weiß. Unterbrechen Sie mich nicht; ich werde jetzt meine ganze Beredsamkeit aufbieten. Ich möchte, dass Sie verstehen, warum ich Sie nicht für gesellig halte. Sie nennen Mr Johnson eingebildet; aber, ganz im Ernst, ich glaube nicht, dass er auch nur halb so eingebildet ist wie Sie. Sie sind zu eingebildet, um gesellig zu sein; das ist er nicht. Ich bin eine unbedeutende, einfältige Frau – einfältig, Sie wissen schon, im Vergleich zu Männern. Mich kann man gönnerhaft behandeln – ja, das ist das richtige Wort. Wären Sie ebenso liebenswürdig zu jemandem, der genauso stark, genauso scharfsichtig ist wie Sie, zu jemandem, dem es genauso widerstrebt wie Ihnen, einem ande-

ren Menschen verpflichtet zu sein? Ich glaube
nicht. Natürlich ist es ergötzlich, Leute durch
Charme für sich einzunehmen. Wer würde das
nicht gern tun? Und es schadet ja auch nicht,
solange jemand seinen Charme nicht einsetzt,
um daraus Gewinn zu schlagen. Wäre ich ein
Mann, ein kluger Mann wie Sie, der die Welt
gesehen hat, der sich nicht betören und bereden
ließe, sondern überzeugt und widerlegt werden
müsste, wären Sie dann ebenso liebenswürdig?
Es mag Ihnen vielleicht absurd vorkommen, und
es wird Ihnen zweifellos selbstgefällig erscheinen, aber ich halte mich für gesellig, obwohl
ich nur zwei Freunde habe – meinen Vater und
die Schuldirektorin. Das heißt, mit Frauen pfle-
ge ich ganz unbefangen Umgang. Nicht, dass
ich das von Ihnen verlangte; ganz im Gegenteil, falls das Gegenteil Ihrem Wesen entspricht.
Aber ich glaube auch nicht, dass Sie auf dieselbe
Weise mit Männern Umgang pflegen. Sie mögen mich fragen, was ich darüber weiß. Natürlich weiß ich nichts, ich rate nur. Und wenn ich
fertig bin, habe ich vor, mich bei Ihnen für alles,
was ich gesagt habe, zu entschuldigen; doch bis
es so weit ist, geben Sie mir bitte eine Chance.
Sie sind außerstande, dummen, selbstgerechten
Leuten ehrerbietig zuzuhören. Ich nicht. Ich tue

es jeden Tag. Ach, Sie haben ja keine Vorstellung davon, welch ausgesuchter Höflichkeit ich mich bei der Ausübung meines Berufes befleißige! Jeden Tag habe ich Anlass, meinen Stolz zu überwinden und meinen ausgeprägten Sinn für das Lächerliche zu unterdrücken – der mir, Ihrer Meinung nach, natürlich völlig abgeht. Für mich ist es zum Beispiel ein ständiges Ärgernis, arm zu sein. Es lässt mich reiche Frauen oft hassen und arme verachten. Ich weiß nicht, ob Sie unter der Beschränktheit Ihrer finanziellen Mittel sehr leiden; doch wenn Sie es tun, gehen Sie reichen Männern vermutlich aus dem Weg. Ich tue das nicht. Ich gehe gern in die Häuser reicher Leute und bin gern höflich zu den Damen des Hauses, vor allem wenn sie sehr gut gekleidet, unwissend und vulgär sind. In dieser Hinsicht sind alle Frauen wie ich und alle Männer mehr oder weniger wie Sie. Das ist es, was ich letztlich predige. Mir schien schon immer, dass ihr, im Vergleich zu uns, ausgesprochene Feiglinge seid – dass nur wir tapfer sind. Um gesellig zu sein, braucht man eine Menge Mut. Sie sind ein zu feiner Herr. Unterrichten Sie an einer Schule oder eröffnen Sie an der Ecke einen Lebensmittelladen oder sitzen Sie den ganzen Tag in einer Anwaltskanzlei und warten auf Klienten – *dann* werden

Sie gesellig sein. Bis jetzt sind sie nur freundlich. Es *ist* Ihre eigene Schuld, wenn die Leute sich nichts aus Ihnen machen. Sie machen sich ja auch nichts aus ihnen. Dass Sie nichts auf ihren Beifall geben, ist ja schön und gut; aber Sie machen sich auch nichts aus ihrer Gleichgültigkeit. Sie sind liebenswürdig, Sie sind sehr zuvorkommend, und Sie sind sehr faul. Sie halten das für Arbeit, was Sie jetzt tun, nicht wahr? Es gibt viele Menschen, die das nicht als Arbeit bezeichnen würden.»

Jetzt war es fraglos an mir, die Arme zu verschränken.

«Und nun», fügte meine Gefährtin hinzu, als ich es tat, «entschuldige ich mich bei Ihnen.»

«Darauf zu warten hat sich fraglos gelohnt», sagte ich. «Ich weiß nicht, was ich darauf antworten soll. Mir ist ganz schwindlig. Ich weiß nicht, ob Sie mich angegriffen oder gelobt haben. Sie raten mir also, an der Ecke einen Lebensmittelladen aufzumachen?»

«Ich rate Ihnen, etwas zu tun, was Sie etwas weniger sarkastisch werden lässt. Sie sollten, zum Beispiel, heiraten.»

«*Je ne demande pas mieux.*[15] Wollen Sie mich haben? Ich kann es mir nicht leisten.»

«Heiraten Sie eine reiche Frau.»

Ich schüttelte den Kopf.

«Warum nicht?», fragte Miss Blunt. «Weil man Sie dann bezichtigen würde, nur aufs Geld aus zu sein? Und wenn schon? Ich habe vor, den ersten reichen Mann zu heiraten, der um mich anhält. Wissen Sie, dass ich dieses langweilige Leben hier leid bin, dass ich es leid bin, allein zu sein, kleinen Mädchen die Tonleiter beizubringen und meine Kleider zu wenden und zu flicken? Ich habe vor, den erstbesten Mann zu heiraten, der um mich anhält.»

«Selbst wenn er arm ist?»

«Selbst wenn er arm, hässlich und dumm ist.»

«Dann bin ich Ihr Mann. Würden Sie mich nehmen, wenn ich Ihnen einen Antrag machte?»

«Machen Sie mir einen und schauen Sie, was passiert.»

«Muss ich vor Ihnen auf die Knie fallen?»

«Nein, nicht einmal das brauchen Sie zu tun. Bin nicht ich vor Ihnen auf die Knie gefallen? Das wäre gar zu ironisch. Bleiben Sie, wo Sie sind, zurückgelehnt in Ihrem Sessel, die Daumen in der Weste eingehakt.»

Schriebe ich hier einen Roman, anstatt nur die Tatsachen wiederzugeben, würde ich sagen, ich wüsste nicht, was geschehen wäre, wenn nicht in diesem kritischen Augenblick die Tür aufgegangen und der Kapitän und Mr Johnson eingetreten wären. Letzterer war bester Stimmung.

«Wie geht es Ihnen, Miss Esther? Sie haben sich also das Bein gebrochen, was? Wie geht es Ihnen, Mr Locksley? Ich wünschte, ich wäre Arzt. Welches ist es, das rechte oder das linke?»

Auf diese einfältige Art umschmeichelte er Miss Blunt. Er blieb zum Essen und redete ununterbrochen. Ob unsere Gastgeberin in der eine Stunde zuvor an mich gerichteten sehr resoluten Ansprache bereits alles gesagt hatte, was es zu sagen gab, ob sie Mr Johnsons Redefluss lieber nicht unterbrechen wollte oder ob er ihr vielmehr gleichgültig war, weiß ich nicht; jedenfalls schwieg sie mit jener unbefangenen Anmut, jenem bezaubernden stillschweigenden Andeuten von «Wir könnten, wenn wir wollten», das sie so vollkommen beherrscht. Diese außerordentlich interessante Frau hat eine Reihe von ansprechenden Eigenschaften mit ihren in der Stadt aufgewachsenen Schwestern gemein, nur sind sie bei ihr durchweg angeboren, während sie bei jenen mühsam anerzogen sind. Ich bin überzeugt, dass sie, versetzte ich sie morgen an den Madison Square, nach einem schnellen, alles erfassenden Blick das *nil admirari*[16] in einer Weise annehmen würde, die noch die vornehmste all der Damen dort zur Verzweiflung triebe. Johnson ist ein Mann mit den besten Absichten, aber ohne Geschmack. Zwei-, dreimal schaute ich zu Miss Blunt hinüber, um zu sehen, welchen Eindruck seine Auslassungen auf sie machten. Dem Anschein nach gar keinen. Doch ich weiß es besser, *moi*[17]. Keine einzige seiner Äußerungen entging ihr. Aber wahrscheinlich sagte sie sich, dass ihre Eindrücke in dieser Frage mich nichts angingen. Vielleicht hatte sie recht. Es ist kein sehr schönes Wort im Zusammenhang mit einer Frau, die man bewundert, aber ich kann mich des Gefühls nicht erwehren, dass sie ein wenig *verbittert* war. Weshalb? Wer kann das sagen? Aufgrund irgendeiner alten Liebesaffäre vielleicht.

24. Juli. – Heute Abend machte ich mit dem Kapitän einen halbstündigen Spaziergang am Hafen. Ich fragte ihn offen, als Freund, ob Johnson seine Tochter heiraten wolle.

«Vermutlich», sagte der alte Mann, «und doch hoffe ich, dass er es nicht will. Sie wissen ja, wie er ist: Er ist gescheit, gibt zu den schönsten Hoffnungen Anlass und ist schon jetzt leidlich wohlhabend. Aber irgendwie ist er nicht der Mann, der meiner Esther das Wasser reichen kann.»

«Das ist er wirklich nicht!», sagte ich. «Und ganz ehrlich, Kapitän Blunt, ich weiß nicht, wer das könnte…»

«Außer Sie selbst», sagte der Kapitän.

«Danke. Ich weiß, dass Mr Johnson in vielerlei Beziehung Ihrer Tochter würdiger ist als ich.»

«Und ich weiß, dass Sie zumindest in einer ihrer würdiger sind als er – weil Sie nämlich das sind, was wir einen Gentleman zu nennen pflegten.»

«Miss Esther hat ihn am Sonntag in ihrer ruhigen Art recht herzlich willkommen geheißen», entgegnete ich.

«Oh, sie schätzt ihn», sagte Blunt. «In der Lage, in der sie sich befindet, genügt ihr das vielleicht, um ihn zu heiraten. Sehen Sie, sie ist es leid, kleine Mädchen auf dem Klavier herumhämmern zu hören. Ich wundere mich ohnehin», fügte der Kapitän hinzu, «dass sie es bei ihrem musikalischen Gehör so lange ertragen hat.»

«Sie ist zweifellos zu Besserem bestimmt», sagte ich.

«Nun», erwiderte der Kapitän, der die redliche Angewohnheit hat, Zustimmung zurückzuweisen, wenn er meint, er habe sie Empfindungen zu verdanken, die es an Gleichmut fehlen lassen, «nun», sagte er in sachlich-strengem Ton, «sie ist dazu geboren, ihre Pflicht zu tun. Wir alle sind dazu geboren, unsere Pflicht zu tun.»

«Bisweilen ist unsere Pflicht recht eintönig», sagte ich.

«Das mag durchaus sein, aber was soll man machen? Ich möchte nicht sterben, ohne meine Tochter versorgt zu wissen. Was sie mit ihren Unterrichtsstunden verdient, ist ein recht karges Einkommen. Es gab einmal eine Zeit, da dachte ich, sie wäre für ihr Lebtag in festen Händen, aber das hat sich alles zerschlagen. Es gab hier einen jungen Burschen aus der Bostoner Gegend unten, der war einer Verbindung mit ihr so nahe, wie es überhaupt geht, wenn dann doch nichts daraus wird. Er und Esther verstanden sich blendend. Eines Tages kam Esther zu mir, sah mir in die Augen und sagte, sie sei verlobt.

‹Mit wem?›, frage ich, obwohl ich es natürlich schon wusste, und Esther sagte es mir. ‹Wann habt ihr vor zu heiraten?›, fragte ich weiter.

‹Wenn John reich genug ist›, sagte sie.

‹Wann wird das sein?›

‹Es wird vielleicht Jahre dauern›, sagte die arme Esther.

Ein ganzes Jahr verging, und der junge Mann kam, soweit ich es beurteilen konnte, seinem Vermögen keinen Schritt näher. Er reiste ständig zwischen hier und Boston hin und her. Ich stellte keine Fragen, weil ich wusste, mein armes Mädchen will es so. Aber eines Tages hielt ich die Zeit dann doch für gekommen, unseren Standort zu peilen und zu sehen, auf welchem Kurs wir uns befanden.

‹Hat John es inzwischen zu seinem Vermögen gebracht?›, fragte ich.

‹Ich weiß es nicht, Vater›, sagte Esther.

‹Wann werdet ihr heiraten?›

‹Nie!›, sagte mein armes kleines Mädchen und brach in Tränen aus. ‹Stell mir bitte keine Fragen›, sagte sie. ‹Unsere Verlobung ist gelöst. Stell mir keine Fragen.›

‹Sag mir nur noch eines: Wo ist dieser verd… Schurke, der meiner Tochter das Herz gebrochen hat?›

Sie hätten den Blick sehen sollen, den sie mir zuwarf.

‹Mein Herz gebrochen? Du irrst dich, Vater. Ich weiß nicht, wen du meinst.›

‹Ich meine John Banister›, sagte ich. Das war sein Name.

‹Ich glaube, Mr Banister ist in China›, sagte Esther so würdevoll wie die Königin von Saba. Und das war das Ende vom Lied. Die Einzelheiten habe ich nie erfahren. Inzwischen habe ich gehört, Banister gelange im Chinahandel rasch zu Reichtum.»

7. August. – Seit über vierzehn Tagen habe ich keinen Eintrag mehr gemacht. Man sagt mir, ich sei sehr krank gewesen, und es fällt mir nicht schwer, das zu glauben. Vermutlich habe ich mich erkältet, als ich so spät abends noch draußen saß, um Skizzen anzufertigen. Jedenfalls hatte ich ein leichtes Wechselfieber. Ich habe aber so viel geschlafen, dass mir die Zeit recht kurz vorkam. Ich wurde von diesem freundlichen alten Herrn, seiner Tochter und seiner Dienstmagd liebevoll gepflegt. Gott schütze sie alle! Ich sage «seiner Tochter», denn von der alten Dorothy habe ich erfahren, dass Miss Blunt nach einer Nacht, in der ich sehr schwach gewesen war, eines Morgens bei Tagesanbruch für eine halbe Stunde die Wache an meinem Bett übernommen hatte, während ich in empfindungslosem Schlummer lag. Es ist sehr schön, den Himmel und das Meer wieder zu sehen. Ich habe mich in meinem Lehnstuhl ans offene Fenster gesetzt, die Läden geschlossen, die Lamellen geöffnet. Und hier sitze ich mit meinem Tagebuch auf den Knien und kritzle noch recht geschwächt vor mich hin. Dann und wann blicke ich aus meinem kühlen, dunklen Krankenzimmer hinaus in die Welt des Lichts. Mittagszeit im Hochsommer! Welch ein Schauspiel! Am Himmel sind keine Wolken zu sehen, auf dem Meer keine Wellen. Die Sonne allein herrscht über allem. Lange auf den Garten hinauszuschauen lässt die Augen tränen. Und wir – «Hobbs, Nobbs, Stokes und Nokes»[18] – schlagen vor, dieses Reich des Lichts zu malen. *Allons, donc!*[19]

Die lieblichste aller Frauen hat gerade an die Tür geklopft und ist mit einem Teller voller früher Pfirsiche hereingekommen. Die Pfirsiche sind von einer wunderbaren Farbe und Prallheit, Miss Blunt dagegen sieht blass und dünn aus. Das heiße Wetter bekommt ihr nicht. Sie ist überarbeitet. Zum Teufel! Natürlich habe ich ihr für ihre Fürsorglichkeit während meiner Krankheit herzlich gedankt. Sie behauptet, ihr gebühre kein Dank, und verweist auf ihren Vater und Mrs Dorothy.

«Ich beziehe mich vor allem auf jenes knappe Stündchen am Ende einer beschwerlichen Nacht», sagte ich, «als Sie sich einer tugendhaften Aurora gleich hereingestohlen und die dunklen Schatten aus meinem Kopf vertrieben haben. An jenem Morgen, wissen Sie, begann meine Genesung.»

«Das war in der Tat ein sehr knappes Stündchen», sagte Miss Blunt. «Es waren ungefähr zehn Minuten.» Und dann begann sie mich zu tadeln, weil ich es gewagt hatte, während meiner Rekonvaleszenz zu einer Schreibfeder zu greifen. Ja, sie lacht mich aus, weil ich überhaupt ein Tagebuch führe. «Von allen Dingen, die es gibt auf der Welt», rief sie, «ist ein sentimentaler Mann das allerverachtenswerteste.»

Ich gebe zu, ich war ein wenig pikiert. Der Hieb schien unverdient.

«Von allen Dingen, die es gibt auf der Welt», entgegnete ich, «ist eine Frau ohne Sentiment das allerunliebenswürdigste.»

«Sentiment und Liebenswürdigkeit sind ja gut und schön, wenn man Zeit dafür hat», sagte Miss Blunt. «Ich habe sie nicht. Ich bin dafür nicht reich genug. Guten Morgen.»

Spräche ich von einer anderen Frau, würde ich sagen, sie stolzierte aus dem Raum. Doch genau so war einst Juno über die Wiese geschritten, als sie sich, ihr göttliches Gewand raffend, steifen Schrittes von der Stelle entfernte, wo Venus, den Apfel in der Hand, mit Paris stand, und die anderen rätseln ließ, was für ein Gesicht sie machte ...

Juno ist gerade zurückgekommen, um zu sagen, dass sie, als sie vor einer halben Stunde da war, vergessen habe zu fragen, was ich gern zum Mittagessen hätte.

«Ich habe eben in mein Tagebuch geschrieben, Sie seien aus dem Raum stolziert», sagte ich.

«So, haben Sie das? Jetzt können Sie schreiben, dass ich hereingestürmt bin. Unten gibt es ein köstliches kaltes Hühnchen», usw. usw.

14. August. – Heute Nachmittag habe ich nach einem leichten Wagen geschickt und Miss Blunt zu einer Spazierfahrt eingeladen. Wir sind nacheinander über alle drei Strände gefahren. Welch ein Erlebnis der Rückweg war! Ich werde den harten Trab über Weston's Beach nie vergessen. Es war Ebbe, und wir hatten den ganzen weiten, glitzernden Strand für uns allein. Gestern wehte ein starker Wind, der sich noch nicht ganz gelegt und das Meer zu eindrucksvollen Wellen aufgepeitscht hatte. Trapp, trapp, trapp, trapp, fuhren wir über den harten Sand. Das Geräusch der Pferdehufe hob sich deutlich gegen das monotone Donnern der Brandung ab, als wir der langen Wand der Klippen immer näher kamen. Zu unserer Linken hing, wenn man so sagen kann, beinahe über die ganze Distanz vom erhabenen Zenit des blassen Abendhimmels bis zum äußersten westlichen Horizont der aufgewühlten dunkelgrünen See einer dieser prachtvollen langgezogenen Sonnenuntergänge, wie Turner[20] sie so sehr liebte. Es war eine großartige Mischung aus Purpur, Grün und Gold, die Wolken flogen und flatterten im Wind wie die Falten eines riesigen Banners, mitgeführt von einer siegreichen Flotte, deren Buge hinter der langen Reihe haushoher Wellen unsichtbar blieben. Als wir die Stelle erreichten, wo die Klippen steil zum Strand abfallen, hielt ich an, und eine Weile lang blickten wir auf die flache, braune, hartnäckige Barriere, an deren Fuß sich die ungestümen Wasser im feinen Sand verlaufen.

17. August. – Als ich heute Abend die Kerze anzündete, um in mein Schlafzimmer hinaufzugehen, merkte ich, dass der Kapitän mir etwas zu sagen hatte.

Also wartete ich unten, bis der alte Mann und seine Tochter ihre übliche pittoreske Umarmung vollführt hatten und Letztere mir jenen Händedruck und jenes Lächeln geschenkt hatte, die einzufordern ich nie versäumte.

«Johnson hat den Laufpass bekommen», sagte der alte Mann, als er hörte, wie seine Tochter oben die Tür zu ihrem Zimmer schloss.

«Was meinen Sie damit?»

Er wies mit dem Daumen nach oben, wo wir, durch die dünne Decke, Miss Blunt mit leichtem Schritt hin und her gehen hörten.

«Sie meinen, er hat Miss Esther einen Antrag gemacht?»

Der Kapitän nickte.

«Und wurde abgewiesen?»

«Rundweg.»

«Armer Kerl!», sagte ich und meinte es aufrichtig. «Hat er es Ihnen selbst erzählt?»

«Ja, mit Tränen in den Augen. Er wollte, dass ich ein gutes Wort für ihn einlege. Aber ich sagte ihm, das sei zwecklos. Daraufhin begann er, üble Dinge über mein armes Mädchen zu behaupten.»

«Was für Dinge?»

«Einen Haufen Lügen. Er sagt, sie habe kein Herz. Sie hat versprochen, ihn immer als Freund zu betrachten: Das ist mehr, als *ich* tun werde, zum Teufel mit ihm!»

«Armer Kerl!», sagte ich; und während ich dies schreibe, kann ich, angesichts der Hoffnung, die hier zerstört wurde, nur wiederholen: Armer Kerl!

23. August. – Ich habe den ganzen Tag gefaulenzt, habe alles Revue passieren lassen, davon geträumt, darüber gebrütet, wie man so sagt. Dies ist ganz entschieden eine Zeitvergeudung. Deshalb halte ich es für das Beste, mich hinzusetzen und die Geister zu bannen, indem ich meine Geschichte aufschreibe.

Am Donnerstagabend erwähnte Miss Blunt beiläufig, dass sie am nächsten Tag frei habe, da die Dame, an deren Anstalt sie unterrichtet, ihren Geburtstag feiere.

«Um vier Uhr nachmittags soll eine Teegesellschaft für die in der Schule wohnenden Lehrer und Schüler stattfinden», sagte Miss Esther. «Tee um vier! Wie finden Sie das? Und danach soll die klügste junge Dame eine Rede halten. Da meine Dienste nicht benötigt werden, beabsichtige ich nicht, hinzugehen. Wie wäre es, Vater, wenn wir mit deinem Boot hinausführen? Kommen Sie mit, Mr Locksley? Wir werden ein hübsches kleines Picknick veranstalten. Lasst uns zum alten Fort Pudding auf der anderen Seite der Bucht hinüberfahren. Unser Mittagessen nehmen wir mit, Dorothy schicken wir für einen Tag zu ihrer Schwester, und den Hausschlüssel stecken wir in unsere Jackentasche und kommen erst heim, wenn es uns gefällt.»

Ich unterstützte den Vorschlag begeistert, der dann am nächsten Morgen in die Tat umgesetzt wurde, als wir, gegen zehn Uhr, von unserem kleinen Bootssteg am unteren Ende des Gartens ablegten. Es war ein vollkommener Sommertag – mehr kann ich dazu nicht sagen. Wir hatten eine ruhige Überfahrt zu unserem Ziel. Ich werde nie die wunderbare Stille vergessen, die über Erde und Wasser lag, als wir im Lee meines alten Freundes – oder alten Feindes –, des zerfallenen Forts, vor Anker gingen. Das tiefe, kristallklare Wasser am Fuß der warmen, sonnenbeschienenen Klippe lag da wie ein großes gläsernes Bassin, und ich erwartete fast, es splittern und bersten zu hören, als unser Kiel es durchpflügte. Und wie grell Farben und Geräusche in der klaren Luft hervortraten! Wie deutlich hörbar die sich am Strand kräuselnden kleinen Wellen dem weiten Himmel etwas zuflüsterten! Wie schrill unsere respektlosen Stimmen die Stille der kleinen Bucht zu durchschneiden schienen! Die moosüberzogenen Felsen spiegelten sich makellos in dem klaren, dunklen Wasser. Fransengleich säumten die hohen, schwarz schimmernden Ablagerungen duftenden Seetangs den weiß schimmernden Strand. Die steilen, zerklüfteten Flanken der Klippen reckten ihre schroffen Zacken hoch in den tiefblauen Himmel empor. Ich erinnere mich – ja, ich erinnere mich noch gut –, welch glänzende Figur Miss Blunt machte, als sie an Land ging und, deutlich abgehoben gegen den dunklen Schatten eines Einschnitts in der Klippe, auf dem Strand stand, während ihr Vater und ich noch damit beschäftigt waren, den Anker zu setzen und unsere Körbe einzusammeln. Die Luft von Cragthorpe ist von einer Reinheit, wie ich sie nirgendwo sonst auch nur annähernd erlebt habe – von einer Leichtigkeit, einer Klarheit, einer *Ungetrübtheit*, die es jedem einzelnen Gegenstand in der Landschaft gestattet, seine Besonderheit voll zur Geltung zu bringen. Die Aussicht gleicht stets mehr oder weniger einem Gemälde, dem der letzte Schliff, die Einheitlichkeit noch fehlt. Miss Blunts Gestalt wirkte dort am Strand beinahe *criarde*[21]; doch wie liebreizend war sie! Ihr leichtes, über einem kurzen weißen Rock gerafftes Musselinkleid, die kleine schwarze Mantille[22], das blaue Tuch, das sie sich um den Hals gebunden, das karminrote Umschlagtuch, das sie sich über den Arm geworfen hatte, der kleine Seidenschirm, den sie mit einer behandschuhten Hand über dem Kopf balancierte, während sie mit der anderen ihr gekräuseltes Kleid schürzte, und der auf ihr Gesicht einen

63

scharfen runden Schatten warf, aus dem ihre fröhlichen Augen dunkel hervorleuchteten und ihr glücklicher Mund weiß hervorlächelte – dies sind einige der hastig wahrgenommenen Details des Gemäldes.

«Junge Frau», rief ich ihr über das Wasser hinweg zu, «ich wünschte, Sie wüssten, wie hübsch Sie aussehen!»

«Woher wissen Sie, dass ich es nicht weiß?», antwortete sie. «Ich dächte doch, ich wüsste es. Sie sehen übrigens auch nicht so schlecht aus. Aber nicht ich bin hübsch; es sind die Accessoires.»

«Zum Teufel! Ich verliere noch alle Skrupel», rief ich zurück.

«Fluchen Sie ruhig», sagte der Kapitän.

«Ich will doch nur sagen, dass Sie verdammt hübsch sind.»

«Du meine Güte! Ist das alles?», rief Miss Blunt mit einem so bezaubernden Lächeln, dass die Sirenen, die die Bucht beschützten, in ihren Unterwasserlauben vor Neid vermutlich fast umkamen.

Bis der Kapitän und ich unsere Sachen an Land gebracht hatten, hatte unsere Gefährtin bereits leichten Schrittes die Klippen an einer Stelle erklommen, an der diese stark zurückwichen, und war hinter dem Scheitel verschwunden. Sie tauchte bald wieder auf, in der Hand ein leuchtend weißes Taschentuch, das ihre aufreizende Aufmachung ergänzte und mit dem sie uns zuwinkte, während wir mit unseren Körben mühsam hinaufstapften. Als wir, oben angekommen, stehenblieben, um Atem zu holen und uns den Schweiß von der Stirn zu wischen, tadelten wir sie natürlich, weil sie müßig mit ihrem Schirm und ihren Handschuhen umherstreifte.

«Glaubt ihr etwa, ich werde auch nur die kleinste Mühe auf mich nehmen oder irgendeine Arbeit verrichten?», rief Miss Esther bestens gelaunt. «Ist dies nicht mein freier Tag? Ich werde weder einen Finger rühren noch mir diese Handschuhe schmutzig machen, für die ich in Mr Dawsons Laden in Cragthorpe einen Dollar bezahlt habe. Wenn ihr einen schattigen Platz für euren Proviant gefunden habt, sucht bitte eine Quelle. Ich bin sehr durstig.»

«Such dir deine Quelle selbst, mein Fräulein», sagte ihr Vater. «Mr Locksley und ich haben unsere Quelle in diesem Korb. Nehmen Sie einen Schluck, Sir.» Bei diesen Worten zauberte der Kapitän eine bauchige schwarze Flasche hervor.

«Gebt mir einen Becher, dann werde ich sehen, ob ich irgendwo Wasser finde», sagte Miss

Blunt. «Aber ich habe solche Angst vor den Schlangen! Wenn ihr einen Schrei hört, wisst ihr, dass es eine Schlange ist.»

«Schreiende Schlangen!», sagte ich. «Das ist eine ganz neue Spezies.»

Wie albern das alles jetzt klingt! Als wir uns umblickten, sahen wir, dass es, wie es für diese Gegend typisch ist, offenbar nur wenig Schatten gab. Doch Miss Blunt, eine sehr geschickte und praktisch veranlagte junge Person, auch wenn sie mich das Gegenteil glauben machen möchte, entdeckte bald im Schutz einer hübschen kleinen Talmulde eine köstlich kühle Quelle unter einer Gruppe von Kiefern. Alldort hin, wie einer der Tennyson[23] imitierenden jungen Herren sagen würde, brachten wir, Blunt und ich, unseren Korb, während Esther den Becher eintauchte und ihn tropfend an unsere durstigen Lippen hielt und dann das Tischtuch auf dem Gras ausbreitete und die Teller darauf verteilte. Ich müsste wahrlich ein Dichter sein, um auch nur annähernd die Glückseligkeit und schlichte Poesie, die Reinheit und Schönheit dieses langen strahlenden Sommertages zu beschreiben. Wir aßen, tranken und unterhielten uns; zuweilen aßen wir mit den Fingern, tranken aus der Flasche und unterhielten uns mit vollem Mund, wie es Leuten ansteht (und nachgesehen wird), die blanken Unsinn daherreden. Wir erzählten Geschichten ohne jegliche Pointe. Blunt und ich machten grauenvolle Wortspiele, ja ich glaube, selbst Miss Blunt versuchte sich an einem Wortspielchen, wie ich es nannte. Wäre überflüssigerweise irgendein weiterer Vertreter der Menschheit zugegen gewesen, um all das zu protokollieren, würde ich sagen, wir haben uns zum Narren gemacht. Da dies aber nicht der Fall war, brauche ich nichts weiter dazu zu sagen. Ich bin mir bewusst, einige witzige Dinge von mir gegeben zu haben, die Miss Blunt verstanden hat: *in vino veritas*. Der gute alte Kapitän spann unermüdlich sein Seemannsgarn. Die hoch am Himmel stehende strahlende Sonne schien den lieben langen Tag auf uns herab und überflutete die Landschaft mit Licht und Wärme. Eines Tages werde ich ein Bild malen, das irgendwann in der Zukunft, wenn mein geliebtes Vaterland sich einer nationalen Malerschule wird rühmen können, im Salon Carré des großen Nationalmuseums (beheimatet, sagen wir, in Chicago) hängen und die Menschen an Giorgione, Bordone und Veronese[24] erinnern – oder sie vielmehr vergessen lassen – wird: Ein Festtag auf dem Lande; drei Personen beim Mahl unter ein paar Bäumen;

Ort und Zeit: ungewiss. Weibliche Gestalt: eine mollige *brune*[25]; junger Mann, auf dem Ellenbogen ruhend; alter Mann beim Trinken. Ein leerer Himmel, unendlich ausdrucksvoll. Das Ganze erstaunlich in Farbgebung, Entwurf, Stimmung. Künstler: nicht bekannt, vermutlich Robinson, 1900. So etwa schwebt es mir vor.

Nach dem Essen blickte der Kapitän immer wieder auf die Bucht hinaus, und als er bemerkte, dass eine leichte Brise aufkam, äußerte er den Wunsch, ein, zwei Stunden vor der Küste zu kreuzen. Er schlug vor, wir sollten am Strand entlang zu einer Stelle spazieren, die zwei Meilen nördlich lag, und ihn dort treffen. Nachdem seine Tochter diesem Vorschlag zugestimmt hatte, machte er sich mit dem nun leichteren Korb auf den Weg, und schon eine knappe halbe Stunde später sahen wir ihn vom Strand ablegen. Miss Blunt und ich brachen erst viel, viel später zu unserem Spaziergang auf. Wir blieben zunächst unter den Bäumen sitzen und unterhielten uns. Zu unseren Füßen erstreckte sich eine breite Spalte in den Hügeln – beinahe ein enges Tal – bis hinunter zu dem stillen Strand. Dahinter lag die vertraute Küstenlinie. Doch wie schon viele Philosophen erkannten, hat alles einmal ein Ende, und schließlich standen wir auf.

Miss Blunt meinte, sie lege wohl besser ihr Umschlagtuch um, da es allmählich kühler werde.
Ich half ihr, es in die passende Form zu bringen,
und legte es ihr dann um die Schultern, legte ihr
karminrotes Umschlagtuch über ihren schwarzen Seidenmantel. Dann band sie sich ihr Hals-
tuch wieder um und gab mir ihren Hut zum
Halten, derweil sie einige ihrer Haarnadeln neu
verteilte. In dem Bestreben, humorvoll zu sein,
setzte ich mir ihren Hut auf, worüber sie liebenswürdigerweise lächelte, während sie sich
mit gesenktem Kopf und erhobenen Ellbogen an
ihren Haarsträhnen zu schaffen machte. Dann
strich sie ihr Kleid glatt, zog ihre Handschuhe
an und sagte schließlich: «Nun denn!» – jener
unvermeidliche Tribut an Zeit und moralische
Grundsätze, der selbst auf die mildeste Form
von Ausschweifung folgt. Ganz langsam wan-
derten wir das kleine Tal hinunter, und langsam
folgten wir auch den Biegungen des schmalen
Strandes, der sich am Fuß der niederen Klippen entlangwindet. Wir stießen auf keinerlei
Anzeichen menschlichen Lebens. Unsere Unterhaltung brauche ich wohl nicht zu wiederholen. Ich denke, ich darf sie der Obhut meines
Gedächtnisses anvertrauen: Ich werde mich bestimmt an sie erinnern. Sie war sehr sachlich und

vernünftig – eine Unterhaltung von der Art, an die man sich mühelos und gern erinnert; sie war geradezu prosaisch – zumindest hätte ich, wenn es denn eine Spur von Poesie gegeben hätte, denjenigen sehen mögen, der sie herausgehört hätte. Von keiner Seite kamen überschwengliche Gefühle oder Äußerungen; ja von einer Seite kamen überhaupt kaum Äußerungen. Aber irre ich mich, wenn ich annehme, dass durchaus Gefühle von einer gewissen stillen Art im Spiel waren? Miss Blunt wahrte ein vielsagendes, goldenes Schweigen. Ich dagegen war sehr gesprächig. Was für eine angenehme Zuhörerin sie ist!

1. September. – Ich habe eine Woche lang tüchtig gearbeitet. Heute ist der erste Herbsttag. Habe Miss Blunt ein wenig Wordsworth[26] vorgelesen.

10. September. Mitternacht. – Habe ohne Unterbrechung gearbeitet – das heißt, bis einschließlich gestern. Doch mit dem Tag, der jetzt endet – oder beginnt –, fängt eine neue Ära an. Mein mit Belanglosigkeiten angefülltes armes altes Tagebuch, endlich soll dir etwas *Gewichtiges* anvertraut werden.

Seit drei Tagen haben wir kühles, feuchtes Wetter. Es wird früh dämmrig. Heute Abend

ging der Kapitän nach dem Essen in die Stadt –
geschäftlich, wie er sagte: Ich glaube, um an der
Sitzung irgendeines Armenhaus- oder Kranken-
hausausschusses teilzunehmen. Esther und ich
gingen ins Wohnzimmer. Der Raum schien uns
kalt. Esther hatte die Lampe aus dem Esszimmer
mitgebracht und schlug vor, ein kleines Feuer zu
machen. Ich holte einen Armvoll Holz aus der
Küche, und während sie die Vorhänge zuzog
und den Tisch zum Kamin rollte, entfachte ich
ein fröhlich prasselndes Feuer. Vor vierzehn Tagen hätte sie mir das noch nicht ohne Protest gestattet. Sie hätte sich zwar nicht erboten, selbst
Feuer zu machen – sie nicht! –, aber sie hätte
gesagt, ich sei nicht hier, um sie zu bedienen,
sondern um mich bedienen zu lassen, und sie
hätte so getan, als wolle sie Dorothy rufen. Natürlich hätte ich mich durchgesetzt. Doch all das
haben wir hinter uns. Esther ging zu ihrem Klavier, und ich ließ mich mit einem Buch nieder.
Ich las kein einziges Wort. Ich saß da, betrachtete
meine Gastgeberin und dachte bangen Herzens
nach. Zum ersten Mal seit dem Beginn unserer
Freundschaft hatte sie ein dunkles, warmes Kleid
angelegt; ich glaube, es war aus dem Material,
das man Alpaka nennt. Als ich sie das erste Mal
sah, trug sie ein weißes Kleid und ein purpur-

farbenes Band um den Hals; jetzt trug sie ein schwarzes Kleid und dasselbe Band. Das heißt, ich erinnere mich, dass ich mich, während ich sie beobachtete, fragte, ob es wirklich dasselbe Band war oder nur ein ähnliches. Das Herz schlug mir bis zum Hals, und dennoch ging mir eine Reihe weiterer belangloser Dinge durch den Kopf. Schließlich begann ich zu sprechen.

«Miss Blunt», sagte ich, «erinnern Sie sich an den ersten Abend, den ich, im vergangenen Juni, unter Ihrem Dach verbracht habe?»

«Sehr gut», antwortete sie, ohne innezuhalten.

«Sie haben dasselbe Stück gespielt.»

«Ja, und ich habe es sehr schlecht gespielt. Ich konnte es noch nicht richtig. Aber es ist ein Stück, mit dem man Eindruck machen kann, und ich wollte Sie beeindrucken. Ich wusste damals noch nicht, wie wenig Sie sich aus Musik machen.»

«Ich habe dem Stück keine besondere Aufmerksamkeit geschenkt. Sie galt ganz der Vortragenden.»

«Das hat die Vortragende vermutet.»

«Was hat Sie dazu veranlasst?»

«Das weiß ich wirklich nicht. Haben Sie je gehört, dass eine Frau einen Grund hätte nennen können, wenn sie etwas richtig erraten hat?»

«Frauen schaffen es für gewöhnlich doch immer, sich im Nachhinein einen Grund auszudenken. Sagen Sie bitte: Welcher war der Ihre?»

«Nun ja, Sie haben mich so unverhohlen *angestarrt*.»

«Ach was! Das glaube ich nicht. Das ist garstig von Ihnen.»

«Sie wollten doch, dass ich mir einen Grund ausdenke. Falls ich wirklich einen hatte, kann ich mich nicht mehr daran erinnern.»

«Sie sagten, Sie könnten sich an die fragliche Situation sehr gut erinnern.»

«Ich meinte, an die Umstände. Ich erinnere mich daran, was es zum Abendessen gab; ich erinnere mich daran, welches Kleid ich trug. Aber ich erinnere mich nicht mehr an meine Gefühle. Sie waren wohl nicht unbedingt der Erinnerung wert.»

«Was haben Sie gesagt, als Ihr Vater vorschlug, mich bei Ihnen aufzunehmen?»

«Ich fragte, wie viel Sie zu zahlen bereit wären.»

«Und dann?»

«Und dann, ob Sie ‹respektierlich› aussähen.»

«Und dann?»

«Das war alles. Ich sagte Vater, er solle tun, was er für richtig halte.»

Sie spielte weiter. Ich lehnte mich in meinem Sessel zurück und sah sie weiter an. Es entstand eine recht lange Pause.

«Miss Esther», sagte ich schließlich.

«Ja.»

«Verzeihen Sie, wenn ich Sie so oft unterbreche. Aber» – ich stand auf und trat ans Klavier – «aber ich danke dem Himmel, dass er Sie und mich zusammengeführt hat.»

Sie blickte zu mir auf und nickte mit einem leichten Lächeln, während ihre Hände noch immer über die Tasten glitten.

«Der Himmel hat es zweifellos sehr gut mit uns gemeint», sagte sie.

«Wie lange wollen Sie denn noch spielen?», fragte ich.

«Ich weiß es nicht. So lange Sie möchten.»

«Wenn Ihnen daran gelegen ist zu tun, was ich möchte, dann hören Sie sofort auf.»

Sie ließ die Hände einen Augenblick auf den Tasten ruhen und warf mir einen raschen, fragenden Blick zu. Ob sie in meinen Zügen eine hinlängliche Antwort las, weiß ich nicht; doch sie stand langsam auf und begann, mit sehr hübsch zur Schau getragenem Gehorsam, das Instrument zu schließen. Ich half ihr dabei.

«Vielleicht möchten Sie ja gern allein sein»,

sagte sie. «In Ihrem Zimmer ist es wahrscheinlich zu kalt.»

«Ja», erwiderte ich, «Sie haben den Nagel auf den Kopf getroffen. Ich möchte allein sein. Ich möchte dieses fröhlich prasselnde Feuer ganz für mich haben. Wollen Sie nicht lieber in die Küche gehen und sich zur Köchin setzen? So grausam könnt nur ihr Frauen daherreden.»

«Wenn wir Frauen grausam sind, Mr Locksley, dann ohne es zu wissen. Wir sind es nicht absichtlich. Sagt man uns, wir seien garstig gewesen, so bitten wir demütig um Vergebung, selbst wenn wir nicht wissen, was wir verbrochen haben.» Bei diesen Worten machte sie einen sehr tiefen Knicks vor mir.

«Ich will Ihnen sagen, was Sie verbrochen haben. Kommen Sie, setzen Sie sich ans Feuer. Es ist eine ziemlich lange Geschichte.»

«Eine lange Geschichte? Dann lassen Sie mich meine Handarbeit holen.»

«Zum Teufel mit Ihrer Handarbeit! Entschuldigen Sie, aber ich meine es genau so. Ich möchte, dass Sie mir zuhören. Glauben Sie mir, Sie werden all Ihre Aufmerksamkeit brauchen.»

Sie sah mich einen Moment lang unverwandt an, und ich erwiderte ihren Blick. Während dieses Moments überlegte ich, ob ich meiner Bitte stillen Nachdruck verleihen sollte, indem ich ihr wie ein Liebender die Hand auf die Schulter legte. Ich kam zu dem Schluss, dass ich es besser nicht tun sollte. Sie ging zum Kamin und setzte sich schweigend in einen niedrigen Sessel am Feuer. Dort verschränkte sie geduldig die Arme. Ich setzte mich vor sie hin.

«Bei Ihnen, Miss Blunt», sagte ich, «muss man sehr deutlich werden. Sie nehmen die Dinge nicht einfach als gegeben. Sie haben eine Menge Phantasie, aber Sie benutzen sie kaum, wenn es um andere Leute geht.» Ich hielt einen Moment inne.

«Ist das mein Verbrechen?», fragte meine Gefährtin.

«Es ist nicht so sehr ein Verbrechen als vielmehr ein Laster», sagte ich, «und vielleicht nicht einmal so sehr ein Laster als eine Tugend. Ihr Verbrechen ist, dass Sie einem armen Teufel gegenüber, der Sie liebt, kalt wie Stein sind.»

Sie lachte recht schrill auf. Ich frage mich, ob sie glaubte, ich meinte Johnson.

«Für wen sprechen Sie, Mr Locksley?», fragte sie.

«Kommen da so viele in Betracht? Für mich selbst.»

«Wahrhaftig?»

«Mehr als wahrhaftig.»

«Wie lautet diese französische Wendung, die Sie immer benutzen? Ich denke, ich darf sagen: ‹Allons, donc!›»

«Lassen Sie uns lieber unmissverständliches Englisch miteinander reden, Miss Blunt.»

«‹Kalt wie Stein› ist fraglos absolut unmissverständliches Englisch. Ich verstehe nicht ganz, in welchem Verhältnis die beiden Teile Ihres Satzes zueinander stehen. Welches ist der Hauptsatz und welches der Nebensatz – dass ich ‹kalt wie Stein› bin, wie Sie es nennen, oder dass Sie mich lieben, wie Sie es nennen?»

«Wie ich es nenne? Wie soll ich es denn nennen? Um Himmels willen, Miss Blunt, seien Sie ernst, oder ich werde es noch ganz anders nennen. Ja, ich liebe Sie. Glauben Sie mir nicht?»

«Ich lasse mich gern überzeugen.»

«Gott sei Dank!», sagte ich. Dabei versuchte ich, ihre Hand zu ergreifen.

«Nein, nein, Mr Locksley», sagte sie, «nicht jetzt, wenn es Ihnen recht ist.»

«Taten sprechen eine lautere, eine deutlichere Sprache als Worte», sagte ich.

«Sie brauchen weder deutlicher zu werden noch lauter zu sprechen. Ich verstehe Sie vollkommen.»

«Aber flüstern werde ich sicher nicht», sagte ich, «auch wenn es, wie ich glaube, unter Liebenden der Brauch ist. Wollen Sie meine Frau werden?»

«Auch ich werde nicht flüstern, Mr Locksley. Ja, ich will.»

Und jetzt reichte sie mir die Hand. – Das ist das Gewichtige, von dem ich sprach.

12. September. – Die Hochzeit soll binnen drei Wochen stattfinden.

19. September. – Ich war eine Woche in New York, um einige geschäftliche Dinge zu erledigen. Gestern bin ich zurückgekommen. Ich stelle fest, dass hier alle über unsere Verlobung reden. Esther sagt, man habe schon vor einem Monat darüber geredet, und es herrsche allgemein Enttäuschung darüber, dass ich nicht reich sei.

«Ich sehe wirklich nicht ein, warum andere enttäuscht sein sollen, wenn du es nicht bist», sagte ich.

«Ich weiß nicht, ob du reich bist oder nicht», sagt Esther, «aber ich weiß, dass ich es bin.»

«Tatsächlich! Mir war nicht bewusst, dass du über ein eigenes Vermögen verfügst», usw. usw.

Diese kleine Posse wiederholt sich jeden Tag

in irgendeiner Form. Ich gebe mich ganz dem Müßiggang hin. Ich rauche eine Menge und lungere, die Hände in den Taschen, den lieben langen Tag herum. Ich bin befreit von jenem unbeschreiblichen Überdruss endlosen *Gebens*, den ich noch vor sechs Monaten empfunden habe. Damals wurde ich des Familienschmucks beraubt; und ich habe beschlossen, dass jedenfalls *diese* Verlobung nichts mit Gelddingen zu tun haben wird. Meine poetischen Vorstellungen wurden schon einmal enttäuscht; das wird mir kein zweites Mal passieren. Ich glaube, diese Gefahr ist nicht groß. Esther gibt mit vollen Händen aus. Sie kümmert sich eifrig um ihre schlichte Aussteuer – zeigt mir voller Triumph einige ihrer Einkäufe und macht ein großes Geheimnis um andere, von denen sie immer nur als «Tischtücher und Servietten» spricht. Gestern Abend sah ich, wie sie Knöpfe an ein Tischtuch annähte. Ich hatte schon eine Menge über ein gewisses graues Seidenkleid gehört, und heute Morgen kam sie, angetan mit diesem Kleidungsstück, zu mir. Es ist mit Samt besetzt und hat Rüschen, eine Schleppe und überhaupt alle modischen Extravaganzen.

«Nur eines spricht dagegen», sagte Esther, während sie vor dem Spiegel in meinem Atelier hoheitsvoll auf und ab schritt. «Ich fürchte, es ist zu vornehm für uns.»

«Bei Gott, ich werde dich darin malen», sagte ich, «und damit ein Vermögen machen. Alle anderen Männer, die hübsche Frauen haben, werden sie herbringen, um sie malen zu lassen.»

«Du meinst, all die Frauen, die hübsche Kleider haben», sagte Esther mit großer Bescheidenheit.

Unsere Trauung ist auf den nächsten Donnerstag festgesetzt. Ich sage zu Esther, unsere Trauung werde so bescheiden, unsere Ehe dafür aber so erfüllt wie möglich sein. Lediglich ihr Vater und ihre gute Freundin, die Schullehrerin, werden zugegen sein. – Mein Geheimnis belastet mich beträchtlich, aber ich habe beschlossen, es bis zu den Flitterwochen zu wahren; dann erledigt es sich vielleicht von selbst. Ich werde von der unheilvollen Ahnung verfolgt, die ganze Sache wäre *à refaire*[27], käme Esther jetzt dahinter. Ich habe Zimmer in einem zehn Meilen entfernten romantischen kleinen Seebad namens Clifton reserviert. Im Hotel halten sich kaum noch Leute aus der Stadt auf, wir werden also fast allein sein.

28. September. – Wir sind jetzt seit zwei Tagen hier. Die kleine Zeremonie in der Kirche ging reibungslos vonstatten. Mir tut der Kapitän aufrichtig leid. Wir sind gleich danach hierhergefahren und in der Dämmerung im Hotel angekommen. Es war ein unwirtlicher, trüber Tag. Wir haben zwei schöne Zimmer nahe der stürmischen See. Dennoch fürchte ich, einen Fehler gemacht zu haben. Es wäre vielleicht klüger gewesen, ins Landesinnere zu gehen. Diese Dinge sind nicht unwesentlich: Wir schaffen uns unseren eigenen Himmel, aber nur selten unsere eigene Erde. Ich schreibe an einem kleinen Tisch am Fenster und schaue auf die Felsen, die einbrechende Dunkelheit und den aufsteigenden Nebel hinaus. Meine Frau ist zu dem Felsplateau vor dem Haus hinunterspaziert. Ich kann sie von hier aus sehen, barhäuptig, das alte karminrote Umschlagtuch um die Schultern und im Gespräch mit einem der kleinen Jungen des Gastwirts. Sie hat dem kleinen Kerl gerade einen Kuss gegeben, die gute Seele! Ich erinnere mich, dass sie mir einmal sagte, sie möge kleine Jungen sehr, und mir ist in der Tat aufgefallen, dass sie ihr selten zu schmutzig sind, um sie auf den Schoß zu nehmen.

Ich habe diese Seiten zum ersten Mal seit – ich

weiß nicht, seit wann – durchgelesen. Sie sind von *ihr* erfüllt – in Gedanken noch mehr als in Worten. Ich denke, ich werde sie ihr zeigen, wenn sie hereinkommt. Ich werde ihr die Aufzeichnungen zu lesen geben und mich zu ihr setzen und ihr Gesicht beobachten – beobachten, wie sie allmählich hinter das große Geheimnis kommt.

Später. – Irgendwie wird es mir gelingen, dies einigermaßen ruhig niederzuschreiben; aber ich glaube kaum, dass ich noch einmal etwas schreiben werde. Als Esther hereinkam, reichte ich ihr diese Aufzeichnungen.

«Ich möchte, dass du das liest», sagte ich.

Sie wurde ganz blass und legte das Tagebuch mit einem Kopfschütteln auf den Tisch. «Ich kenne es, ich weiß Bescheid», sagte sie.

«Was weißt du?»

«Dass Sie hunderttausend im Jahr haben. Aber glauben Sie mir, Mr Locksley, es schadet nichts, dass ich das weiß. Sie haben an einer Stelle in Ihren Aufzeichnungen angedeutet, ich sei für Reichtum und Prunk geboren. Ich glaube, das stimmt. Sie geben vor, Ihr Geld zu hassen, aber ohne es hätten Sie mich nicht bekommen. Wenn Sie mich wirklich lieben – und ich glaube, das tun Sie –, werden Sie nicht zulassen, dass sich etwas ändert. Ich bin nicht so töricht, versuchen zu wollen, hier über meine Gefühle zu sprechen. Aber ich erinnere mich genau an das, was ich gesagt habe.»

«Was erwartest du von mir?», fragte ich. «Soll ich dich beschimpfen und verstoßen?»

«Ich erwarte, dass Sie den gleichen Mut beweisen wie ich. Ich habe nie behauptet, dass ich Sie liebe. In dieser Hinsicht habe ich Ihnen nie etwas vorgemacht. Ich sagte, ich würde Ihre Frau sein. Das will ich auch, treu und ergeben. Ich habe nicht so viel Herz, wie Sie glauben, aber andererseits doch eine ganze Menge. Zu mehr als *einer* Täuschung bin ich nicht fähig. – Du lieber Himmel! Haben Sie es nicht bemerkt? Haben Sie es nicht gewusst? Bemerkt, dass ich es entdeckt habe? Gewusst, dass ich es wusste? Wir beide standen uns in nichts nach. Sie haben mich getäuscht, ich habe Sie getäuscht. Nun, da Ihre Täuschung endet, endet auch meine. *Jetzt* sind wir frei, mit unseren hunderttausend im Jahr! Verzeihen Sie, aber manchmal überkommt es mich! *Jetzt* können wir gut und ehrlich und treu sein. Vorher war alle Tugend nur geheuchelt.»

«Du hast das da also gelesen?», fragte ich, eigentlich nur um etwas zu sagen – auch wenn dies seltsam erscheinen mag.

«Ja, während Sie krank waren. Es lag auf dem Tisch, Ihre Feder zwischen den Seiten. Ich las es, weil ich Verdacht geschöpft hatte. Sonst hätte ich es nicht getan.»

«Es war die Tat einer hinterhältigen Frau», sagte ich.

«Einer hinterhältigen Frau? Nein, nur einer Frau. Ich bin eine Frau, Sir.» Bei diesen Worten begann sie zu lächeln. «Kommen Sie, seien *Sie* ein Mann!»

Vor vierzig Jahren war jene inzwischen übliche und zu mancher Anekdote Anlass gebende Freiheit junger Amerikanerinnen, die bekanntlich den Neid ihrer ausländischen Schwestern weckt und diese zuweilen zur Verzweiflung treibt, noch nicht so selbstverständlich wie heute; doch war sie immerhin schon so weit akzeptiert, dass es keinen Skandal auslöste, wenn ein so hübsches Mädchen wie Diana Belfield mit keinem respekteinflößenderen Schutz zur «Grand Tour» durch Europa aufbrach als dem ihrer Kusine und engen Freundin Miss Agatha Josling. Vom europäischen Standpunkt aus mochte ihr Unterfangen recht gefährlich erscheinen, war sie doch von beachtlicher Schönheit – einer Schönheit, von der schon ihr Name kündete, den man ihr vielleicht in weiser Voraussicht ihrer hochgewachsenen, schlanken Gestalt, der edlen Haltung ihres von einem schweren Kranz kastanienbraunen Haares gekrönten Hauptes, ihres offenen, wachen Blickes und ihres schnellen, schwebenden Schrittes gegeben hatte. Sie pflegte häufig mit einem großen Hund spazieren zu gehen, der die Gewohnheit hatte, an ihrer Seite einherzuspringen und den Kopf gegen ihre ausgestreckte Hand zu stoßen; außerdem hatte sie es sich angewöhnt, ihren langen Sonnenschirm stets geschlossen, denn sie hatte keine Angst vor der Sonne, über der Schulter zu tragen wie ein marschierender Soldat seine Muskete. So ausgerüstet, glich sie auf wunderbare Weise jener bezaubernden antiken Statue der Jagdgöttin[1], die wir in verschiedenen Repliken in jedem zweiten Museum der Welt antreffen. Fast erwartete man, einen sandalenbeschuhten Fuß unter ihrem flatternden Gewand hervorlugen zu sehen. Mit dem Schritt der wachsamen Jägerin betrat sie das alte Segelschiff, das sie an fremde Gestade bringen sollte. Ihr folgte, in ganz anderer *démarche*[2] und mit zahlreichen Tüchern und Taschen, ihre weniger großgewachsene Verwandte. Agatha Josling war keine Schönheit, doch war sie die umsichtigste und aufopferungsvollste Gefährtin, die man sich vorstellen konnte. Der Tod von Dianas Mutter hatte die beiden zusammengeführt, denn als Diana in den Besitz des elterlichen Vermögens kam, teilte sie als Allererstes ihr Erbe mit Agatha, die selbst keinen Penny besaß; als

Nächstes erwarb sie einen Kreditbrief auf einen europäischen Bankier. Die Kusinen hatten eine klassische Freundschaft geschlossen: Sie wollten einander alles sein – wie die Damen von Llangollen[3]. Und war ihre Freundschaft auch auf sie beide beschränkt, so sollte ihr Llangollen doch weitläufig sein. Sie würden zusammen über das Pflaster historischer Städte schreiten und durch die Schiffe gotischer Kathedralen wandern, sich auf Maultieren mit hell klingenden Glöckchen durch Bergschluchten winden und zwischen dunkeläugigen Bauern an den Ufern blauer Seen sitzen. Es mag sonderbar erscheinen, dass ein schönes Mädchen mit einem hübschen Vermögen das höchste Glück im Leben in einer durch die Besichtigung von Sehenswürdigkeiten strapazierten Freundschaft sucht, doch Diana selbst sah in diesem Zeitvertreib keinesfalls nur eine kümmerliche Notlösung. Auch wenn sie selbst nie darüber sprach – ihr Biograph darf es sagen: Sie hatte, salopp ausgedrückt, an die hundert Anträge bekommen. Zu sagen, sie habe sie einfach abgelehnt, trifft die Sache nicht; sie hatten sie mit Verachtung erfüllt. Die Anträge stammten von ehrenwerten, liebenswürdigen Männern, und es waren auch nicht ihre Freier an sich, die ihr zuwider waren, es war schlicht die Vorstellung, überhaupt zu heiraten. Sie fand sie unerträglich – ein Umstand, der die Analogie mit der mythischen Gottheit, mit der ich sie verglichen habe, vollkommen macht. Sie war eine eingefleischte Junggesellin, aus inbrünstiger Überzeugung ledig, und in den freimütig blickenden grauen Augen, die die Männer dazu verführten, die junge Dame zu bewundern, lag ein gewisser silbriger Schimmer, der ihnen zu hoffen verbot. Die Diana der Sage fand Gefallen an einem schönen Hirten, doch die leibhaftige hatte, schlafend oder wachend, ihren Endymion[4] noch nicht gefunden.

Dank dieses abschreckenden Schimmers in den Augen zeigte sich die gefährliche Seite des Unternehmens unserer Heldin erst nach einiger Zeit – und auch dank der hervorragenden Eignung ihrer Gefährtin für ihre Aufgabe. Agatha Josling besaß eine nahezu quäkerhafte Reinheit und Würde; ein feuerspeiender Drache hätte keinen besseren Schutz bieten können als dieses glänzende graubrüstige Täubchen. Auch Geld schützt, und Diana hatte Geld genug, um sich Ruhe und Ungestörtheit zu erkaufen. Sie reiste weit durch die Lande und sah all die Kirchen und Gemälde, all die Schlösser und Landhäuser, die auf der Liste standen, welche die beiden

Freundinnen in abendlichen Gesprächen zu
Hause im Schein zweier Wachskerzen erstellt
hatten. Abends pflegten sie einander laut aus
‹Corinne›[5] und ‹Childe Harold›[6] vorzulesen,
und sie führten ein gemeinsames Tagebuch, bei
dem sie wie französische Bühnendichter «zu-
sammenarbeiteten»[7] und in dem sich zahlreiche Zitate der erwähnten Autoren fanden. Dies
ging ein Jahr so, dann wurden sie des Ganzen
ein wenig überdrüssig. Eine behagliche Post-
kutsche war durchaus ein angenehmer Aufent-
haltsort, aber sich Meilen von Gemälden anzusehen ermüdete den Rücken doch sehr. Souvenirs
und Flitterkram unter ausländischen Arkaden
zu kaufen war eine äußerst fesselnde Beschäftigung, aber die Gasthöfe waren in aller Regel
grässlich zugig, und Flaschen mit heißem Wasser zum Wärmen der Füße hatten die unangenehme Eigenschaft, rasch lauwarm zu werden.
Aus diesen und anderen Gründen beschlossen
unsere Heldinnen, ein festes Winterquartier zu
beziehen, und begaben sich zu diesem Zweck in
die bezaubernde Stadt Nizza, die damals gerade
erst begann, Berühmtheit zu erlangen. Sie war
lediglich einer der hundert Weiler an der Riviera – ein Ort, wo die blauen Wellen sich an
fast menschenleeren Stränden brachen und die

Olivenbäume direkt vor den Türen der Gasthöfe wuchsen. In jenen Tagen war Nizza italienisch, und die Promenade des Anglais existierte erst andeutungsweise. Doch sie existierte, und man konnte bereits kränkliche Briten, wenn auch in bescheidener Zahl, unter Londoner Schirmen vor der Kulisse des glitzernden und funkelnden Meeres in der Januarsonne spazieren gehen sehen. Unsere jungen Amerikanerinnen nahmen in aller Stille ihren Platz in dieser harmlosen Gesellschaft ein. Sie fuhren die Küste entlang durch die fremd anmutenden dunklen Fischerdörfer mit ihren dicht zusammengedrängten Häusern, und sie ritten auf Eseln zwischen den bewaldeten Hügeln umher. Sie malten Aquarelle und mieteten ein Klavier; sie schrieben sich bei der Leihbücherei ein und nahmen Unterricht in der Sprache Silvio Pellicos[8] bei einer alten Dame mit sehr schönen Augen, die eine riesige, von feinen Rissen durchzogene Malachitbrosche trug und sich als die Witwe eines römischen Exilanten ausgab.

Sie pflegten zum Meer hinunterzuspazieren und sich dort hinzusetzen, jede ausgestattet mit einem Band aus der Leihbücherei, doch warfen sie kaum einmal einen Blick in ihre Bücher. Das Weiß der Seiten blendete im grellen Sonnenschein zu stark, und die Leute, die vor ihnen gemächlich auf und ab schlenderten, waren viel unterhaltsamer als die Damen und Herren in den Romanen. Sie beobachteten sie unablässig unter ihren Sonnenschirmen hervor, und bald kannten sie alle vom Sehen. Viele der anderen Besucher Nizzas waren kränklich – sanftmütige, sich langsam bewegende Schwindsüchtige. Fänden Frauen nicht Gefallen daran, Mitleid zu üben, hätte ich gesagt, diese blassen Spaziergänger boten einen traurig stimmenden Anblick. Manche von ihnen weckten indes das Interesse unserer Freundinnen; sie beobachteten sie Tag für Tag; sie bemerkten Veränderungen in deren Gesichtsfarbe; sie hatten ihre Vorstellungen davon, wem es besser ging und wem schlechter. Allerdings unternahmen sie wenig, um Bekanntschaften zu machen – zum Teil, weil Lungenkranke nicht sehr redselig sind, zum Teil, weil dies auch Dianas Naturell entsprach. Die erklärte ihrer Freundin, sie seien nicht nach Europa gekommen, um Morgenbesuche abzustatten, sie hätten schließlich ihre besten Hüte und ihre Visitenkarten zu Hause gelassen. Der wahre Grund für Dianas Zurückhaltung aber war die Befürchtung, sie könne «bewundert» werden; das war kein albernes Gerede, sondern schlicht die Lehre aus einer unangenehmen Erfahrung. Sie war in Europa zum ersten Mal gewissen widerwärtigen Männern begegnet – elegant gekleideten Abenteurern, die sie mit lüsternen Blicken musterten und es nur aufs Geld abgesehen hatten; und sie hatte nun eine gesunde Angst, einer dieser Herren könnte ihr zu nahe treten, vergäße sie ihre Zurückhaltung versehentlich einmal. Agatha Josling, die weder in der Vergangenheit Anlass gehabt hatte noch künftig Anlass haben würde, aus denselben Gründen jemandem ihren anmutigen Rücken zuzukehren, hätte gern ihren Bekanntenkreis erweitert und sich sogar bereit erklärt, zu diesem Zweck ihren besten Hut aufzusetzen. Doch sie musste sich mit gelegentlichem belanglosem Geplauder mit zwei oder drei botanisierenden Engländerinnen auf einer Bank am Meer zufriedengeben – leutseligen alten Jungfern, die grobe Stiefel, feste Handschuhe und Hüte mit zum Schutz vor der Sonne angesetzten Schilden trugen und die auf der Suche nach Blumen am Wegesrand an Orten herumkrabbelten, an denen die erwähnten Gegenstände beim besten Willen nicht zu übersehen waren. Im Übrigen begnügte Agatha sich damit, Geschichten um die Leute herum zu spinnen, mit denen sie nie sprach. Sie ersann eine Menge hypothetischer Unterhaltungen, stellte Theorien auf und erfand Erklärungen – in der Regel von der wohlwollendsten Art. Ihre Gefährtin beteiligte sich an diesen harmlosen Gedankenspielen nicht, außer dass sie sich diese mit einem unbeteiligten Lächeln anhörte. Sie ließ ihren Mitmenschen nur selten die Ehre angedeihen, Entschuldigungen für sie zu suchen, und wollten diese, dass sie ihre Geschichte las, so mussten sie sie in den größten Lettern niederschreiben.

Eine Person gab es allerdings in Nizza, deren Biographie sie vermutlich eine gewisse Aufmerksamkeit geschenkt hätte, wäre sie ihr auf diese Weise zur Kenntnis gebracht worden. Agatha war der Gentleman zuerst aufgefallen, wenigstens hatte Agatha als Erste von ihm gesprochen. Er war jung und machte einen interessanten Eindruck; Agatha hatte sich lange gefragt, ob er in die Kategorie der Kranken gehörte oder nicht. Am liebsten wollte sie glauben, eine seiner Lungen sei «angegriffen»; das machte ihn fraglos noch interessanter. Er pflegte allein umherzuspazieren und lange an der Sonne zu sitzen; dabei lugte stets ein Buch aus seiner Jackentasche. Er schlug dieses Buch jedoch nie auf, sondern starrte immer nur aufs Meer hinaus. Ich sage «immer», doch bedarf meine Formulierung sogleich einer Einschränkung: Er sah immer dann aufs Meer hinaus, wenn er nicht gerade Diana Belfield ansah. Er war groß, blond und hager und sah, wie Agatha Josling sagte, aristokratisch aus. Er kleidete sich mit einer gewissen nachlässigen Eleganz, die Agatha pittoresk fand, und eines Tages erklärte sie, er erinnere sie an einen liebeskranken Prinzen. Irgendwann erfuhr sie von einer der botanisierenden Jungfern, dass er kein Prinz war, sondern einfach ein englischer Gentleman, nämlich Mr Reginald Longstaff. Dass er liebeskrank war, war durchaus möglich, doch ließ sich dieser Punkt nicht so leicht klären. Agathas Informantin hatte ihr aber versichert, auch wenn sie keine Prinzen seien, hätten die Longstaffs, die aus einer Gegend des Landes stammten, die sie besucht habe und wo sie große Besitztümer ihr Eigen nannten, doch einen Stammbaum, um den viele Prinzen sie beneiden dürften. Ihr Name war einer der ältesten und besten in England; die Longstaffs waren eine der unzähligen Familien vom Lande, die zwar keinen Titel besaßen, ihren Kopf aber so hoch trugen wie die erlauchtesten Kreise. Dieser arme Mr Longstaff war ein Musterbeispiel eines jungen englischen Gentlemans; er wirkte so sanft und doch so tapfer, so bescheiden und doch so kultiviert! Die Damen pflegten von ihm als dem «armen» Mr. Longstaff zu sprechen, denn sie sahen es mittlerweile als erwiesen an, dass ihm etwas fehlte. Agatha Josling fand schließlich heraus, was es war, und tat es feierlich kund: Mr Longstaff war schlicht in Diana verliebt! Es war doch ganz natürlich, anzunehmen, dass er in jemanden verliebt war, und, wie Agatha sagte, sie selbst konnte es unmöglich sein. Mr Longstaff sah blass und ein wenig zerzaust aus; er sprach mit niemandem; er war offensichtlich in Gedanken versunken, und seine sanften, offenen Züge boten hinlänglichen Beweis dafür, dass die Bürde, die auf seinem Herzen lastete, nicht von einem schlechten Gewissen herrührte. Was konnte es dann sein außer einer unerwiderten Leidenschaft? Doch drängte sich einem gleichermaßen die Frage auf, warum Mr Longstaff nichts unternahm, um zu erreichen, dass seine Liebe erwidert wurde.

«Warum in aller Welt bittet er nicht darum, dir vorgestellt zu werden?», fragte Agatha ihre Gefährtin.

Diana erwiderte völlig gleichmütig, dies liege fraglos daran, dass er ihr nichts zu sagen habe; und mit ein ganz klein wenig mehr Nachdruck erklärte sie, sie sei außerstande, ihm ein Gesprächsthema vorzuschlagen. Sie fügte noch hinzu, sie hätten ihrer Meinung nach nun lange genug über den armen Mann geredet und sollte er etwa die Taktlosigkeit besitzen, sie anzusprechen, werde sie sich ganz gewiss entfernen und ihn mit Miss Josling allein lassen. Allerdings hatte sie, zu einem früheren Zeitpunkt, die Bemerkung fallen lassen, er sei zweifellos der «distinguierteste» Mensch in Nizza; und wenn sie auch nie als Erste auf ihn zu sprechen kam, gestattete sie es ihrer Gefährtin später mehr als einmal, sich eine Zeitlang über das Thema auszulassen, ohne sie daran zu erinnern, wie sinnlos dies sei.

Der einzige Mensch, mit dem man Mr Longstaff sprechen sah, war ein älterer Herr von ausländischem Aussehen, der sich ihm bisweilen höchst ehrerbietig näherte und den Agatha Josling für seinen Diener hielt. Dieser Mann war offenbar Italiener; er benahm sich unterwürfig, hatte einen angegrauten Backenbart und ein gewinnendes Lächeln. Er kam allem Anschein nach, um Mr Longstaffs Anweisungen entgegenzunehmen, und entfernte sich sogleich wieder, um sie auszuführen. Agatha fiel auf, dass er es auf dem Rückweg immer so einzurichten wusste, dass er an ihrer Gefährtin vorüberging, die er mit seinem respektvollen, aber durchdringenden Blick musterte. «Er kennt das Geheimnis», sagte sie immer ein wenig scherzhaft. «Er weiß, was seinem Herrn fehlt, und er will dich in Augenschein nehmen, um festzustellen, ob du seine Billigung findest. Alte Diener wollen nicht, dass ihre Herren heiraten, und ich glaube, dieser ehrenwerte Mann hat gehörige Angst vor dir. Jedenfalls sagt der Blick, mit dem er dich anstarrt, alles.»

«Jeder starrt mich an!», sagte Diana verdrossen. «Das ist nichts Ungewöhnliches.»

Während die Wochen dahingingen, gelangte Agatha Josling zu der festen Überzeugung, Mr Longstaffs Leiden habe mit der Lunge zu tun. Dass der arme junge Mann krank war, war jetzt ganz offenkundig; er vermochte kaum noch den Kopf hochzuhalten oder einen Fuß vor den anderen zu setzen; sein Diener war immer in seiner Nähe, um ihm den Arm zu reichen oder einen zusätzlichen Mantel umzulegen. Freilich wusste niemand mit Sicherheit zu sagen, ob er tatsächlich schwindsüchtig war, doch Agatha teilte die Meinung der Dame, von der sie die Auskünfte über seinen Stammbaum erhalten hatte, dass allein schon dieser Umstand äußerst verdächtig sei, denn warum sollte er, wie die freundliche Engländerin mit Nachdruck bemerkte, ein solches Geheimnis daraus machen, wenn er nicht wirklich krank war? Suchte die Schwindsucht einen vermögenden jungen Mann aus gutem Hause heim, war es besonders betrüblich; solche Leute taten dann aus diplomatischen Gründen oft so, als erfreuten sie sich bester Gesundheit. Es bewahrte sie davor, dass Erbschleicher und gierige Verwandte ihnen für den Rest ihres Lebens zusetzten. Agatha wurde bewusst, dass die letzten Stunden dieses armen Gentlemans wohl sehr einsam sein würden. Sie hätte ihm gern angeboten, ihn zu pflegen, denn da sie nicht mit ihm verwandt war, konnte er sie nicht bezichtigen, sie tue es nur des Geldes wegen. Von Zeit zu Zeit erhob er sich von der Bank, auf der er gewöhnlich saß, und spazierte langsam an den beiden Freundinnen vorüber. Jedes Mal, wenn er sich ihnen näherte, hatte Agatha ein eigenartiges Gefühl – sie war fest überzeugt, er werde sie nun tatsächlich ansprechen. Er würde mit ausgesuchter Höflichkeit sprechen – etwas anderes vermochte sie sich bei ihm nicht vorzustellen. Es begann damit, dass er bereits von weitem seine ernsten, sanften Augen auf Diana richtete, und während er näher kam, hätte man meinen können, er gehe, ein schüchternes Kompliment auf den Lippen, direkt auf sie zu. Doch dann schien seine Zielstrebigkeit ihn auf einmal im Stich zu lassen; er verlangsamte seine Schritte, schaute aufs Meer hinaus und spazierte an ihr vorbei, ohne den Mut zu haben, sie auch nur anzusehen. Danach ging er auf die gleiche Weise wieder an seinen Platz zurück, sank, von seinem ziellosen Spaziergang offenbar ermüdet, auf die Bank und verfiel in melancholische Träumerei. Jede dieser Episoden könnte, für sich betrachtet, den Eindruck erwecken, sein Verhalten sei von einer gewissen Impertinenz gekennzeichnet gewesen, doch das war es keineswegs; in seinem Auftreten lag vielmehr etwas Bedachtsames und Zurückhaltendes, was es vollkommen unaufdringlich erscheinen ließ, und mit Sicherheit vermutete kein Einziger der Müßiggänger am sonnigen Strand dahinter wortlose «Aufmerksamkeiten».

«Ich frage mich, warum es uns nicht *mehr* stört, dass er so viel zu uns herüberschaut», sagte Agatha Josling eines Tages.

«Dass wer zu uns herüberschaut?», fragte Diana ganz und gar nicht heuchlerisch.

Agatha sah ihre Freundin einen Augenblick lang forschend an und sagte dann sanft: «Mr Longstaff. Jetzt frag nur nicht: ‹Wer ist Mr Longstaff?›», fügte sie hinzu.

«Ich habe noch gar nicht bemerkt, dass die

Person, die du offenbar meinst, zu uns herüberschaut», sagte Diana. «Ich habe ihn noch nie dabei ertappt.»

«Weil er immer wegsieht, wenn du zu ihm hinüberschaust. Er hat Angst, deinem Blick zu begegnen. Aber ich sehe ihn.»

Diese Unterhaltung fand an einem Tag statt, an dem die beiden Freundinnen wie gewöhnlich am funkelnden Meer saßen. Ein Stück von ihnen entfernt hatte sich, ebenfalls wie gewöhnlich, Reginald Longstaff auf seiner Bank niedergelassen. Diana neigte den Kopf ein wenig vor und blickte zu ihm hinüber. Er sah sie direkt an, und ihre Blicke trafen sich, offenbar zum ersten Mal. Diana schlug die Augen nieder und richtete sie wieder auf ihr Buch. «Es stört mich sehr wohl», sagte sie nach kurzem Schweigen und fügte gleich darauf hinzu, sie wolle nach Hause gehen und einen Brief schreiben. Und obwohl Diana in Europa noch keinen einzigen Schritt ohne Agatha getan hatte, ließ Miss Josling sie nun ohne Begleitung aufbrechen. «Es macht dir doch nichts aus, allein zu gehen?», hatte Agatha gefragt. «Es sind ja nur drei Minuten.»

Diana hatte geantwortet, sie ziehe es sogar vor, allein zu gehen, und entfernte sich mit ihrem Sonnenschirm auf der Schulter.

Agatha Josling hatte einen ganz bestimmten Grund, warum sie von ihrer gewohnten Sittsamkeit abwich. Sie war plötzlich überzeugt gewesen, wenn sie allein zurückbliebe, würde Mr Longstaff zu ihr herüberkommen, um ihr etwas sehr Wichtiges zu sagen, und sie gab dieser Überzeugung nach, ohne das Gefühl zu haben, etwas Unschickliches zu tun. Etwas Erhabenes lag darin; es war eine Art Vorahnung, doch das schreckte Agatha nicht; sie kam sich vielmehr äußerst liebenswürdig und verständnisvoll vor. Allerdings verspürte sie dann doch eine gewisse Beklommenheit, als sie nach zehn Minuten (die ihr sehr lang erschienen waren) den jungen Mann von der Bank aufstehen und langsam auf sich zukommen sah. Mr Longstaff kam immer näher; schließlich hatte er sie fast erreicht; er blieb stehen und sah sie an. Sie hatte den Kopf abgewandt, um nicht den Eindruck zu erwecken, sie erwarte ihn; doch jetzt drehte sie sich wieder um, und er zog feierlich den Hut.

«Darf ich so frei sein, mich zu setzen?», fragte er.

Agatha nickte schweigend und entfernte, um ihm Platz zu machen, ein blaues Tuch, das Diana gehörte und das diese liegengelassen hatte. Er ließ sich langsam auf die Bank sinken und sagte dann ganz leise: «Ich wage es, Sie anzusprechen, weil ich Ihnen unbedingt etwas sagen muss.» Seine Stimme zitterte, und er war sehr blass. Seine Augen, die Agatha ausnehmend hübsch fand, hatten einen merkwürdigen Ausdruck.

«Sie sind krank, nicht wahr», sagte sie mit großer Herzlichkeit. «Ich habe Sie oft gesehen und Sie bedauert.»

«Ich dachte mir schon, dass ich Ihnen ein wenig leid tue», erwiderte der junge Mann. «Deshalb habe ich mich auch entschlossen, mit Ihnen zu sprechen.»

«Ihr Zustand verschlechtert sich», sagte Agatha sanft.

«Ja, mein Zustand verschlechtert sich; ich werde sterben. Ich bin mir dessen vollkommen bewusst, ich mache mir da keine Illusionen. Mit jedem Tag werde ich schwächer; mir bleiben nur noch ein paar Wochen.» Er sagte dies in aller Schlichtheit, wehmütig, aber nicht klagend.

Agatha jedoch fühlte sich von ehrfürchtiger Bewunderung nahezu überwältigt; in ihrem Herzen regten sich zarte schwesterliche Gefühle für diesen schönen jungen Mann, der neben ihr saß und so ergeben vom Tod sprach.

«Kann man denn gar nichts mehr tun?», fragte sie.

Er schüttelte den Kopf und lächelte ein wenig. «Nichts, außer zu versuchen, dem bisschen Leben, das mir noch bleibt, möglichst viel Freude abzugewinnen.»

Obwohl er lächelte, spürte sie, dass er es sehr ernst meinte, ja dass er zutiefst aufgewühlt war und sich bemühte, seine Gefühle zu beherrschen.

«Ich fürchte, Sie haben nicht viel Grund zur Freude», erwiderte Agatha. «Sie scheinen ganz allein zu sein.»

«Ich bin ganz allein. Ich habe keine Familie – keine nahen Verwandten. Ich bin völlig allein.»

Agatha ließ ihren Blick voller Mitgefühl auf ihm ruhen. «Sie hätten mit *uns* sprechen sollen.»

Er sah sie an; er hatte den Hut abgenommen und strich sich mit der Hand langsam über die Stirn. «Sie sehen, ich tue es – endlich!»

«Sie wollten es schon früher tun?»

«Sehr oft.»

«Das habe ich mir gedacht!», sagte Agatha mit einer Offenheit, die allein sie schon adelte.

«Aber es ging nicht», sagte Mr. Longstaff. «Sie waren nie allein.»

Ehe Agatha sich's versah, errötete sie ein wenig, schienen seine Worte, wenn man sie so hörte, doch zu besagen, er hätte sich einzig und allein an sie gewandt, um die Freuden zu finden, nach denen er sich sehnte. Schon im nächsten Augenblick wurde ihr indes bewusst, was er eigentlich sagen wollte: dass er ihre Gefährtin so sehr bewunderte, dass er Angst vor ihr hatte und sie selbst für eine weitaus weniger furchteinflößende und weniger interessante Persönlichkeit hielt, da er es ja wagte, sie anzusprechen. Die Röte wich sogleich aus ihren Wangen, denn sie empfand keinerlei Groll, der ihr die Farbe weiter ins Gesicht getrieben hätte; und sie empfand auch dann keinerlei Groll, als sie merkte, dass ihr Nachbar sie zwar mit weit offenen, verträumten Augen ansah, mit seinen Gedanken aber viel zu sehr bei Diana weilte, als dass er die Verwirrung bemerkt hätte, die sie einen Moment lang befallen hatte.

«Ja, das stimmt», sagte sie. «Es ist das erste Mal, dass meine Freundin mich allein lässt.»

«Sie ist sehr schön», sagte Mr Longstaff.

«Sehr schön – und ihre Güte steht ihrer Schönheit nicht nach.»

«Ja, ja», bekräftigte er feierlich, «dessen bin ich gewiss. Ich *weiß* es!»

«Ich weiß es noch besser als Sie», sagte Agatha mit einem sanften Lächeln.

«Dann werden Sie bestimmt umso nachsichtiger beurteilen, was ich zu sagen habe. Es klingt sehr sonderbar; Sie werden im ersten Moment vielleicht denken, ich sei verrückt. Aber das bin ich nicht; ich bin vollkommen vernünftig. Sie werden schon sehen.» Dann schwieg er einen Moment; seine Stimme hatte wieder zu zittern begonnen.

«Ich weiß, was Sie sagen wollen», erwiderte Agatha sanft. «Sie sind in meine Freundin verliebt.»

Mr Longstaff warf ihr einen Blick zu, aus dem tiefe Dankbarkeit sprach. Er hob den Saum des blauen Umschlagtuchs hoch, das er oft an Diana gesehen hatte, und drückte ihn an die Lippen.

«Ich bin Ihnen außerordentlich dankbar!», rief er. «Sie halten mich also nicht für verrückt?»

«Wenn Sie verrückt sind, dann hat es schon eine Menge Verrückte gegeben!», sagte Agatha.

«Natürlich hat es die gegeben. Das habe ich mir selbst auch gesagt, und es hat mir geholfen. Sie alle haben nichts gewonnen außer den Freuden, die ihre Liebe ihnen schenkte, und deshalb geht es mir, der ich nichts gewinne und nichts habe, nicht schlechter als den anderen. Aber sie hatten mehr als ich, nicht war? Sehen Sie, ich hatte absolut nichts – nicht einmal einen Blick hat sie mir geschenkt», fuhr er fort. «Ich habe nie gesehen, dass sie mich auch nur eines Blickes gewürdigt hätte. Ich habe nicht nur nie mit ihr gesprochen, ich bin ihr nicht einmal nahe genug gekommen, um überhaupt mit ihr sprechen zu können. Das hier ist alles, was ich je hatte – die Möglichkeit, meine Hand auf etwas zu legen, was sie getragen hat, und doch habe ich im vergangenen Monat Tag und Nacht an sie gedacht. Dort drüben zu sitzen, ein paar hundert Yard entfernt, war mir Glück genug, schlicht, weil sie hier saß, im gleichen Sonnenschein, und auf das gleiche Meer hinausblickte. Ich werde sterben, doch in den letzten fünf Wochen hat mich das am Leben erhalten. Nur dafür bin ich jeden Tag aufgestanden und hierhergekommen; hätte ich das nicht gehabt, wäre ich zu Hause geblieben und nie mehr aufgestanden. Ich habe mich nie darum bemüht, ihr vorgestellt zu werden, weil ich sie nicht wegen nichts und wieder nichts behelligen wollte. Ihr von meiner Bewunderung für sie zu erzählen schien mir anmaßend. Ich habe ihr nichts zu bieten – ich bin nur noch der Schatten eines Lebenden, und sagte ich zu ihr: ‹Gnädiges Fräulein, ich liebe Sie›, so könnte sie nur antworten: ‹Schön, Sir, und nun?› Nichts – nichts! Es kam mir vor, als hätte ich sie in ein offenes Grab blicken lassen, hätte ich ihr gesagt, was ich für sie empfand. Es war feinfühliger, es nicht zu tun, und so wahrte ich Distanz und schwieg. Selbst dies bereitete mir, wie ich schon sagte, Glück, doch es war ein Glück, das meine Kräfte völlig aufgezehrt hat. Es ist vorbei. Ich muss mich geschlagen geben und der Sache ein Ende machen!» Ein wenig schwer atmend und offenbar erschöpft von seiner langen Rede, hielt er inne.

Agatha hatte immer von Liebe auf den ersten Blick gehört; sie hatte in Gedichten und Liebesromanen davon gelesen, aber sie war ihr nie so nahe gewesen wie jetzt. Sie schien ihr wunderschön, und Agatha glaubte inbrünstig daran. Sie machte Mr Longstaff herrlich interessant; sie umgab seine Züge, seine ganze Person mit einem Glorienschein, verlieh dem flehenden Ton seiner Stimme einen ganz besonderen Klang. Die netten Engländerinnen hatten recht gehabt: Er war fraglos ein vollkommener Gentleman. Sie konnte ihm vertrauen.

«Vielleicht bessert sich Ihr Zustand, wenn Sie eine Weile zu Hause bleiben», sagte sie, um ihn zu beruhigen.

Ihr Ton schien ihn darin zu bestärken, dass sie seine Leidenschaft ganz natürlich und schicklich fand; er streckte die Hand aus und legte sie einen Augenblick auf die ihre.

«Ich wusste, dass Sie vernünftig sind – ich wusste, dass ich mit Ihnen reden kann. Aber mein Zustand wird sich nicht mehr bessern. Sämtliche bedeutenden Ärzte sagen das, und ich glaube ihnen. Wenn der innige Wunsch, aus einem bestimmten Grund gesund zu werden, ein Wunder bewirken und eine tödliche Krankheit heilen könnte, hätte ich dieses Wunder schon vor zwei Monaten erlebt. Gesund zu werden und das Recht zu haben, mit Ihrer Freundin zu sprechen – das war mein innigster Wunsch. Aber es geht mir schlechter denn je; ich bin sehr schwach und werde das Haus nicht mehr verlassen können. Schon heute glaubte ich, ich würde Sie nie mehr sehen, aber ich wollte Ihnen das alles doch noch so gern sagen! Der Gedanke machte mich sehr unglücklich. Was für ein wunderbarer Zufall, dass sie allein fortging! Ich muss dankbar sein; wenn der Himmel schon meine großen Bitten nicht erhört, so erhört er doch meine kleinen. Ich ersuche Sie, mir diesen Gefallen zu tun: Sagen Sie ihr, was ich Ihnen gesagt habe. Nicht jetzt – nicht, bevor ich dahingegangen bin. Behelligen Sie sie nicht damit, solange ich noch lebe. Bitte versprechen Sie mir das. Wenn ich tot bin, wird es weniger aufdringlich erscheinen, weil Sie dann von mir in der

Vergangenheit sprechen können. Es wird sein, als erzählten Sie nur eine Geschichte. Mein Diener wird Sie benachrichtigen. Dann sagen Sie ihr bitte: ‹Du warst sein letzter Gedanke, und es war sein letzter Wunsch, dass du das erfahren sollst.›» Er stand langsam auf und streckte Agatha die Hand entgegen; sein Diener, der in einiger Entfernung gewartet hatte, näherte sich mit unterwürfiger Feierlichkeit, als gehörte es zu seinen Pflichten, sein Auftreten dem Gesprächston seines Herrn anzupassen. Agatha Josling ergriff die Hand des jungen Mannes; er stand vor ihr und sah sie noch einen Augenblick lang an. Auch sie hatte sich erhoben; sie war sehr beeindruckt.

«Sie werden es ihr nicht sagen, *bevor*…?», fragte er in flehendem Ton. Sie schüttelte den Kopf. «Aber dann werden Sie es ihr auch wirklich sagen?» Sie nickte, er drückte ihr die Hand, nahm, nachdem er den Hut gelüftet hatte, den Arm seines Dieners und entfernte sich langsam.

Agatha hielt ihr Versprechen; sie sagte Diana nichts von der Unterredung. Die jungen Amerikanerinnen kamen auch am folgenden Tag an den Strand und ebenso am nächsten und am übernächsten, und Agatha hielt eifrig nach Mr Longstaff Ausschau. Doch sie schaute vergebens nach ihm aus – Tag um Tag blieb er fern, und sein Fernbleiben bestätigte seine düstere Prophezeiung. Agatha fand, etwas Wunderbareres könne einer Frau nicht widerfahren, und als sie ihre schöne Gefährtin mit einem Seitenblick streifte, brachte es sie beinahe auf, sie so unbekümmert und gelassen dasitzen zu sehen, während ein armer junger Mann gleichsam aus Liebe zu ihr im Sterben lag. Zuweilen fragte sie sich, ob es denn, ungeachtet ihres Versprechens, nicht ihre christliche Pflicht sei, Diana seine Geschichte zu erzählen und ihr die Möglichkeit zu geben, zu ihm zu gehen. Doch dann befürchtete Agatha, die sehr wohl wusste, dass ihre Gefährtin einen gewissen majestätischen Stolz besaß, an dem es ihr selbst mangelte, Diana könnte sich weigern, etwas zu unternehmen, auch wenn sie von seinem Zustand erführe, und dies mit ansehen zu müssen, erschien ihr gar zu schmerzlich. Außerdem hatte sie ihr Wort gegeben, und sie hielt stets ihr Wort. Doch ihre Gedanken kreisten fortwährend um Mr Longstaff und die Romantik dieser Liebesgeschichte. Darüber wurde sie ganz melancholisch, und sie sprach viel weniger als sonst. Plötzlich wurde sie durch eine Äußerung Dianas aus ihrer Träumerei gerissen, die beiläufig fragte, was wohl aus dem einsamen jungen Mann geworden sein mochte, der auf der Nachbarbank zu sitzen pflegte und ihnen die Ehre angedeihen ließ, sie anzustarren.

Beinahe zum ersten Mal in ihrem Leben verstellte Agatha Josling sich vorsätzlich.

«Entweder ist er abgereist, oder er muss das Bett hüten. Sicher liegt er, einsam und allein, in irgendeiner elenden gemieteten Unterkunft im Sterben.»

«Ich will lieber an etwas Erfreulicheres glauben», sagte Diana. «Ich glaube, er ist nach Paris gereist und sitzt gerade bei einem erlesenen Mahl in einem ausgezeichneten Restaurant.»

Agatha schwieg einen Augenblick, dann wagte sie die Bemerkung: «Ich glaube, dir ist vollkommen gleichgültig, was aus ihm wird.»

«Mein liebes Kind, warum sollte es mir nicht gleichgültig sein?», fragte Diana.

Und Agatha Josling musste einräumen, dass diese Frage durchaus berechtigt war. Doch dann geschah etwas, was die Sache in einem anderen Licht erscheinen ließ. Drei Tage später unternahm sie mit ihrer Freundin eine lange Spazierfahrt, von der sie erst bei Einbruch der Dämmerung zurückkehrten. Als sie vor ihrer Unterkunft aus der Kutsche stiegen, bemerkte Agatha eine Gestalt, die, ein wenig abseits, auf der Straße stand und ihr selbst in der einbrechenden Dunkelheit irgendwie vertraut vorkam. Ein zweiter Blick bestätigte ihr, dass es sich um Mr Longstaffs Diener handelte, der dort in der Hoffnung wartete, ihre Aufmerksamkeit auf sich zu lenken. Sie beschloss unverzüglich, sie ihm reichlich zuteil werden zu lassen. Diana stieg aus dem Wagen und ging ins Haus, während der Kutscher glücklicherweise nach Anweisungen für den nächsten Tag fragte. Agatha gab kurz die nötigen Anordnungen und wandte sich dann, ehe sie ebenfalls ins Haus ging, der wartenden Gestalt zu. Diese näherte sich, den Hut in der Hand, auf Zehenspitzen und schüttelte tiefbetrübt den Kopf.

Aus der Miene des alten Mannes sprach lebhafter Kummer, was darauf hindeutete, dass Mr Longstaff ein großzügiger Brotherr war. Er wandte sich in jenem mit Wendungen aus anderen Sprachen durchsetzten Französisch an Miss Josling, wie es für gewöhnlich italienische Dienstboten sprechen, die in der Welt herumgekommen sind.

«Ich habe mich vom Bett meines teuren Herrn fortgestohlen, um kurz mit Ihnen zu sprechen. Die alte Frau am Obststand drüben sagte mir, Sie seien ausgefahren, also habe ich gewartet;

aber es kam mir vor wie tausend Jahre, bis Sie endlich zurückkehrten!»

«Sie haben Ihren Herrn doch nicht allein gelassen?», fragte Agatha.

«Zwei Barmherzige Schwestern kümmern sich um ihn – der Himmel vergelte es ihnen! Sie wachen Tag und Nacht bei ihm. Es geht ihm sehr schlecht, *pauvre cher homme*[9]!» Der alte Mann sah die junge Dame mit jenem unbefangenen, leutseligen, wohlwollenden Blick an, mit dem Italiener aus allen Schichten die gesellschaftliche Kluft überbrücken. Agatha war überzeugt, dass er das Geheimnis seines Herrn kannte und dass sie offen mit ihm darüber sprechen konnte.

«Stirbt er?», fragte sie.

«Das ist die Frage, verehrtes Fräulein! Es geht ihm sehr schlecht. Die Ärzte haben ihn aufgegeben, aber die Ärzte wissen ja auch nicht, woran er leidet. Sie haben seinen teuren Körper von oben bis unten abgetastet, sie haben seine Lungen abgehört, sich seine Zunge angesehen und seinen Puls gemessen; sie wissen, was er isst und trinkt – das ist schnell erzählt! Aber in sein *Gemüt*, verehrtes Fräulein, haben sie nicht hineingesehen. Ich schon, und insofern bin ich ein besserer Arzt als sie. Ich kenne sein Geheimnis – ich weiß, dass er das schöne Mädchen da oben liebt!» Bei diesen Worten deutete der alte Mann auf die oberen Fenster des Hauses.

«Hat Ihr Herr Sie ins Vertrauen gezogen?», fragte Agatha.

Er zögerte kurz, dann schüttelte er ein wenig den Kopf, legte die Hand aufs Herz und sagte: «Ach, verehrtes Fräulein, die Frage ist doch, ob ich *ihn* ins Vertrauen gezogen habe. Ich gebe zu, ich habe es nicht getan, sein Zustand ist zu schlecht. Aber ich habe beschlossen, sein Arzt zu sein und ein Mittel auszuprobieren, an das die anderen gar nicht gedacht haben. Wollen Sie mir helfen?»

«Wenn ich kann», sagte Agatha. «Welches Mittel meinen Sie?»

Wieder deutete der alte Mann auf die oberen Fenster des Hauses.

«Ihre liebreizende Freundin! Sorgen Sie dafür, dass sie an sein Bett kommt.»

«Wie sollte ihm das helfen», fragte Agatha, «wo er doch im Sterben liegt?»

«Er liegt im Sterben, weil sie nicht bei ihm ist. Zumindest ist das meine Meinung, und ich denke, es ist einen Versuch wert. Wenn ein junger Mann, der eine schöne Frau liebt und kein einziges Mal auch nur die Fingerspitzen ihres Handschuhs berührt hat, todkrank wird und dahinsiecht, bedarf es keines klugen Kopfes, um zu erkennen, dass seine Krankheit nicht von allzu großer Zügellosigkeit herrührt. Ganz im Gegenteil! Wird er zusehends schwächer, wenn Ihre Freundin nicht da ist, bessert sich sein Zustand ja vielleicht, wenn sie da ist. Das jedenfalls ist meine Theorie, und jede Theorie ist gut, die einen Sterbenden zu retten vermag. Sorgen Sie dafür, dass die junge Dame kommt, einen Augenblick an seinem Bett steht und ihre Hand auf die seine legt. Wir werden sehen, was passiert. Wird er gesund, war es der Mühe wert; wenn nicht, hat sich Ihre Freundin nichts vergeben. Eine junge Dame riskiert nichts, wenn sie einen armen Gentleman besucht, der, von zwei Ordensfrauen behütet, wie betäubt daliegt.»

Agatha war von dieser anschaulichen Argumentation tief beeindruckt, erwiderte aber, es sei ganz und gar unmöglich, dass ihre schöne Freundin ohne besondere Einladung von Mr Longstaff diesen frommen Gang anträte. Ja, Agatha war sich keineswegs sicher, dass Diana gehen würde, selbst wenn er sie darum bäte, zu ihm zu kommen; fest stand jedoch, dass sie einen derart außerordentlichen Schritt nicht auf den bloßen Vorschlag eines Dienstboten hin tun würde.

«Aber Sie, verehrtes Fräulein, Sie haben das

Glück, kein Dienstbote zu sein», entgegnete der alte Mann. «Unterbreiten Sie ihr den Vorschlag als den Ihren.»

«Käme er von mir, hätte er wenig Gewicht, denn woher sollte ich denn etwas über Ihren armen Herrn wissen?»

«Sie haben Ihrer Freundin nicht erzählt, was mein teurer Herr Ihnen kürzlich gesagt hat?»

Agatha beantwortete seine Frage mit einer Gegenfrage. «Hat er Ihnen erzählt, was er mir gesagt hat?»

Der alte Mann tippte sich an die Stirn und lächelte.

«Sehen Sie, verehrtes Fräulein, einem guten Diener braucht man nie etwas zu sagen! Wenn Sie die Worte meines Herrn der Signorina noch nicht mitgeteilt haben, bitte ich Sie inständig, es jetzt zu tun. Ich fürchte, sie ist recht kaltherzig.»

Agatha sah einen Augenblick zu den Fenstern hinauf und nickte dann schweigend. Sie fand es äußerst verwunderlich, dass sie mit diesem betagten Domestiken Dianas Charakter erörterte; doch die Situation war so befremdlich und romantisch, dass die alten Marksteine der Schicklichkeit längst unkenntlich geworden waren und es ihr ganz natürlich vorkam, dass ein italienischer *valet de chambre*[10] so offen und vertraulich mit ihr sprach wie ein Diener in einer altmodischen Komödie.

«Ich glaube versprechen zu können, dass mein teurer Herr nach der jungen Dame schicken wird, wenn dies erforderlich ist», fuhr Mr Longstaffs Diener fort. «Aber ich bitte Sie eindringlich, inzwischen mit ihr zu sprechen. Zeigt sie sich kaltherzig, entfachen Sie ihre Herzenswärme! Bereiten Sie sie darauf vor, dass sein Zustand sie sehr berühren wird. Wenn Sie ihn sehen könnten, den armen Gentleman, wie er so still und schön daliegt, als wäre er seine eigene Grabstatue auf einem *campo santo*[11], weckte er sicherlich Ihre Anteilnahme.»

Dies schien Agatha ein äußerst anrührendes Bild, doch wurde ihr plötzlich bewusst, dass ihr nun schon ungebührlich lange dauerndes Gespräch mit Mr. Longstaffs Repräsentanten den Charakter einer nächtlichen Unterredung annahm. Sie beendete es abrupt, nachdem sie ihrem Gegenüber versichert hatte, sie werde über das, was er ihr gesagt hatte, nachdenken, und folgte, völlig aufgewühlt, ihrer Gefährtin ins Haus. Spät an jenem Abend ließ sich ihre Aufgewühltheit nicht mehr unterdrücken. Agatha ging in Dianas Zimmer, wo sie die junge Dame in einem weißen Schlafrock vor ihrem Spiegel antraf; die kastanienbraunen Locken reichten ihr bis zu den Knien. Agatha ergriff Dianas Hände und erzählte ihr die Geschichte von der leidenschaftlichen Liebe des jungen Engländers, erzählte ihr, dass er sich an jenem Tag, als Diana sie allein auf der Bank am Meer zurückgelassen hatte, zu ihr gesetzt und mit ihr geredet und dass sein ehrwürdiger Diener erst vor wenigen Stunden mit ihr ein Gespräch über dasselbe Thema gesucht hatte. Diana hörte ihr zunächst mit leicht geröteten Wangen, dann mit abweisender, beinahe grausamer Miene zu.

«Erbarme dich seiner», sagte Agatha Josling, «erbarme dich seiner und besuche ihn.»

«Ich verstehe es nicht», sagte ihre Gefährtin, «und ich empfinde es als sehr lästig. Was habe ich denn mit Mr Longstaff zu schaffen?» Doch ehe sie auseinandergingen, hatte Agatha sie überredet, nicht nein zu sagen, sollte tatsächlich eine Nachricht vom Totenbett des jungen Mannes eintreffen, und ihm die Gunst ihrer Gegenwart nicht zu verweigern.

Die Nachricht kam tatsächlich, überbracht, wie nicht anders zu erwarten, vom rührigen Kammerdiener des Kranken. Er erschien am nächsten Morgen erneut und erklärte, sein Herr bitte ergebenst um die Ehre einer zehnminütigen Unterredung mit den beiden Damen. Sie willigten ein, ihm zu folgen, und er geleitete sie zu Mr Longstaffs Unterkunft. Dianas Miene zeigte noch immer Spuren ihres Unmuts, was sie indes mehr denn je wie die leicht aufbrausende Jagdgöttin aussehen ließ. Geführt von dem alten Mann, schritten sie durch eine niedrige grüne Tür in einer gelben Mauer und durch einen verwilderten Garten voller Orangenbäume und Winterrosen und betraten dann einen weißgetäfelten Salon, wo er sie sogleich vor einer großen klassischen Empire-Uhr allein ließ, die auf dem Sims eines kalten südlichen Kamins thronte. Sie mussten jedoch nur wenige Augenblicke warten; die Tür zum angrenzenden Zimmer ging auf, und die Barmherzigen Schwestern mit ihren weißgeflügelten Hauben und über Kreuz in den weiten Ärmeln ihres Gewandes verborgenen Händen traten heraus und blieben mit gesenktem Blick zu beiden Seiten der Tür stehen. Dann tauchte der alte Diener zwischen ihnen auf und bedeutete den beiden jungen Mädchen, näher zu treten. Diese kamen der Aufforderung mit einem gewissen Zögern nach, und er geleitete sie in das Zimmer des Sterbenden. Mit einer Geste zum Bett hin zog er sich schweigend zurück und verließ den Raum, ohne jedoch die Verbindungstür zum Salon zu schließen, wo er bei den Barmherzigen Schwestern Posten bezog.

Diana und ihre Gefährtin standen in der Mitte des abgedunkelten Zimmers dicht beieinander und warteten darauf, dass der Mann, der nach ihnen geschickt hatte, sie aufforderte, näher zu kommen. Er lag, die Arme auf der Decke ausgestreckt und von Kissen gestützt, in seinem Bett. Einen Moment lang blickte er die beiden jungen Damen einfach an; er war so weiß wie das Betttuch, das ihn zudeckte, und machte fraglos den Eindruck eines Sterbenden. Dennoch hatte er die Kraft, sich vorzubeugen und mit leiser, deutlicher Stimme zu sprechen.

«Wären Sie so freundlich, näher zu treten?», sagte Mr Longstaff.

Agatha Josling schob ihre Freundin sanft vorwärts, trat dann aber ebenfalls ans Bett. Da stand Diana nun, ihre finstere Miene war verschwunden; der junge Mann sank in seine Kissen zurück und sah sie an. Sein Gesicht bekam ein wenig Farbe, und er faltete die Hände auf der Brust. Eine Weile lang starrte er das schöne Mädchen vor ihm einfach an. Für Diana war es eine unangenehme Situation, und Agatha rechnete jeden Augenblick damit, dass sie sich voller Widerwillen abwenden würde. Doch allmählich wich der Eindruck stolzer Selbstüberwindung, der Eindruck mechanischer Willfährigkeit, den sie bisher erweckt hatte, einer Haltung, aus der Geduld und Mitgefühl sprachen. In den Zügen des jungen Engländers spiegelte sich eine Art spiritueller Verzückung, die der Situation unübersehbar etwas eigentümlich Weihevolles verlieh.

«Es war sehr edelmütig von Ihnen, dass Sie gekommen sind», sagte er schließlich. «Ich hatte es kaum zu hoffen gewagt. Ich nehme an, Sie wissen… Ich nehme an, Ihre Freundin, die mir so freundlich zuhörte, hat Ihnen alles erzählt?»

«Ja, sie weiß es», warf Agatha leise ein, «sie weiß es.»

«Ich wollte eigentlich, dass Sie es erst nach meinem Tod erfahren», fuhr er fort, «aber» – er machte eine kurze Pause und presste die gefalteten Hände zusammen – «ich konnte nicht warten! Und als mir klar wurde, dass ich nicht warten konnte, kam mir ein neuer Gedanke, regte sich ein neuer Wunsch in mir.» Wieder schwieg er einen Moment, den verehrungsvollen Blick noch immer flehentlich auf Diana gerichtet. Die Röte auf seinem Gesicht wurde intensiver. «Es geht um etwas, was Sie für mich tun könnten. Sie werden es für eine äußerst ungewöhnliche Bitte halten; doch in meiner Lage wird man kühn. Verehrtes Fräulein, wollen Sie mich heiraten?»

«Gütiger Himmel!», rief Agatha Josling kaum vernehmbar. Ihre Gefährtin sagte nichts – ihre Haltung schien allerdings auszudrücken, dass sie in dieser außergewöhnlichen Situation nichts mehr überraschen konnte. Doch sie ließ Mr Longstaffs Antrag die Ehre zuteil werden, langsam in einem Sessel Platz zu nehmen, den man neben sein Bett gestellt hatte; hier saß sie, den Blick gesenkt, in jungfräulicher Majestät.

«Es wird mir helfen, glücklich zu sterben, da ich ja nun einmal sterben muss!», fuhr der junge Mann fort. «Es wird mich in die Lage versetzen, etwas für Sie zu tun – das Einzige, was ich noch tun kann. Ich habe Besitz – Ländereien, Häuser, viele schöne Dinge – Dinge, die ich geliebt habe und die zurückzulassen mich schmerzt. Als ich lange Tage so hilf- und hoffnungslos dalag, kam mir der Gedanke, welch ein Segen es wäre, sie in Ihren Händen zu wissen. Wären Sie meine Frau, ruhten sie dort sicher. Es könnte Ihnen viel Ungemach ersparen, doch das allein ist es nicht. Für mich geht es noch um etwas anderes. Um das Gefühl, das es mir geben würde! Ich liebe das Leben. Ich möchte nicht sterben, aber da ich nun einmal sterben muss, empfände ich es als großes Glück, dem Leben just das abgerungen zu haben: dass wir uns vor einem Priester die Hände reichen. Danach könnten Sie fortgehen. Für Sie würde sich nichts ändern – es wäre keine Bürde für Sie. Mir aber wären ein paar Stunden vergönnt, in denen ich daliegen und über mein Glück nachdenken könnte.»

Im Ton des jungen Mannes lag etwas so Schlichtes und Aufrichtiges, so Sanftes und Eindringliches, dass Agatha Josling zu Tränen gerührt war. Sie wandte sich ab, um sie zu verbergen, und ging auf Zehenspitzen ans Fenster, wo sie ihnen schweigend freien Lauf ließ. Auch Diana blieb offensichtlich davon nicht unberührt. Sie hob die Augen und ließ den Blick freundlich auf Mr Longstaff ruhen, der mit leiser Stimme fortfuhr, sich für seinen Vorschlag einzusetzen. «Es wäre ein gutes Werk», sagte er, «ein großer Gunstbeweis, und es hätte keinerlei Folgen, die Sie bedauern müssten. Ihre Freiheit kann dadurch nur noch größer werden. Sie wissen sehr wenig über mich, aber ich habe das Gefühl, dass Sie mir doch in gewissem Grade glauben, und mehr verlange ich gar nicht. Ich verlange nicht, dass Sie mich lieben – das braucht Zeit. Und ich kann nicht so tun, als hätte ich die. Sie brauchen lediglich in die Formalitäten einzuwilligen, sich zu der Zeremonie bereit zu erklären. Ich habe mit dem englischen Geistlichen gesprochen; er sagt, er wird sie vollziehen. Er wird Ihnen außerdem alles über mich erzählen – dass ich ein englischer Gentleman bin und dass der Name, den zu tragen ich Ihnen anbiete, einer der besten auf der ganzen Welt ist.»

Es war befremdend, einen Mann auf dem Totenbett seine Argumente so vernünftig und unbeirrt vorbringen zu hören; doch nun hatte er offenbar alles gesagt. Ein tiefes Schweigen trat ein, und Agatha hielt es für angebracht, sich taktvoll zurückzuziehen. Leise begab sie sich ins Nebenzimmer, wo die beiden Barmherzigen Schwestern noch immer mit den Händen in den Ärmeln dastanden und der alte italienische Diener, wie ein ratloser Diplomat, mit einer melancholischen Geste eine Prise Schnupftabak nahm. Agatha drehte ihnen den Rücken zu, trat abermals an ein Fenster und blickte auf die Orangenbäume und Winterrosen im Garten hinaus. Ihr schien, sie habe eben den schönsten, romantischsten und inbrünstigsten Heiratsantrag gehört. Wie könnte Diana sich dafür unempfänglich zeigen? Agatha hoffte inniglich, ihre Gefährtin werde in die feierliche, bewegende Zeremonie einwilligen, die Mr Longstaff vorgeschlagen hatte, und hatte ihr Feingefühl sie auch veranlasst, sich zurückzuziehen, so gestattete es ihr doch, begierig zu lauschen, was Diana sagen würde. Als sie dann aber nichts hörte, trat es hinter dem Verlangen zurück, wieder hineinzugehen und Diana, mit einem mitfühlenden Kuss, einen Ratschlag zuzuflüstern. Sie drehte sich um und warf einen Blick auf die Barmherzigen Schwestern, die offenbar erkannt hatten, dass der entscheidende Moment gekommen war. Eine von ihnen verließ ihre Stellung und folgte Agatha ein paar Schritte ins Nebenzimmer, als diese es erneut betrat. Diana war aus ihrem Sessel aufgestanden. Sie sah sich beklommen um – sie griff nach Agathas Hand. Reginald Longstaff lag mit seinem eingefallenen Gesicht und seinen leuchtenden Augen da und schaute sie beide an. Agatha nahm die Hände ihrer Freundin in die ihren.

«Es ist kein großer Aufwand, Liebste», murmelte sie, «und es wird ihn sehr glücklich machen.»

Der junge Mann hatte Dianas Bemerkung offenkundig gehört, und er wiederholte die Worte in flehentlichem Ton. «Es ist kein großer Aufwand, Liebste!»

Diana wandte sich einen Moment zu ihm um.

Dann verbarg sie das Gesicht einen Moment in den Händen, ehe sie diese ein wenig zurückzog und über die Fingerspitzen hinweg ihre Gefährtin mit Augen ansah, an deren Ausdruck Agatha sich ihr Leben lang erinnerte – Augen, in denen, aus Dianas ernstem Antlitz heraus, plötzlich ein Anflug von Hohn aufblitzte.

«Und wenn er dann doch nicht stirbt?», murmelte sie.

Longstaff hörte es; er stöhnte leise auf und wandte sich ab. Sogleich trat die Schwester von der anderen Seite an sein Bett, fiel auf die Knie und beugte sich über ihn, während er den Kopf an den großen weißen Kragen lehnte, auf dem ihr Kruzifix ruhte. Diana blieb noch einen Augenblick stehen und sah ihn an; dann raffte sie mit großer Würde ihr Umschlagtuch vor der Brust zusammen und ging langsam aus dem Zimmer. Agatha blieb nichts anderes übrig, als ihr zu folgen. Der alte Italiener, der ihnen die Tür aufhielt, verabschiedete sie mit einer übertrieben tiefen Verbeugung.

Die Wangen gerötet, blieb Diana im Garten kurz stehen und sagte: «Er wird auch so sterben können!» Draußen vor dem Gartentor, auf der menschenleeren sonnigen Straße, brach sie dann aber plötzlich in Tränen aus.

Agatha machte Diana keine Vorhaltungen, ja sie verlor kein Wort über die Sache; ihre Gefährtin kam im Laufe des Tages jedoch immer wieder mit geradezu leidenschaftlicher Entrüstung auf Mr Longstaff zu sprechen. Sie bezeichnete sein Verhalten als taktlos, egoistisch, unerhört; sie erklärte, die Szene sei empörend gewesen. Agatha schwieg für den Augenblick, doch am nächsten Tag versuchte sie, den armen jungen Mann ein wenig in Schutz zu nehmen. Daraufhin bat Diana sie aufgebracht und mit allem Nachdruck, sie möge die Güte haben, seinen Namen nie mehr zu erwähnen, und sie fügte hinzu, dieser abscheuliche Vorfall habe ihr Nizza gänzlich verleidet, weshalb sie den Ort sofort verlassen würden. Das taten sie dann auch unverzüglich; sie begannen wieder umherzureisen. Agatha hörte nichts mehr von Reginald Longstaff; die Engländerinnen, die ursprünglich ihre Informationsquelle in Bezug auf ihn gewesen waren, hatten Nizza inzwischen ebenfalls verlassen, sonst hätte sie ihnen geschrieben und sie um Auskunft gebeten. Das heißt, sie hätte überlegt, ihnen zu schreiben, denn vermutlich hätte sie sich die Befriedigung dieses Bedürfnisses aus Loyalität zu ihrer Freundin dann doch versagt. Jedenfalls musste Agatha sich damit bescheiden, hie und da in einer einsamen Stunde eine Träne über die unerhört gebliebene Bitte und den frühen Tod des jungen Mannes zu vergießen. Man muss allerdings einräumen, dass sich, als die Wochen vergingen, zuweilen ein gewisses leichtes Missvergnügen in ihr Mitleid mischte – dass sie, grob gesagt, wünschte, der arme Mr Longstaff hätte sie in Ruhe gelassen. Seit jener sonderbaren Unterredung an seinem Bett waren die Dinge nicht mehr gut gelaufen; der Zauber ihrer früheren Reisen schien verflogen. Agatha sagte sich, wenn sie abergläubisch wäre, könnte sie sich tatsächlich einbilden, Dianas Verhalten in dieser Angelegenheit hätte einen Fluch über sie gebracht. Doch hatte es sicherlich nichts mit Aberglauben zu tun, wenn man zu der Überzeugung gelangte, diese junge Dame habe eine gewisse hochherzige Sanftmut verloren. Sie war ungeduldig, geistesabwesend, gleichgültig, launisch. Sie äußerte befremdliche Ansichten und schmiedete absonderliche Pläne. Allerdings widerfuhren ihnen tatsächlich fortwährend unangenehme Dinge – Dinge, die selbst den Gelassensten auf eine harte Probe gestellt hätten. Ihre Postpferde brachen zusammen, ihre Postillione benahmen sich unverschämt, ihr Gepäck ging verloren, ihre Dienstboten betrogen sie. Sogar der Him-

mel schien sich der Verschwörung anzuschlie-
ßen – tagelang war er trüb und zeigte sich wenig
freundlich, schickte ihnen nur heulenden Wind
und Regenwolken. Agatha beurteilte diese Zeit
großteils rückblickend von der Warte späterer
Jahre aus, doch schon damals empfand sie sie
als niederschmetternd, beklemmend und abson-
derlich. Diana schien ihre Meinung zu teilen,
auch wenn sie es nie offen zugab. Sie flüchtete
sich in eine Art hochmütigen Schweigens, und
wenn sie von einer neuerlichen Katastrophe erfuhr, nahm sie diese lediglich mit einem bit-
teren Lächeln zur Kenntnis – einem Lächeln,
das Agatha immer als spöttischen Tadel an dem
armen wunderlichen, aufdringlichen Mr Longstaff interpretierte, der, durch einen mysteriösen
Eingriff in das Wirken der Natur, diesen Um-
schwung in ihren Geschicken herbeigeführt hatte. Gegen Ende des Sommers schlug Diana im
Tonfall eines Menschen, der einen aussichtslosen
Kampf aufgibt, plötzlich vor, dass sie nach Hause fahren sollten. Agatha willigte ein, und die
beiden Damen kehrten nach Amerika zurück,
sehr zur Erleichterung von Miss Josling, die das
unbehagliche Gefühl hatte, irgendetwas Unaus-
gesprochenes und Ungeklärtes, das ihre Unterhaltung bedrückend machte wie einen schwülen

Morgen, stehe zwischen ihnen. Doch zu Hause trennten sie sich äußerst liebevoll voneinander, als Agatha aufs Land musste, um sich ihren nächsten Verwandten zu widmen. Diese guten Leute nahmen sie, nach ihrer langen Abwesenheit, völlig in Beschlag, so dass sie von ihrer einstigen Gefährtin zwei Jahre lang nichts sah.

Sie hörte jedoch oft von ihr, und auch im Stadtklatsch, der zuweilen bis in ihr ländliches Heim getragen wurde, spielte Diana eine Rolle. Manchmal war ihre Rolle befremdlich – nämlich die einer leichtlebigen, gefallsüchtigen Frau, die Liebeleien zu Hunderten hatte und Herzen zu Dutzenden brach. Das war früher nicht Dianas Art gewesen, und die Veränderung in ihrem Wesen stimmte Agatha nachdenklich. Die Briefe der jungen Dame verrieten indes wenig über deren Bewunderer und prahlten nicht mit Trophäen. Sie trafen unregelmäßig ein – zuweilen ein Dutzend in einem Monat, dann wieder gar keiner; doch waren sie für gewöhnlich ernst und tiefsinnig und enthielten die Ansichten der Verfasserin über Leben und Tod, Religion und Unsterblichkeit. Da Diana ihre eigene Herrin war und ein hübsches Vermögen besaß, stand zu erwarten, dass irgendwann aus zuverlässiger Quelle die Nachricht eintreffen werde, sie habe den Antrag eines ihrer angeblich so zahlreichen Liebhaber angenommen. Eine solche Nachricht traf tatsächlich ein, und sie war ganz offenkundig zuverlässig, stammte sie doch von der jungen Dame höchstpersönlich. Sie schrieb Agatha, dass sie heiraten werde, und Agatha gratulierte ihr unverzüglich zu ihrem Glück. Daraufhin schrieb Diana zurück, dass sie zwar bald heiraten werde, aber keineswegs glücklich sei; und wenig später fügte sie hinzu, dass sie weder glücklich sei noch heiraten werde. Sie habe ihre Verlobung gelöst und sei weniger glücklich denn je. Die arme Agatha war zutiefst bestürzt und fand es tröstlich, dass ihre Freundin sie einen Monat später dringlich aufforderte, zu ihr zu kommen. Sie gehorchte umgehend.

Als sie, nach einer langen Reise, in der Wohnung ihrer jungen Gastgeberin ankam, sah sie Diana am anderen Ende des Salons stehen; sie hatte ihr den Rücken zugekehrt und blickte zum Fenster hinaus. Ganz offensichtlich hielt sie Ausschau nach Agatha, doch Miss Josling hatte das Haus zufällig durch einen Nebeneingang betreten, der vom Fenster aus nicht zu sehen war. Erst als sie sich ihrer Freundin leise näherte, drehte Diana sich zu ihr um. Sie hatte die Hände an die Wangen gelegt, ihre Augen blickten traurig; ihre Züge und ihre Haltung hatten einen Ausdruck, den Agatha schon einmal bei ihr gesehen hatte und der ihr im Gedächtnis haftengeblieben war. Während sie Diana küsste, erinnerte Agatha sich, dass sie in jenem letzten Augenblick genau so vor dem armen Mr Longstaff gestanden hatte.

«Wirst du mich wieder ins Ausland begleiten?», fragte Diana. «Ich bin sehr krank.»

«Was fehlt dir, Liebste?», fragte Agatha.

«Ich weiß es nicht; ich glaube, ich werde sterben. Die Ärzte sagen, die Gegend hier bekomme mir nicht; ein anderes Klima wäre besser für mich; ich müsse reisen. Wirst du auf mich aufpassen? Es wird jetzt sehr leicht sein, auf mich aufzupassen.»

Anstatt zu antworten, umarmte Agatha sie erneut, und die beiden Freundinnen schifften sich danach so schnell es ging abermals nach Europa ein. Miss Josling hatte sich umso bereitwilliger auf dieses Vorhaben eingelassen, als das Aussehen ihrer Gefährtin deren Worte nachdrücklich zu bestätigen schien. Nicht, dass sie unbedingt den Eindruck erweckte, als werde sie bald sterben; doch in den zwei Jahren, die seit ihrer Trennung vergangen waren, war sie hinfällig und hager geworden. Sie schien in dieser Zeit um mehr als zwei Jahre gealtert, ihre Schönheit war nicht mehr so strahlend. Sie sah bleich und matt aus, und sie bewegte sich langsamer als damals, da sie einer Göttin ähnelte, die über das Waldlaub schritt. Die schöne Statue war menschlich geworden und wies Anzeichen menschlicher Unvollkommenheit auf. Dennoch versicherten die Ärzte, sie sei keineswegs todkrank, und als einer von ihnen von einer neugierigen Matrone gefragt wurde, weshalb er dieser jungen Dame eine Reise nach Übersee empfohlen habe, erwiderte er mit einem Lächeln, er habe es sich zum Prinzip gemacht, die Arzneien zu verordnen, nach denen es seine Patienten am meisten verlangte.

Bislang hatten die wackeren Reisenden keine unliebsamen Vorkommnisse erlebt. Der verflogene Zauber hatte sich wieder eingestellt; der Himmel war ihnen hold, und ihre Postillione behandelten sie wie Prinzessinnen. Auch hatte Diana ihre angeborene Gelassenheit vollends wiedererlangt; sie war die sanfteste, fügsamste, vernünftigste Frau, die man sich denken konnte. Sie war schweigsam und bedrückt, wie es für eine Kranke nur natürlich ist; allerdings stand in einem wichtigen Punkt ihr Verhalten zweifelsfrei im Widerspruch zu der Vorstellung, die man sich von einem kränkelnden Menschen macht. Ihr war weit mehr nach Bewegung denn nach Ruhe zumute, und fortwährende Ortswechsel prägten ihre Tage. Sie wollte all die Orte sehen, die sie noch nicht gesehen hatte, und all jene, die sie schon kannte, noch einmal besuchen.

«Sollte ich tatsächlich sterben», sagte sie mit einem sanften Lächeln, «muss ich doch zum Abschied überall meine Visitenkarte abgeben.» So verbrachte sie ihre Tage in einer großen offenen Kutsche, lehnte sich darin zurück und besah sich, rechts und links, alles, woran sie vorbeikam. Auf ihrer ersten Europareise hatte sie nur wenig von England gesehen, und sie beschloss nun, die berühmte Insel in ihrer Gänze zu bereisen. Wochenlang rollte sie durch die schöne englische Landschaft, an Wiesen und Hecken vorbei, über die Alleen großer Landgüter und am Fuß der Mauern von Burgen und Klöstern entlang. Für die englischen Parks und Herrenhäuser, die «halls» und «courts»[12], hegte sie eine besondere Bewunderung, und sie bestand darauf, all jene zu besichtigen, die interessierten Touristen offenstanden. Hier ließ sie ihre Kutsche unter den Eichen und Buchen anhalten und saß oft eine ganze Stunde lang da, um den Nachtigallen zu lauschen und dem Wild beim Äsen zuzusehen. Sie versäumte es nie, ein herrschaftliches Anwesen zu besuchen, das auf ihrem Weg lag, und sobald sie in eine Stadt kam, erkundigte sie sich eingehend, ob es in der Gegend schöne Landsitze gab. Auf diese angenehme Art verbrachte sie einen ganzen Sommer. Den Herbst hindurch reiste sie weiter rastlos durch die Lande, besuchte unzählige Kurbäder und Touristenorte auf dem Kontinent. Zu Beginn des Winters traf sie in Rom ein, wo sie gestand, sehr müde zu sein, und endlich bereit war, sich ein wenig auszuruhen.

«Ich bin erschöpft, völlig erschöpft», sagte sie zu ihrer Gefährtin. «Ich wusste ja gar nicht, wie erschöpft ich war. Am liebsten möchte ich mich in dieser Stadt der Ruhe niederlassen und für immer hier ruhen.»

Sie bezog in einem alten Palast Quartier, wo ihr Schlafzimmer mit Wandteppichen aus vergangenen Jahrhunderten ausgekleidet und ihr Empfangszimmer mit einem päpstlichen Wappen geschmückt war. Hier überließ sie sich ihrer Müdigkeit, hörte sie auf, umherzuwandern. Einzig und allein den Petersdom besuchte sie täglich. Sonst ging sie nirgendwohin. Sie saß den ganzen Tag am Fenster, im Schoß ein großes

Buch, in dem sie nie las, und blickte hinaus auf einen Springbrunnen in einem römischen Garten, der dort, umrahmt von einem halben Dutzend Nymphen aus farbigem Marmor, in einer von Unkraut überwucherten Laube plätscherte. Dann und wann erklärte sie ihrer Gefährtin gegenüber, dank dieser Lebensführung sei sie glücklicher als jemals zuvor – dank dieser Lebensführung und dank ihrer Besuche im Petersdom. In der prachtvollen Kirche verbrachte sie oft den ganzen Nachmittag. Stets folgte ihr ein Diener mit einem Hocker, den er vor einen der marmornen Wandpfeiler stellte, und Diana blieb dann lange Zeit dort sitzen, schaute in das luftige Rund der Kuppel hinauf und ließ ihren Blick durch das weite, von zahlreichen Besuchern bevölkerte Kirchenschiff schweifen. Sie musterte jeden, der an ihr vorbeiging; doch Agatha, die sich in ihrer Nähe aufhielt, hatte – warum, wusste sie kaum zu sagen – größere Hemmungen, Bemerkungen über die Leute um sie herum zu machen, als damals, da sie in Nizza am Meer gesessen hatten.

Eines Tages ließ Agatha Diana auf ihrem Hocker zurück und streifte allein durch die Kirche. Das geistliche Leben Roms war noch nicht auf das heutige Maß geschrumpft, und es gab immer einen Anlass, in der einen oder anderen Ecke des Petersdoms eine Andacht abzuhalten. Für Agatha bot sich reichlich Unterhaltung und sie blieb eine halbe Stunde fort. Als sie zurückkam, fand sie den Platz ihrer Gefährtin verwaist; sie setzte sich auf den leeren Hocker, um auf deren Rückkehr zu warten. Es verging einige Zeit, und schließlich machte sie sich auf die Suche nach ihr. Sie entdeckte sie nach einer Weile in der Nähe eines der Seitenaltäre, doch Diana war nicht allein. Ein Herr stand vor ihr, den sie offenbar gerade getroffen hatte. Sie wirkte sehr blass, und ihr Gesichtsausdruck veranlasste Agatha, den Fremden auf der Stelle in Augenschein zu nehmen. Da erst sah sie, dass es gar kein Fremder war; es war Reginald Longstaff! Auch er war anscheinend äußerst überrascht gewesen, doch gewann er seine Fassung bereits wieder. Er blieb noch eine Sekunde stehen, dann verbeugte er sich schweigend zu den beiden Damen hin und entfernte sich.

Agatha glaubte zunächst, einen Geist gesehen zu haben, aber dieser Eindruck wurde sogleich durch den Umstand korrigiert, dass Mr Longstaff in diesem Fall als Geist weitaus weniger gespenstisch ausgesehen hätte als zu seinen Lebzeiten. Er wirkte kräftig, er hielt sich gerade, und er hatte eine gesunde Farbe. Was Agatha in Dianas Zügen las, war nicht Überraschung; es war ein schwaches Leuchten, wofür sie nicht gleich eine Erklärung fand. Diana streckte die Hand aus und legte sie ihr auf den Arm, und die Berührung half Agatha zu erkennen, was ihr Gesicht ausdrückte. Agatha stellte fest, dass diese Erkenntnis sie eigentlich nicht überraschte; sie schien nichts anderes erwartet zu haben. Erneut sah sie ihre Freundin an: Diana war schön. Diana errötete und wurde noch schöner. Agatha führte sie zu ihrem Platz vor dem marmornen Wandpfeiler zurück.

«Du hattest also recht», sagte Agatha, sowie sie dort angekommen waren. «Er ist doch wieder genesen!»

Diana wollte sich nicht setzen; sie bedeutete ihrem Diener, den Hocker mitzunehmen, und ging langsam auf den Ausgang zu. Sie sagte nichts, ehe sie draußen auf dem großen Platz zwischen den Kolonnaden und Brunnen stand. Dann erst sprach sie.

«Heute sieht es so aus, als hätte ich damals recht gehabt, aber ich hatte unrecht. Er ist genesen, weil ich ihn abgewiesen habe. Ich habe ihm eine Kränkung zugefügt, die ihn geheilt hat.»

An jenem Abend fand, unter den römischen

Lampen im großen Empfangszimmer mit dem päpstlichen Wappen, eine bemerkenswerte Unterredung zwischen den beiden Freundinnen statt. Diana weinte und verbarg ihr Gesicht; doch ihre Tränen und ihre Scham waren unbegründet. Wie ich schon sagte, glaubte Agatha, all das Unausgesprochene längst erraten zu haben, und ihre Gefährtin brauchte ihr nicht zu erzählen, dass sie drei Wochen, nachdem sie ihn abgewiesen hatte, Reginald Longstaff bis zur Raserei liebte. Diana brauchte ihr nicht zu gestehen, dass sie in Gedanken stets sein Bild vor sich gesehen hatte, dass sie überzeugt gewesen war, er weile noch unter den Lebenden, und dass sie in der verzweifelten Hoffnung, ihm irgendwo zu begegnen, nach Europa zurückgekehrt war. In dieser Hoffnung war sie von Stadt zu Stadt gereist und hatte ihren Blick auf jeden gerichtet, der an ihr vorbeiging; und diese Hoffnung war es auch gewesen, die sie so viele englische Landsitze aufsuchen ließ. Ihr war bewusst, dass ihre Liebe sehr seltsam war; sie konnte nur sagen, dass sie sich in Liebe zu ihm verzehrt hatte. Diese war erst später in ihr erwacht – als sie im Nachhinein über alles nachdachte. Oder besser gesagt: Ihre Liebe zu ihm war, wie sie vermutete, schon seit dem Augenblick da gewesen, als sie ihn zum ersten Mal gesehen hatte, aber erst zum Vorschein gekommen, als sich, nachdem sie sich von seinem Krankenbett entfernt hatte, ihr Unmut allmählich in Mitleid verwandelte. Und damit einher war die feste Überzeugung gegangen, er sei tatsächlich genesen, und zwar sowohl von seiner Krankheit als auch von seiner Liebe zu ihr. Das war ihre Strafe! Dann sprach sie mit einer göttlichen Schlichtheit weiter; Agatha, die ebenfalls ein wenig weinte, wünschte, der junge Mann hätte Dianas Worte hören können, wenn sie denn wirklich ernst gemeint waren. «Ich bin so froh, dass er gesund und kräftig ist. Und dass er so stattlich und gut aussieht!» Und gleich darauf fügte sie hinzu: «Natürlich ist er nur gesund geworden, um mich zu hassen. Er möchte mich nie mehr sehen. Nun gut. Mein Wunsch ging in Erfüllung: Ich habe ihn noch einmal gesehen. Das ist es, was ich wollte, nun kann ich zufrieden sterben.»

Tatsächlich hatte es den Anschein, als würde sie sterben. Sie ging nicht mehr in den Petersdom und setzte sich nicht mehr der Gefahr weiterer Begegnungen mit Mr Longstaff aus. Sie saß an ihrem Fenster und schaute auf die gesprenkelten Dryaden[13] und die Zypressen hinaus oder wanderte mit einer geistesabwesend-heiteren

Schicksalsergebenheit in ihrem Teil des Palastes umher. Agatha beobachtete sie erfüllt von einer Traurigkeit, die sich weniger klaglos fügte. Auch davon hatte sie schon gehört, hatte in Gedichten und Romanen davon gelesen, aber nie gedacht, dass sie es selbst einmal aus nächster Nähe miterleben würde – ihre Gefährtin starb an der Liebe! Agatha dachte über vieles nach und fasste mehrere Entschlüsse. Als Erstes beschloss sie, nach einem Arzt zu schicken. Dieser kam, und Diana gestattete es ihm, sie durch seine Brille hindurch anzusehen und ihr weißes Handgelenk zu halten. Er erklärte, sie sei krank, und sie erwiderte lächelnd, das wisse sie; dann gab er ihr ein kleines Fläschchen mit einer goldfarbenen Flüssigkeit, die er sie zu trinken anwies. Er empfahl ihr, in Rom zu bleiben, da das Klima genau das richtige gegen ihr Leiden sei. Agathas zweites Anliegen war es, mit Mr Longstaff zu sprechen, der sich in den Tagen seiner eigenen Drangsal an sie gewandt hatte und an den sie sich deshalb, so ihre Überlegung, nun ebenfalls wenden durfte. Auch konnte sie einfach nicht glauben, dass die Leidenschaft tatsächlich erloschen war, die ihn in Nizza zu jenem außergewöhnlichen Schritt veranlasst hatte; Leidenschaften wie diese sterben nie. Wenn er keinen weiteren Versuch unternommen hatte, Diana wiederzusehen, so lag dies sicherlich daran, dass er glaubte, sie sei noch immer so kaltherzig wie damals, als sie sich von seinem Totenbett abgewandt hatte. Hinzu kommt, dass Agatha eine legitime Neugier empfand, zu erfahren, wie er denn von jenem Totenbett auferstanden und wieder zu blühender Manneskraft gelangt war. Dies war ihr völlig unerklärlich.

Agatha ging in den Petersdom, überzeugt, dass sie ihn früher oder später dort treffen würde. Nach einer knappen Woche sah sie ihn, und als er sie ebenfalls entdeckte, kam er sogleich zu ihr, um mit ihr zu reden. Wie Diana gesagt hatte, war er jetzt ausgesprochen stattlich und sah außerordentlich gut aus. Er war ein ruhiger, vor Gesundheit strotzender, galanter junger englischer Gentleman. Er wirkte sehr verlegen, doch aus seinem Verhalten Agatha gegenüber sprach höchste Wertschätzung.

«Sie müssen mich für einen schrecklichen Betrüger halten», sagte er sehr ernst. «Aber ich lag tatsächlich im Sterben – zumindest war ich davon überzeugt.»

«Und welchem Wunder verdanken Sie Ihre Genesung?»

Er schwieg einen Augenblick, dann sagte er:

«Vermutlich dem Wunder verletzten Stolzes!»
Ihr fiel auf, dass er sie gar nicht nach Diana fragte, und im selben Moment spürte sie, dass er
wusste, was ihr gerade durch den Kopf ging.
«Das Seltsamste aber war», fuhr er fort, «dass
mir, sobald ich wieder zu Kräften kam, alles, was
davor gewesen war, nur noch wie ein Traum erschien. Und was mir kürzlich hier widerfuhr»,
fügte er hinzu, «konnte es nicht wieder Wirklichkeit werden lassen!»

Agatha sah ihn einen Augenblick lang schweigend an, und erneut fiel ihr auf, wie stattlich und
liebenswürdig er war; dann stieß sie einen Seufzer aus ob des wundersamen Mysteriums der
Dinge und wandte sich bedrückt zum Gehen.

An jenem Abend sagte Diana zu ihr: «Ich
weiß, dass du ihn gesehen hast!»

Agatha trat zu ihr und küsste sie.

«Bedeute ich ihm nichts mehr?»

«Mein Herzblatt...», murmelte Agatha.

Diana hatte das kleine Fläschchen mit der
goldfarbenen Flüssigkeit ausgetrunken; danach
hörte sie auf, im Palast umherzuwandern, ja sie
verließ ihr Zimmer überhaupt nicht mehr. Der
alte Arzt war nun ständig bei ihr, und er erklärte
weiterhin, die Luft in Rom sei sehr gut gegen
ihr Leiden. Agatha stand in hilflosem Kummer

dabei; sie sah ihre Freundin schwächer werden und dahinschwinden, und dennoch war sie nicht imstande, sie zu trösten. Einmal versuchte sie es, indem sie recht unschöne Dinge über Mr Longstaff sagte und darauf verwies, dass er nicht ehrenhaft gehandelt habe; dabei sah sie sich allerdings gezwungen, gehörig zu heucheln, denn bei jener letzten Begegnung im Petersdom hatte das arme Mädchen festgestellt, dass sie ihn noch genauso bewunderte wie einst – dass die schüchterne kleine Flamme, die in Nizza zu züngeln begonnen hatte, im Begriff war, erneut aufzulodern. Agatha sah allein sein gutes Aussehen und sein liebenswürdiges Auftreten.

«Was wollte er eigentlich – was hatte er vor?», murmelte sie, über Dianas Sofa gebeugt. «Warum hätte ihn das, was du gesagt hast, kränken sollen? Es wäre Teil des Handels gewesen, dass er nicht gesund wird. Wollte er dich hintergehen – dich unter Vortäuschung falscher Tatsachen zu seiner Frau machen? Warum sollte er es dir übelnehmen, wenn du den Finger auf den wunden Punkt legst? Nein, es war nicht ehrenhaft von ihm.»

Diana lächelte traurig; sie kannte nun keine falsche Scham mehr und sprach über die Sache, als beträfe sie jemand anders. «Er hätte darauf vertraut, dass ich ihm vergebe!», sagte sie. Danach begann sie rasch schwächer zu werden. Sie rief ihre Freundin zu sich und sagte schlicht: «Schick nach ihm!» Als Agatha sie verwirrt und beunruhigt ansah, fügte sie hinzu: «Ich weiß, dass er noch in Rom ist.»

Agatha war im ersten Augenblick ratlos, sie wusste nicht, wo sie ihn suchen sollte, doch zu den Vorteilen der päpstlichen Verwaltung zählte der Umstand, dass die päpstliche Polizei einem helfen konnte, jeden Besucher der Ewigen Stadt unverzüglich ausfindig zu machen. Mr Longstaffs Pass war bei der Verwaltung hinterlegt, und aufgrund dieses Dokuments erhielt der Diener, den Agatha ausgeschickt hatte, um bei den Behörden Erkundigungen einzuziehen, die erforderlichen Auskünfte. Er kam mit der Nachricht zurück, er habe mit dem vornehmen Fremden gesprochen, der den Damen zu der von ihnen vorgeschlagenen Stunde seine Aufwartung machen werde. Als diese Stunde gekommen war und Mr Longstaff gemeldet wurde, forderte Diana ihre Gefährtin auf, bei ihr zu bleiben. Es war ein Nachmittag im Frühling; die hohen Fenster zum alten Garten standen offen, und der Raum war mit prachtvollen Gebinden und Sträußen aus dem reichen Angebot römischer Blumen geschmückt. Diana saß in einem tiefen Lehnsessel.

Es war zweifellos eine schwierige Situation für Reginald Longstaff. Er blieb an der Schwelle stehen und sah eine Weile die Frau an, der er seinen ungewöhnlichen Antrag gemacht hatte; dann schritt er, bleich und aufgewühlt, rasch auf sie zu. Er war offensichtlich bestürzt über den Zustand, in dem er sie vorfand; er ergriff ihre Hand, beugte sich darüber und führte sie an seine Lippen.

Diana sah ihn kurz an und lächelte ein wenig. «Jetzt bin ich es, die im Sterben liegt», sagte sie. «Und jetzt möchte ich *Sie* um etwas bitten – um das bitten, worum Sie mich damals gebeten haben.»

Er starrte sie überrascht an, und eine tiefe Röte stieg ihm ins Gesicht. Er zögerte sichtlich. Dann neigte er zustimmend den Kopf und küsste erneut ihre Hand.

«Kommen Sie morgen wieder», sagte sie, «das ist alles, worum ich Sie bitte.»

Wieder sah er sie eine Weile schweigend an; dann wandte er sich abrupt ab und ging. Sie schickte nach dem englischen Geistlichen und teilte ihm mit, sie liege im Sterben und wünsche, dass die kirchliche Trauung an ihrem Lager stattfinde. Der Geistliche sah sie ebenfalls sehr überrascht an, doch willigte er ein, sich einer so zärtlich-romantischen Laune zu fügen, und legte den Termin für den folgenden Nachmittag fest. Diana war ganz ruhig. Die Hände gefaltet und die Augen geschlossen, saß sie reglos da. Agatha ging im Zimmer umher und arrangierte die Blumen immer wieder neu.

Am nächsten Tag traf sie in einem der vorderen Räume auf Mr Longstaff: Er war vor der verabredeten Zeit gekommen. Mit diesem Einwand lehnte sie es ab, ihn vorzulassen; doch er erwiderte, er wisse, dass er zu früh gekommen sei, dies sei aber absichtlich geschehen: Er wolle die verbleibende Stunde mit seiner künftigen Braut verbringen. Also ging er hinein und setzte sich wieder an ihr Lager, und Agatha, die sie allein ließ, erfuhr nie, was sich zwischen ihnen abspielte. Nach Ablauf der Stunde traf der Geistliche ein und vollzog die Trauung; er erklärte sie zu Mann und Frau, während Agatha als Zeugin dabeistand. Mr Longstaff ließ all dies mit ernster, unergründlicher Miene über sich ergehen, und Agatha, die ihn beobachtete, sagte sich, man müsse ihm zumindest die Gerechtigkeit widerfahren lassen, zuzugeben, dass er peinlich genau allem nachkam, was die Ehre gebot. Als der

Geistliche gegangen war, fragte er Diana, wann er sie wieder besuchen dürfe.

«Nie wieder!», sagte Diana mit ihrem sonderbaren Lächeln. Und sie fügte hinzu: «Ich werde jetzt nicht mehr lange leben.»

Er küsste ihr Gesicht, doch sie zwang ihn zu gehen. Er warf Agatha einen flehenden Blick zu, als wolle er ihr etwas sagen, aber sie zog es vor, ihn nicht anzuhören. Danach wurde Diana rasch schwächer. Am nächsten Tag kam Reginald Longstaff wieder und beharrte darauf, mit Agatha zu sprechen.

«Warum sollte sie sterben?», fragte er. «Ich möchte, dass sie lebt.»

«Haben Sie ihr vergeben?», fragte Agatha.

«Sie hat mich gerettet!», rief er.

Diana willigte ein, ihn noch einmal zu sehen; zwei Ärzte kümmerten sich jetzt um sie, und auch diese hatten ihre Einwilligung gegeben. Er kniete neben Dianas Bett nieder und flehte sie an, am Leben zu bleiben. Doch sie schüttelte matt den Kopf. «Es wäre nicht richtig von mir», sagte sie.

Als er später noch einmal zurückkam, teilte Agatha ihm mit, dass Diana von ihnen gegangen sei. Verstört und mit Tränen in den Augen stand er da.

«Ich verstehe es nicht», sagte er. «Hat sie mich nun geliebt oder nicht?»

«Sie hat Sie geliebt», sagte Agatha, «mehr geliebt, als sie glaubte, dass Sie sie jetzt noch lieben könnten; und Sie freizugeben, als sie ihren Augenblick des Glücks erlebt hatte, schien ihr die zärtlichste Möglichkeit, es zu zeigen.»

Ich bin froh, dass ich neulich Abend in Doubleton zu Ihnen, neugierige – allzu neugierige – Landsmännin', sagte, ich würde Ihnen die Geschichte (von Ambrose Tester) nicht erzählen, sondern sie für Sie niederschreiben, denn mir ist nun, da ich seit meiner Rückkehr in die Stadt darüber nachgedacht habe, klar geworden, dass man sie wirklich interessant gestalten kann. Es handelt sich wahrhaftig um eine Geschichte, mit einer stetigen Entwicklung, und um sie zu erzählen, ist es von Vorteil, dass ich von Anfang an um die Sache wusste und mehr oder weniger das Vertrauen aller Beteiligten genoss. Außerdem wird es mir die Zeit vertreiben, sie aufzuschreiben, und ich werde dies so sorgfältig und gewandt wie möglich tun. Während der ersten Wintertage ist in London nicht gerade schrecklich viel los, so dass ich reichlich Muße habe, und wenn draußen düstere Nebelschwaden ziehen, lodert drinnen ein fröhliches Feuer. Ich mag die Stille dieser Jahreszeit; wenn ich so, inmitten der Dezemberdunkelheit, in der vom Feuerschein erhellten Kaminecke sitze, gehen mir alle möglichen Dinge durch den Kopf. Und fast immer ist es die Größe und Befremdlichkeit dieser Londoner Welt, die meine Gedanken am meisten beschäftigt. So lange ich auch schon hier lebe – bis zu meinem sechzehnten Hochzeitstag sind es nur noch zehn Tage –, sie hat noch immer etwas Neues und Aufregendes an sich. Es ist ein großes Plus, wie man hier sagt, wenn man es geschafft hat, empfindsam zu bleiben, wenn man sich seinen eigenen Standpunkt bewahrt hat. Das macht die Sache meiner Meinung nach unterhaltsamer, es lässt einen tausend Dinge sehen – nicht dass sie alle sehr erfreulich wären. Doch das Vergnügen des Beobachtens hängt nicht im Mindesten von der Schönheit dessen ab, was man beobachtet. Man sieht unzählige kleine Dramen; tatsächlich ist beinahe alles in Akte und Szenen eingeteilt, wie ein Lustspiel. Sehr häufig ist es ein Lustspiel, in dem auch Tränen vergossen werden. Davon hat es, fürchte ich, in dem Fall, von dem ich spreche, eine ganze Menge gegeben. Weil mir, als Sie mich nach den Beziehungen der Parteien zueinander fragten, plötzlich bewusst wurde, dass diese Geschichte von Sir Ambrose Tester und Lady Vandeleur eine solche Entwicklung nimmt, beherrschte ich mich, als ich schon im Begriff war zu antworten, denn ich fand es schade, Ihnen nur ein bisschen was zu erzählen, wo ich Ihnen doch alles erzählen kann. Ich weiß nicht so recht, was Sie veranlasst hat zu fragen, hatte ich doch nichts gesagt, was Ihre Neugier hätte wecken können. Was immer Sie vermuteten, vermuteten Sie ganz allein von sich aus. Ihnen waren die beiden an jenem Abend in Doubleton einfach aufgefallen. Sollten Sie etwas Bestimmtes vermutet haben, so ist dies ein Beleg dafür, dass Sie recht scharfsinnig sind, denn die beiden achten sehr sorgsam auf ihr Benehmen in der Öffentlichkeit. Zumindest glauben sie das; der Erfolg stellt sich vielleicht nicht zwangsläufig ein. Es sei schon befremdlich, mögen Sie sagen, dass ich, die ich ihr Vertrauen genossen habe, dieses Privileg nun dazu nutze, den hartnäckigen Vorurteilen einer rechthaberischen Amerikanerin Nahrung zu geben. Sie halten die englische Gesellschaft für sehr verrucht, und meine kleine Geschichte wird diesen Eindruck vermutlich nicht korrigieren. Obwohl ich eigentlich auch keinen Grund sehe, warum sie ihn fördern sollte; denn was ich Ihnen gesagt habe, bleibt wahr (und mehr als das habe ich schließlich nicht gesagt): Die beiden beschreiten miteinander den Weg der Pflicht. Sie hätten völlig recht, es wäre in der Tat niederträchtig von mir, sie zu hintergehen. Es stimmt schon, dass sie mich inzwischen nicht mehr ins Vertrauen ziehen; selbst Joscelind hat seit über einem Jahr nicht mehr mit mir gesprochen. Dies ist fraglos ein Zeichen dafür, dass die Situation in jeder Hinsicht ernster ist als früher – zu ernst, um darüber zu reden. Es stimmt auch, dass Sie, meine Liebe, bemerkenswert diskret sind, und selbst, wenn Sie es nicht wären, machte es insofern nichts aus, als in Amerika keiner wüsste, von wem Sie sprechen, falls Sie meine Enthüllungen doch weitererzählten. Dennoch wäre es niederträchtig von mir; und deshalb werde ich meine Erinnerungen, nachdem ich sie zu Ihrer Ergötzung niedergeschrieben habe, einfach für mich behalten.

Sie müssen sich mit der Erklärung begnügen, die ich Ihnen bereits gegeben habe: Sir Ambrose Tester und Lady Vandeleur gehen – gleichsam Hand in Hand – den Weg der Pflicht. Dies wird mich aber nicht davon abhalten, alles zu erzählen; ganz im Gegenteil, verstehen Sie das nicht?

I

Seine glänzenden Aussichten verdankte er dem Tod seines Bruders, der keine Kinder hatte, ja sich beharrlich geweigert hatte, überhaupt zu heiraten. Wenn ich «glänzende Aussichten» sage, so meine ich die Aussicht auf die Baronetswürde, die seiner Familie einst als einer der ersten in England verliehen worden war,[2] ein bezauberndes Haus aus dem siebzehnten Jahrhundert mit dazugehörigem Park in Dorsetshire und ein Vermögen, das ihm um die zwanzigtausend im Jahr einbringt. Eine derartige Ansammlung von Reichtum und Würden überwältigt mich noch immer, trotz einer, wie Sie es wohl nennen würden, gewissen Vertrautheit mit britischer Grandeur. Mein Gatte ist kein Baronet (sonst würden wir den Dezember vermutlich nicht in London verbringen), und er ist leider auch weit davon entfernt, über zwanzigtausend im Jahr zu verfügen. In den vollen Genuss all dieses Luxus kam Ambrose Tester natürlich erst nach dem Tod seines Vaters, der zu der Zeit, da ich den jungen Mann kennenlernte, noch quicklebendig war. Beweis dafür war die Art und Weise, in der er seinen Söhnen, wie der jüngere zu sagen pflegte, unablässig zusetzte und sie dazu drängte, endlich zu heiraten. Dieses ständige Drängen hatte, wie bereits erwähnt, im Fall von Francis, dem älteren, zu nichts geführt, dessen Liebe (wie sein Bruder mir höchstpersönlich erzählte) ganz dem Weinglas und dem Pharo-Tisch[3] gehörte. Er war kein Mensch, den man bewunderte oder nachahmte, und als Erbe eines ehrenvollen Namens und eines schönen Besitzes war er in der Tat äußerst unbefriedigend. Man hatte ihn zwar damals in der Armee unterbringen, ihn aber nicht auf Dauer dort festhalten können, und er war noch ein sehr junger Mann, als offenkundig wurde, dass jedwede elterliche Hoffnung auf eine «Laufbahn» Frank Testers ganz und gar eitel war. Der alte Sir Edmund hatte gedacht, die Ehe würde seinen Sohn vielleicht läutern, doch dazu bedurfte es eines unerbittlicheren Schicksals, und dieses ereilte ihn eines Tages in Monaco – er verbrachte die meiste Zeit im Ausland – nach einer Krankheit, die einen so raschen Verlauf nahm, dass keiner aus der Familie rechtzeitig eintraf. Er wurde ein für alle Mal bekehrt, er schied für immer dahin. Der zweite Sohn, der nun seinen Platz einnahm, war eine derartige Verbesserung, dass man unmöglich die Vortäuschung großer Trauer erwarten konnte. Sie haben ihn gesehen, Sie wissen, wie er ist, er hat kaum etwas Geheimnisvolles an sich. Da ich Ihnen diese Zeilen nie zeigen werde, schadet es niemandem, wenn ich hier schreibe, dass er ein bemerkenswert attraktiver Mann ist – oder jedenfalls war. Ich sage das nicht, weil er mir den Hof gemacht hätte, sondern weil er ihn mir gerade nicht gemacht hat. Er war immer in jemand anderen verliebt – meistens in Lady Vandeleur. Sie mögen sagen, das sei in England für gewöhnlich kein Hinderungsgrund; aber auch wenn es bei Mr Tester zwischen zwei Liebschaften kaum einmal eine Pause gab, hatte er doch in der Regel nie zwei gleichzeitig. Er hatte keine zweite Liebste in der Hinterhand, die, wie man hier sagt, gleichsam als «zweite Besetzung» hätte einspringen können. Er pflegte mich über den Stand seines Gefühlslebens eingehend auf dem Laufenden zu halten – diesbezüglich blieb er nicht im Geringsten vage. Wenn er verliebt war, dann wusste er es und frohlockte darüber, war er es wie durch ein Wunder einmal nicht, bedauerte er es zutiefst. Er ließ sich mir gegenüber des Langen und Breiten über die Reize anderer Leute aus, was für mich viel interessanter war, als wenn er versucht hätte, das Gespräch auf meine eigenen zu lenken, über die ich mir keinerlei Illusionen machte. Er erzählte mir einige sonderbare Dinge, und ich darf wohl sagen, dass ich eine beträchtliche Zeit lang mein wertvollstes Wissen über die englische Gesellschaft diesem lebensfrohen jungen Mann verdankte. Ich vermute, er sah in mir eine Frau, die ihm in der Regel gute Ratschläge erteilte, denn fest steht, dass er mich in sehr ungewöhnlichen Misslichkeiten eindringlich um weisen Beistand bat. In jüngeren Jahren steckte er fortwährend in Schwierigkeiten; er tappte in Fettnäpfchen, wie Kinder in Pfützen tappen. Er forderte sie heraus, er zog sie an; und erzählte er einem dann, wie er in die Bredouille geraten war (und er erzählte immer die ganze Wahrheit), vermochte man kaum zu glauben, dass ein Mann so dumm sein konnte.

Und doch war er keineswegs ein Dummkopf; er stand in dem Ruf, sehr klug zu sein, und fraglos ist er sehr schlagfertig und unterhaltsam. Er war lediglich unbekümmert und ungewöhnlich natürlich, so natürlich, als wäre er ein Ire. In der Tat ist er von allen Engländern, die ich kennengelernt habe, der mit dem irischsten Naturell (auch wenn es sich in letzter Zeit weitgehend verloren hat). Ich pflegte zu ihm zu sagen, es sei ein Kreuz, dass er nicht mit irischem Akzent spreche, denn dann wären wir gewarnt und wüssten, mit wem wir es zu tun haben. Darauf erwiderte er, wäre er irisch genug, um einen irischen Akzent zu haben, wäre er umgekehrt wahrscheinlich Engländer – was mir eine wunderbar typische Antwort für ihn schien. Wie die meisten jungen Briten seines Standes ging er, noch ehe er zwanzig war, nach Amerika, um dieses großartige Land kennenzulernen, und er hatte einen Brief an meinen Vater dabei, der Gelegenheit hatte, ihm, natürlich *à propos* neuerlicher Misslichkeiten, einen beträchtlichen Dienst zu erweisen. Dies führte dazu, dass er mich nach seiner Rückkehr aufsuchte – ich lebte damals bereits seit drei oder vier Jahren hier; und dies wiederum führte dazu, dass wir, im Laufe der Zeit, enge Freunde wurden, ohne dass es, wie ich schon sagte, je auch nur die geringste Liebelei zwischen uns gegeben hätte. Aber ich darf das nicht allzu sehr beteuern, sonst errege ich noch Ihren Verdacht. «Wenn er so vielen Frauen den Hof gemacht hat, warum sollte er dann Ihnen nicht auch den Hof gemacht haben?» – irgendeine Frage dieser Art werden Sie wahrscheinlich stellen. Ich habe sie bereits beantwortet: «Just all dieser Verpflichtungen wegen.» Er konnte schließlich nicht allen den Hof machen, und in meinem Fall hätte er nicht das Geringste davon gehabt. Seine Schwäche war liebenswürdiger als die seines Bruders, und er hat sich immer völlig korrekt verhalten. Wie korrekt er sich in einer sehr wichtigen Angelegenheit verhalten hat, genau darum geht es in meiner Geschichte.

Er hätte eigentlich die Diplomatenlaufbahn einschlagen sollen, war schon Gesandtschaftssekretär in irgendeiner deutschen Hauptstadt gewesen; nach dem Tod seines Bruders kehrte er jedoch nach Hause zurück und tat sich nach einem Sitz im Parlament um. Er bekam ihn ohne große Mühe und hat ihn seitdem inne. Keiner brächte es übers Herz, ihn hinauszuwerfen, wo er doch so gut aussieht. Es ist eine großartige Sache, von einem der am besten aussehenden Männer Englands vertreten zu werden, es bewirkt so positive Gedanken. Jeder wäre erstaunt, wenn es sich bei dem Wahlkreis, den er vertritt und dessen Namen ich ständig vergesse, nicht um einen ausnehmend hübschen Ort handelte. Ich habe ihn zwar nie gesehen, und mir ist nicht bekannt, dass er nicht hübsch wäre, aber ich bin sicher, sein Abgeordneter wird jede Revolution überleben. Die Leute haben offenbar das Gefühl, wenn sie ihn nicht behielten, würde irgendein Ungeheuer gewählt. Sie erinnern sich an sein Äußeres, liebe Landsmännin, an seinen hellen Teint und wie großgewachsen und stark er ist und dass er immer lacht, ohne dabei dümmlich zu wirken. Er ist genau der junge Mann, den Mädchen in Amerika – an der Stelle des Helden – vor sich sehen, wenn sie englische Romane lesen und versuchen, sich etwas sehr Aristokratisches und Angelsächsisches vorzustellen. Eine «gescheite Bostonerin»,[4] der Ambrose Tester einmal in meinem Haus begegnete, rief, sowie dieser den Raum verlassen hatte: «Endlich, endlich, erblicke ich ihn, den Schnurrbart von Roland Tremayne!»

«Von Roland Tremayne?»

«Erinnern Sie sich nicht, wie häufig dieser Bart in ‹Eine verbotene Liebe› erwähnt wird und wie prächtig und golden er war? Nun, bis jetzt habe ich ihn nicht gesehen – bis jetzt!»

Wären Sie Ambrose Tester nicht selbst schon begegnet, würde ich ihn am treffendsten beschreiben, wenn ich sagte, er sähe aus wie Roland Tremayne. Ich weiß nicht, ob jener Held ein «überzeugter Liberaler» war, doch als solcher gilt Sir Ambrose. (Er hat vor zwei Jahren die Nachfolge seines Vaters angetreten, aber darauf komme ich später noch zu sprechen.) Er ist nicht gerade das, was ich als nachdenklich bezeichnen würde, aber er interessiert sich – oder glaubt, er interessiere sich – für eine Menge Dinge, von denen ich nichts verstehe und über die etwas in den Zeitungen steht, was man aber überspringt – Freiwillige, Wahlkreiseinteilung,[5] sanitäre Zustände,[6] die parlamentarische Vertretung von Minderjährigen – oder waren es Minderheiten? Als ich vorhin sagte, er lache fortwährend, hätte ich ergänzen sollen, dass er es nicht tut, wenn er mit Lady Vandeleur spricht. Sie lässt ihn ernst werden, beinahe feierlich; womit ich aber nicht sagen will, sie langweile ihn. Weit davon entfernt; doch in ihrer Gesellschaft ist er nachdenklich; er zupft an seinem goldenen Schnurrbart, und «Roland Tremayne» sieht aus, als wäre sein Blick nach innen gerichtet, als sinne er über ihre Worte nach. Er selbst sagt nicht viel; sie allein bestreitet die Unterhaltung – dabei pflegte sie sonst so schweigsam zu sein. Sie hat ihm eine Menge zu sagen; sie schildert ihm die Reize, die sie auf dem Weg der Pflicht entdeckt. Ich glaube, er hält im Parlament nur selten eine Rede, aber wenn er es tut, dann aus dem Stegreif, und sie ist unterhaltsam und vernünftig, und alle sind davon angetan. Er wird nie ein großer Staatsmann werden, aber er wird den Ruf von der Sanftheit Dorsetshires noch befördern und, kurz gesagt, ein äußerst galanter, liebenswürdiger, wohlhabender, typischer englischer Gentleman bleiben mit einem guten Namen, einem Vermögen, einem vollendeten Äußeren, einer hingebungsvollen, verstörten kleinen Frau, einer Vielzahl von Erinnerungen, einer Vielzahl von Freunden (darunter Lady Vandeleur und ich) und, auch wenn es angesichts all dieser Vorzüge befremdend erscheinen mag, mit so etwas wie einem Gewissen.

II

Vor fünf Jahren erzählte er mir, sein Vater bestehe darauf, dass er heirate – wolle nichts davon hören, dass er es noch länger aufschiebe. Seit seiner Rückkehr aus Deutschland sei Sir Edmund auf diesem Thema herumgeritten, habe es sich sowohl in Andeutungen als auch ganz unmissverständlich ausgebeten und ihn dabei nicht nur mit Worten zur Ehe gedrängt, sondern ihn geradezu in die Arme jeder jungen Frau im Land gestoßen. Ambrose hatte ihm sein Versprechen gegeben, dessen Erfüllung aber von Tag zu Tag hinausgezögert und versucht, Zeit zu gewinnen; doch schließlich war er mit seinen Ausflüchten am Ende, zumal sein armer Vater sich aufs Flehen verlegt hatte. «Ihm ist der Name, das Haus und all das unendlich wichtig, und er bildet sich ein, wenn ich nicht heirate, bevor er stirbt, werde ich es auch danach nicht tun.» Das, so erinnere ich mich, sagte Ambrose Tester zu mir. «Es ist eine fixe Idee; er ist davon nicht abzubringen. Er möchte mich noch mit eigenen Augen verheiratet sehen, und er möchte seinen Enkelsohn in den Armen halten. Solange er das nicht kann, wird er nicht überzeugt sein, dass alles seine Ordnung haben wird. Er glaubt, er nähere sich seinem Ende, aber das tut er nicht – er wird noch hundert werden, meinen Sie nicht auch? –, und er hat mich feierlich darum gebeten, dem ein Ende zu setzen, was er seine Ungewissheit nennt. Er ist der Meinung, ich könnte in die Fänge irgendeiner Frau geraten, die ich unmöglich heiraten kann. Als wäre ich nicht alt genug, um auf mich selbst aufzupassen!»

«Vielleicht hat er Angst vor mir», schlug ich im Spaß vor.

«Nein, vor Ihnen nicht», sagte mein Besucher, wobei sein Ton verriet, dass es da jemanden gab, auch wenn er nicht sagte, wer es war. «Das ist natürlich alles Unsinn; jeder heiratet früher oder später, und ich werde tun, was alle anderen tun. Wenn ich heirate, bevor ich sterbe, ist es doch genauso gut, als heiratete ich, bevor er stirbt, nicht wahr? Ich würde mich freuen, den alten Herrn bei meiner Hochzeit dabei zu haben, aber für ihre Rechtsgültigkeit ist es nicht erforderlich, nicht wahr?»

Ich fragte ihn, was er von mir erwarte und wie ich ihm helfen könne. Er kannte meine Marotte bereits – dass ich mich nämlich bemühte, für sämtliche Mädchen in meinem Bekanntenkreis Ehemänner zu finden, gleichzeitig aber versuchte, die Männer davon abzuhalten, vor den Traualtar zu treten. Der Anblick einer unverheirateten Frau bedrückte mich, und doch empfand ich es als persönlichen Affront, wenn meine männlichen Bekannten ihren Familienstand änderten. Er ließ mich wissen, dass ich mich, soweit es ihn betreffe, auf eine solche Kränkung einstellen müsse, denn er habe seinem Vater sein Wort gegeben, übers Jahr kein Junggeselle mehr zu sein. Der alte Herr habe ihm Carte blanche gegeben, stelle keine Bedingungen, außer dass die Dame jung und gesund sein solle. Jedenfalls hatte Ambrose Tester einen Schwur geleistet und war nun im Begriff, sich ernsthaft umzusehen. Ich sagte, was sein müsse, müsse sein und dass es eine Menge bezaubernder junger Frauen im Land gebe, unter denen er sich mühelos die geeignetste aussuchen könne. Es gebe keine bessere Partie in England als ihn, sagte ich, und er brauche lediglich seine Wahl zu treffen. Das war allerdings nicht, was ich dachte, denn was mir wirklich durch den Kopf ging, ließ sich in dem stillen Ausruf zusammenfassen: «Welch ein Jammer, dass Lady Vandeleur nicht Witwe ist!» Ich hegte nicht den geringsten Zweifel, dass er sie andernfalls auf der Stelle heiraten würde; und nachdem er gegangen war, fragte ich mich noch lange, was *sie* wohl von dieser Wendung der Dinge halten mochte. Wenn sie für mich schon enttäuschend war, wie wenig konnte sie dann erst *ihr* gefallen! Sir Edmunds Befürchtung, es könne Hindernisse geben, die seinen Sohn davon abhielten, den gewünschten Schritt zu tun, war nicht ganz abwegig. Margaret Vandeleur war ein Hindernis – ich wusste das so gut, als hätte Mr Tester es mir selbst erzählt.

Ich will damit nicht sagen, dass es da irgendetwas in ihrer Beziehung gegeben hätte, worüber er nicht offen hätte sprechen können, denn Lady Vandeleur war, trotz ihrer Schönheit und ihres langweiligen Gatten, keine Frau, die man einer Unbesonnenheit bezichtigen konnte. Ihr Gatte legte pedantischen Wert auf Kleinigkeiten – die Form seiner Hutkrempe, die *pose*[7] seines Kutschers – und interessierte sich für nichts sonst; doch sie war eine Heilige, soweit dies möglich ist, wenn man zehn Jahre lang in den vornehmsten Kreisen Europas verkehrt hat. Es ist für diese Kreise typisch, dass selbst die Heiligen in ihren Reihen verdächtigt werden, und es ginge zu weit, wollte ich behaupten, man hätte ihrem Ruf nicht zahlreiche kleine Nadelstiche versetzt. Doch sie spürte diese Nadelstiche gar nicht, denn mehr noch als Ambrose Tester war sie ein Mensch, für den ein gutes Gewissen unerlässlich war, um glücklich sein zu können. Ich sollte fast sagen, ein gutes Gewissen allein machte sie schon glücklich, und ohnehin maßten sich nur Leute, die sie nicht kannten, an, geringschätzig von ihr zu sprechen. Hatte man die Ehre ihrer Bekanntschaft, konnte man sie zunächst für recht überzeugt von ihrer Schönheit und hoheitsvollen Eleganz halten, aber man spürte unweigerlich, dass ihre Natur sie von niedrigen Verirrungen abhielt. Da ihr Gatte gar so ein Schwächling war, muss sie es doppelt stark empfunden haben, dass es um ihre Ehre ging. Einen Mann wie ihn zu betrügen bedeutete, ihn noch lächerlicher zu machen, als er es ohnehin schon war, und davor wäre eine Frau, die seinen Namen trug, sehr wahrscheinlich zurückgeschreckt. Vielleicht wäre es für Lord Vandeleur, der all den Dünkel seines Standes, aber nichts von dessen Liebenswürdigkeit besaß, schlimmer gewesen, wenn er ein besserer oder zumindest klügerer Mann gewesen wäre. Benimmt eine Frau sich so untadelig, muss sie nicht auf der Hut sein, schließlich braucht man nicht auf den äußeren Schein zu achten, wenn man selbst eine Erscheinung ist. Lady Vandeleur duldete Ambrose Testers Aufmerksamkeiten, und weiß der Himmel, sie waren durchaus zahlreich; sie wirkte dabei jedoch so vollkommen gleichmütig, dass niemand sich vorstellen konnte, sie sei dafür empfänglich. Sie ließ sich beweihräuchern, aber man sah sie ganz gelassen zwischen den Schwaden sitzen. Jene Ehre ihrer Bekanntschaft, von der ich eben sprach, war mir zuteilgeworden; das heißt, ich begegnete ihr ein Dutzend Mal in der Saison inmitten einer erhitzten Menge, und wir lächelten freundlich und murmelten ein oder zwei nichtssagende Fragen, ohne die Antwort der anderen in dem Gedränge zu verstehen oder uns auch nur zu bemühen, sie zu verstehen. Ich wusste, dass Ambrose Tester in ihrem Haus ein und aus ging und sich stets mit ihr absprach, damit sie die Einladungen zu den gleichen Gesellschaften annahmen, doch ich habe meine Zweifel, ob sie ihrerseits wusste, wie häufig er mich besuchte. Ich glaube nicht, dass er es ihr erzählte, und dabei ist mir bewusst, dass dies auf eine engere Beziehung hindeutete (mit ihr, meine ich).

Ich bezweifle auch sehr, dass er sie bat, sich für ihn nach einer künftigen Lady Tester umzusehen. Er war so freundlich, diese Bitte an mich zu richten; doch ich erklärte, ich wolle nichts mit der Sache zu tun haben. Ich bin froh, sagen zu können, dass mich keine Schuld trifft, wenn Joscelind unglücklich ist. Ich habe für zwei oder drei amerikanische Mädchen englische Ehemänner gefunden, englische Ehefrauen zu beschaffen ist jedoch etwas ganz anderes. Ich weiß, welche Art von Männern Frauen gefällt, aber man müsste schon sehr klug sein, um zu wissen, welche Art von Frauen Männern gefällt. Ich sagte Ambrose Tester, er müsse sich selbst umschauen, doch trotz seines Versprechens war ich nicht sehr überzeugt, dass er auch tatsächlich etwas in diese Richtung unternehmen würde. Ich glaubte, der alte Baronet würde dahinscheiden, ohne die Geburt einer neuen Generation zu erleben; als ich dies allerdings Mr Tester gegenüber andeutete, antwortete er mir sinngemäß (es war nicht ganz so grob formuliert), sein Vater, so alt er auch sei, werde durchhalten, bis sein Befehl befolgt werde, und werde er nicht befolgt, so hielte er trotzdem durch. «Oh, er wird mich noch dazu bringen, klein beizugeben» – ich erinnere mich, dass Ambrose Tester das gesagt hat. Ich habe ihm unrecht getan, denn sechs Monate später erzählte er mir, er sei verlobt. Es war alles ganz schnell gegangen. Von einem Tag auf den anderen war die richtige Frau gefunden. Ich habe vergessen, wer sie fand; irgendeine Tante oder Kusine, glaube ich; es war jedenfalls nicht der junge Mann selbst gewesen. Doch als sie gefunden war, zeigte er sich der Lage gewachsen; er fand ernsthaft Gefallen an der jungen Frau, er akzeptierte sie voll und ganz, und ich bin mir nicht sicher, ob er sich nicht ein wenig in sie verliebte, so lächerlich (verzeihen Sie meinen Londoner Ton) ein solcher Zufall auch scheinen mag. Er erzählte mir, sein Vater sei entzückt, und hinterher wurde mir klar, dass er allen Grund dazu hatte. Ich sah das Mädchen erst einige Wochen später, hatte aber inzwischen den besten Eindruck von ihr gewonnen, und dieser Eindruck beruhte – wie sollte es anders sein – hauptsächlich auf dem, was ihr Zukünftiger mir erzählte. Das beweist, dass er durchaus positiv über sie sprach, dass er sprach, als glaubte er wirklich, er tue etwas Gutes. Es lag mir auf der Zunge, ihn zu fragen, wie sie Lady Vandeleur gefiel, verkniff mir aber zum Glück diese unpassende Bemerkung. Er mochte sie ganz offensichtlich, wie ich schon sagte; jeder mochte sie, und als ich sie dann kennenlernte, mochte ich sie sogar noch lieber als die anderen. Heute mag ich sie mehr denn je; das sollten Sie wissen, wenn Sie diese Schilderung ihrer Situation lesen. Es beeinflusst zweifellos das Bild, das ich zeichne, lässt mich das Befremdliche betonen, das meine kleine Geschichte meiner Ansicht nach hat.

Joscelind Bernardstone entstammte einer Soldatenfamilie und war in Feldlagern groß geworden – womit ich keinesfalls sagen will, sie sei eine jener anrüchigen jungen Frauen, die als Soldatenliebchen bekannt sind. Sie stand in der Blüte ihrer Jugend, sie war streng behütet aufgewachsen und hatte, als einzige Tochter, eine «ganz persönliche» Erziehung durch die vortreffliche Lady Emily erhalten (General Bernardstone hatte eine Tochter von Lord Clanduffy geheiratet), die wie ein rosagesichtiges Kaninchen aussieht und (nach Joscelind) eine der nettesten Frauen ist, die ich kenne. Als ich Mutter und Tochter, einige Wochen nachdem die Hochzeit, wie man hier sagt, «arrangiert» war, auf einem Landsitz

kennenlernte, gewann Joscelind meine Zuneigung, als sie, in ihrer schüchternen Offenheit, zu
mir sagte (ich fühlte mich bei ihren Worten wie
sechzig), sie müsse mir dafür danken, dass ich zu
Mr Tester so freundlich gewesen sei. Sie haben
sie ja in Doubleton gesehen, und Sie werden sich
erinnern, dass sie zwar nicht von ebenmäßiger
Schönheit ist, dennoch aber manch hübschere
Frau sehr froh wäre, wenn sie aussähe wie sie.
Sie ist so frisch wie ein eben erst gelegtes Ei,
so leicht wie eine Feder, so stark wie ein Post-
pferd. Sie ist äußerst sanft, dabei aber intelligent
genug, um auch schlagfertig zu sein, wenn sie
es möchte. Mir ist nicht bekannt, dass man intelligente Frauen automatisch für unfreundlich
hält, aber es gilt in der Regel als ausgemacht, dass
liebenswürdige Frauen sehr beschränkt seien.
Lady Tester widerlegt diese Theorie, die von einer zänkischen Frau stammen muss, die *nicht* intelligent war. Sie empfindet eine Bewunderung
für ihren Gatten, in der sie ganz aufgeht, ohne
dass sie das im Mindesten töricht machte, es sei
denn freilich, es ist töricht, bescheiden zu sein,
was ich in dieser rohen Welt zuweilen glaube.
Ihre Bescheidenheit ist so groß, dass unglücklich
zu sein ihr bis jetzt als eine Form von Egoismus
erschien – jenes Egoismus, den zu kultivieren

sie zu viel Feingefühl besitzt. Sie ist sich keineswegs sicher, dass es nicht schlicht an ihren eigenen Erwartungen liegt, wenn die Ehe mit ihrem schönen Baronet nicht der Idealzustand ist, den sie sich erträumte. Es beschreibt ihren gegenwärtigen Zustand nicht, wenn man sagt, sie sei unglücklich oder enttäuscht oder fühle sich verletzt. All dies ist unterschwellig zu spüren; offensichtlich allerdings ist, dass sie verstört ist – sie versteht einfach nicht, was da vor sich geht, und ihre Verstörtheit berührt mich zutiefst. Sie sucht nach irgendeiner Erklärung, nach einer Erleuchtung. Zuweilen richtet sie den Blick forschend und stumm auf mich oder auf andere und versucht, in unseren Augen zu lesen, als könne ich – als könnten sie – ihr sagen, ihr erklären, was geschehen ist. Ich kann es sehr wohl erklären – aber nicht ihr, sondern nur Ihnen!

III

Es bedeutete eine glänzende Partie für Miss Bernardstone, die über keinerlei Vermögen verfügte, und alle ihre Freunde waren der Meinung, sie habe es sehr gut getroffen. Nach Ostern hielt sie sich mit ihren Angehörigen in London auf, und

ich sah sie alle sehr häufig – genau genommen
suchte ich den freundschaftlichen Verkehr mit
ihnen. Sie hätten mich vielleicht sogar für ein
wenig gönnerhaft halten können, wären sie auf
einen solchen Gedanken überhaupt gekommen.
Aber das sind sie nicht; es ist nicht ihre Art. Engländer neigen dazu, irgendwelche Motive zu unterstellen – manche unterstellen sogar viel üblere
Motive, als wir armen Einfaltspinsel in Amerika
zu erkennen vermögen, ja als sie uns jemals zu
Ohren gekommen sind. Aber das tun nur einige; andere tun es nicht, sondern halten es für
selbstverständlich, dass alles wörtlich zu nehmen
und ehrlich gemeint ist. Das galt auch für die
Bernardstones; Sie konnten sicher sein, dass sie,
nachdem sie mit Ihnen gespeist hatten, auf dem
Nachhauseweg einander nicht fragen würden,
wie um alles in der Welt jemand Sie als hübsch
bezeichnen konnte, oder sagen würden, viele
Leute seien aber trotz allem überzeugt, Sie hätten Ihren Großvater vergiftet.

Lady Emily war außerordentlich erfreut über
die Verlobung ihrer Tochter; natürlich machte
sie nicht viel Aufhebens davon, sie klatschte
nicht in die Hände oder ging mit Mr Testers
Namen hausieren; doch es war unübersehbar,
dass sie eine Art mütterlicher Genugtuung, eine

innere Befriedigung empfand. Der junge Mann benahm sich, wie es besser nicht ging, wurde immerfort mit Joscelind gesehen und lächelte in liebenswürdigster, ausgesprochen beschützender Manier zu ihr hinab. Die beiden waren ein schönes Paar – Sie hätten gesagt, Menschen, die so gut zusammenpassten, hätten geradezu die Pflicht, zu heiraten. Natürlich war er ungeheuer beschäftigt und kam mich nicht sehr oft besuchen; aber gelegentlich kam er doch, und wenn er dann dasaß, lag etwas in seinem Blick, was ich zunächst nicht zu deuten vermochte. Ich erkannte indes schon bald, was es war; in meinem Empfangszimmer befand er sich nicht mehr im Dienst, musste er nicht länger «strammstehen» und eine Rolle spielen; er lehnte sich zurück, ruhte aus, atmete tief durch und vergaß, dass der Tag seiner Exekution bereits festgelegt war. Es sollte keine unschickliche Eile im Zusammenhang mit der Hochzeit geben, die erst nach der Sitzungsperiode des Parlaments Ende August stattfinden sollte. Es verwirrte mich und bedrückte mich auch etwas, dass sein Herz nicht ein wenig mehr bei der Sache war; mit einem so bezaubernden Mädchen verlobt zu sein und sich dann zu verhalten, als handelte es sich lediglich um eine gesellschaftliche Verpflichtung, schien befremdlich. Wäre jemand nicht schon vom ersten Augenblick an in Joscelind Bernardstone verliebt gewesen, hätte er es nach ein, zwei Wochen sein müssen. Wenn Ambrose Tester es nicht war (und mir gegenüber gab er nicht vor, es zu sein), meisterte er, wie ich schon sagte, die Situation besser, als ich es erwartet hätte. Er war ein Gentleman, und er benahm sich wie ein Gentleman – und dies mit umso größerer Gewissenhaftigkeit, weil ihm, wie ich glaube, seine Verlobte leidtat. Doch es war schwer zu erkennen, wie er auf Dauer mit einer solchen Haltung zurechtkommen wollte. Geht ein Mann mit einer hässlichen, wenig anziehenden Frau eine Vernunftehe ein, ist die Sache verhältnismäßig einfach; beide wissen, woran sie sind, und er braucht keine Gewissensbisse zu haben, weil er ihr nicht die Gefühle entgegenbringt, von denen ohnehin nie die Rede war. Wählt er jedoch ein bezauberndes Geschöpf, um seinen Vater und *les convenances*[8] zufriedenzustellen, lässt sich nicht so leicht darüber hinweggehen, dass er sich nichts aus ihr macht. Meiner Meinung nach wäre es für Ambrose Tester viel besser gewesen, er hätte sich mit einem Mädchen verheiratet, das ihm einen Vorwand für die Lauheit seiner Gefühle gegeben hätte. Seine Frau hätte gesund, aber dumm, fruchtbar, aber griesgrämig sein sollen. Erwartete er, dass er sich auch künftig nicht in Joscelind verlieben würde oder dass er die mechanische Natur seiner Aufmerksamkeiten vor ihr verbergen konnte? Es war schwer zu erkennen, wie er das eine wollen konnte oder das andere ihm gelingen sollte. Erwartete er, ein Mädchen wie sie wäre glücklich, wenn er sie nicht liebte? Und glaubte er, er selbst könnte glücklich sein, wenn sich herausstellen sollte, dass sie unglücklich wäre? Und wenn sie nicht unglücklich sein sollte, das heißt, wenn es ihr gleichgültig wäre und sie sich, wie man so sagt, anderweitig tröstete – wäre ihm das denn lieber?

Ich stellte mir all diese Fragen, und ich hätte sie gern auch Mr Tester gestellt; doch ich unterließ es, denn er hätte sie ja ohnehin nicht beantworten können. Der arme junge Mann! Er ging den Dingen nicht auf den Grund, wie ich es tue; er dachte nicht analytisch, wie wir Amerikaner es tun, was in Kritiken ja immer wieder zu lesen ist. Er war der Meinung, er benehme sich außerordentlich gut, und das tat er auch – für einen Mann; das war ja das Befremdliche daran. Es war richtig gewesen, dass er trotz seines Widerstrebens eingewilligt hatte zu heiraten, und er hatte die Einlösung seines Versprechens pflichtbewusst in Angriff genommen. Da eine gute Sache noch besser wird, wenn man sie gut macht, hatte er die beste Frau genommen, die er überhaupt finden konnte. Er war entzückt von – «von dieser jungen Dame?», mögen Sie fragen. Keineswegs. Von sich selbst. So sind die Männer! Ihre Tugenden sind gefährlicher als ihre Laster, und der Himmel schütze Sie, wenn sie es sich in den Kopf gesetzt haben, ein Versprechen zu halten! Sie werden feststellen, dass es nie ein Versprechen ist, das *Ihnen* gegeben wurde. Ein Mann ist bereit, eine Frau zu opfern, um zu leben, wie es sich für einen Gentleman gehört, und verlangt dann von Ihnen, Mitleid zu haben – mit *ihm*! Und ich spreche hier nicht von den schlechten Männern, sondern von den guten. Sie sind letzten Endes die schlimmsten. Wie ich schon sagte, kümmerte Ambrose Tester sich nicht um solche Details, doch intuitiv, wie er möglicherweise war, wusste er, dass seine Haltung falsch war. Er spürte, dass er sie früher oder später, eher früher als später, würde korrigieren müssen – ein Vorgang, der unmöglich angenehm sein konnte. Er würde sich entscheiden müssen, ob ihm etwas an seiner Frau lag oder nicht. Was würde Lady Vandeleur sagen, wenn er sich für Ersteres, und was die kleine Joscelind, wenn er sich für Letzteres entschied? Das hat man davon, wenn man einen hartnäckigen Vater hat und ein gehorsamer Sohn sein möchte. Bei mir konnte Ambrose Tester leicht unbekümmert sein, denn hatte ich, wie gesagt, auch nicht an seiner Verlobung mitwirken wollen, so wollte ich doch nicht, dass er sich wieder entlobte, und ich bestand nicht darauf. Ich befürchtete, Lady Vandeleur könne darauf bestehen; mit ihr zusammen zu sein war natürlich äußerst schwierig; mehr noch als Miss Bernardstone musste sie ihn spüren lassen, dass seine Haltung falsch war. Ich muss hinzufügen, dass er mir gegenüber einmal erwähnte, sie habe ihm nahegelegt zu heiraten. Jedenfalls ist es eine großartige Sache, ein netter Bursche zu sein. Unser junger Bursche war so nett zu jedermann, dass natürlich auch seine Verlobte nicht zu kurz kam. Ebenso wenig Lady Emily, die voller Hoffnungen war, was sie rosiger aussehen ließ denn je; sie erzählte mir, er habe sogar ihr Blumen geschickt. Eines Tages ritt ich frühmorgens im Park aus; die Row[9] war noch fast leer. Nach einer Weile sah ich eine Dame und einen Herrn vor mir, die eng nebeneinander im Schritt ritten. Ich erkannte die Dame sofort, zuvor aber war mir bereits aufgefallen, dass es nichts Liebevolleres hätte geben können als die Art und Weise, wie Ambrose Tester sich zu seiner künftigen Frau hinüberbeugte. Wenn er auf mich in jenem Moment einen verliebten Eindruck machte, so musste sie diesen Eindruck natürlich auch haben. Doch heute reiten sie nicht mehr so.

IV

Gegen Ende Juni suchte er mich eines Tages auf, als ich gerade zwei oder drei andere Besucher hatte; Sie wissen ja, selbst zu dieser Jahreszeit bin ich fast immer von sechs bis sieben zu Hause. Er befand sich noch keine drei Minuten im Raum, als mir auch schon auffiel, dass er anders war – anders als beim letzten Mal, und ich vermutete, dass etwas passiert war, was mit seiner Heirat zu tun hatte. Meine Besucher bemerkten leider nichts, und sie blieben so lange, dass ich schon befürchtete, er müsste gehen, ohne mir den Grund zu nennen, dessentwegen er, da war ich mir ganz sicher, eigentlich gekommen war. Doch er blieb sitzen, bis sie gingen; ich glaube, sie fanden ihn ausnahmsweise einmal nicht sehr liebenswürdig. Als wir allein waren, schimpfte er ein wenig auf sie und sagte dann: «Haben Sie es schon gehört? Vandeleur ist sehr krank. Sie

179

ist schrecklich besorgt.» Ich hatte es noch nicht gehört und sagte ihm das. Ich stellte ihm ein, zwei Fragen, hielt dann aber mit meinen Erkundigungen abrupt inne; es hatte mir beinahe den Atem verschlagen, denn mir war etwas sehr Befremdliches aufgefallen. Die Art, wie er mich ansah, als er mir seine Neuigkeiten mitteilte, glich einem umfassenden Geständnis – einem so umfassenden Geständnis, dass ich einen Augenblick brauchte, um es zu begreifen. Er war nicht so stark, dass er gegen Überraschungen gefeit gewesen wäre – nicht so stark, dass er nicht angesichts von etwas Unerwartetem im ersten Moment nach ein wenig Hilfe Ausschau gehalten hätte. Ich wage es Hilfe zu nennen, weswegen er an jenem Sommernachmittag zu mir gekommen war. Es geht immer um Hilfe, wenn eine Frau, die nicht dumm ist, einem aus dem seelischen Gleichgewicht gebrachten Mann gestattet, ihre Zeit in Anspruch zu nehmen. Ist auch er kein Dummkopf, schmälert das den erwiesenen Dienst nicht; im Gegenteil, dass er dem Durchschnitt überlegen ist, erleichtert es ihm, von der Hilfe zu profitieren. Ambrose Tester hatte in der Vergangenheit mehr als einmal zu mir gesagt, mir als Amerikanerin könne er Dinge erzählen, die er seinen eigenen Leuten nicht anvertrauen würde. Er hatte dies, wie ich bereits andeutete, früher schon erprobt, und ich muss gestehen, amerikanischer Herkunft zu sein war bei ihm zuweilen eine fragwürdige Ehre. Ich weiß nicht, ob er uns für diskreter und verständnisvoller hält (sofern er seine Meinung inzwischen nicht geändert hat: in meinem Fall hat er sie geändert) oder lediglich für unempfindlicher, für weniger leicht zu erschüttern; fest steht jedoch, dass er, wie manch andere Engländer, die ich kennengelernt habe, offenbar der Ansicht war, ich würde mir, in delikaten Fällen, ein umfassendes Urteil bilden. Wenn ich ihn nach den Gründen fragte, weshalb er uns Amerikanern hier den Vorzug gab, begnügte er sich damit, auf britisch-oberflächliche Weise zu sagen: «Ach, ich weiß es nicht; ihr seid halt anders!» Ich erinnere mich, dass er einmal bemerkte, unsere Eindrücke seien lebhafter. Und ich bin mir sicher, dass er mich nun unter anderem aufgrund meiner Staatsangehörigkeit in den Genuss jenes Geständnisses kommen ließ, das ich eben erwähnte. Zumindest nehme ich nicht an, dass er herumgegangen wäre und zu allen möglichen Leuten gesagt hätte: «Wissen Sie, ihr Mann wird wahrscheinlich sterben; warum also sollte ich Lady Vandeleur nicht heiraten?»

Das war die Frage, die sein ganzes Auftreten und Mienenspiel mir stellten und die ich nach einem Augenblick zu ignorieren beschloss. Warum sollte er sie nicht heiraten? Es gab einen triftigen Grund, weshalb er es nicht tun sollte. Es würde Joscelind Bernardstone schlichtweg umbringen; deshalb sollte er es nicht tun! Die Vorstellung, dass er dazu bereit sein könnte, machte mir Angst, und gleichgültig, für wie unabhängig er meinen Standpunkt auch halten mochte – ich hatte keinerlei Lust, eine solche Schändlichkeit zu erörtern. Ich empfand es vom ersten Augenblick an als Schändlichkeit, und ich hatte an meinem Urteil diesbezüglich nie Zweifel. Ich bin immer froh, wenn ich gleich auf den ersten Blick weiß, was ich von einer Sache zu halten habe; es ist ein Segen, ohne langes Abwägen und Vergleichen zu *fühlen*, was für eine Haltung man zu etwas einnimmt. Es ist auch eine große Stütze und ein großer Luxus. Das war, wie ich eben sagte, bei dem Gefühl so, das diese glorreiche Idee Ambrose Testers in mir weckte. Für grausam und rücksichtslos hielt ich sie damals, und für grausam und rücksichtslos hielt ich sie auch später, als sie mir aufgenötigt wurde. Ich wusste, dass es viele Leute gab, die meine Meinung nicht teilten, und ich kann nur für sie hoffen, dass sie ebenso schnell und eindeutig zu ihrer Überzeugung gelangt waren wie ich zu meiner; alles hängt davon ab, was man im ersten Augenblick empfindet. Aber ich will noch eine Bemerkung anfügen. Ich war damals überzeugt, dass ich recht hatte, und ich bin noch immer davon überzeugt; doch ich finde es bedauerlich, dass mir so viel daran gelegen war, recht zu behalten. Warum konnte ich mich nicht damit zufriedengeben, unrecht zu haben? Nicht darauf verzichten, meinen Einfluss auszuüben (besaß ich doch offenbar diese mystische Kraft), und meinen jungen Freund tun lassen, was er wollte? Würden Sie angesichts der Situation, wie Sie sie in Doubleton beobachtet haben, nicht auch sagen, man müsse sich fragen, ob man der jüngeren Dame letzten Endes wirklich einen Dienst erwiesen hat?

Jedenfalls gab ich, wie ich schon sagte, Ambrose Tester durch nichts zu erkennen, dass ich verstand, was er meinte, dass ich vermutete, worauf er hinauswollte. An jenem Tag bekam er nicht zu hören, was er von mir hören wollte; allerdings gelang es ihm dann später doch noch, mich in die Sache hineinzuziehen. Ich äußerte mein Bedauern über Lord Vandeleurs Zustand, fragte nach Art und Ursache seiner Erkrankung, verlieh der Hoffnung Ausdruck, sie werde sich nicht als so ernst erweisen, wie möglicherweise zu befürchten war, sagte, ich würde meine Aufwartung machen, um mich nach seinem Befinden zu erkundigen, bemitleidete taktvoll Lady Vandeleur und ließ, kurz gesagt, meinem jungen Mann keinerlei Chance. Er wusste, dass ich seine *arrière-pensée*[10] erraten hatte, bedrängte mich aber, wofür ich dankbar war, für den Augenblick nicht weiter, entweder weil er sich zu diesem Zeitpunkt noch schämte, solche Gedanken zu hegen, oder weil er annahm, ich wolle das tragische Ereignis abwarten – so es denn einträte. Nun, meine Liebe, nach zehn Tagen trat es ein. In der Zwischenzeit hatte Mr Tester mich zweimal aufgesucht, beide Male, um mir mitzuteilen, dass es dem armen Vandeleur schlechter ging; er litt an irgendeiner entzündlichen Erkrankung, die in neun von zehn Fällen zum Tod führt. Seine Gattin war die Hingabe in Person; Tag und Nacht war sie bei ihm. Ich erhielt die entsprechenden Informationen auch aus anderen Quellen; ich überlasse es Ihrer Phantasie, ob es ausbleiben konnte, dass eine derartige Situation in London, noch dazu zum Höhepunkt der Saison, ausgiebig diskutiert wurde. Zu dieser Diskussion trug ich vorerst jedoch wenig und zu der mit

Ambrose Tester gar nichts bei. Ich war noch immer auf der Hut. Nie ließ ich auch nur für einen Moment durchblicken, es sei denkbar, dass seine Pläne sich geändert haben könnten. Mittlerweile schien er sich auch gar nicht mehr für sein Vorhaben zu schämen, er befand sich vielmehr in einer geradezu euphorischen Stimmung; doch er war sehr ungehalten, weil ich ihm keine Gelegenheit gab, darüber zu sprechen.

Wenn ich heute auf die Angelegenheit zurückblicke, hat die Art und Weise, wie wir uns damals gegenseitig beobachteten, beinahe etwas Amüsantes – er dachte, ich wiche seiner Frage nur aus, um ihn zu quälen (er glaubte oder tat so, als glaubte er, ich sei zu einer derartigen Niederträchtigkeit fähig), und ich war entschlossen, ihm nicht dadurch einen Schritt entgegenzukommen, dass ich Verständnis für seine Situation erkennen ließ, was er fälschlicherweise als Zeichen des Wohlwollens hätte auslegen können. Mein Wohlwollen sollte auch künftig jenen gehören, denen es bisher gegolten hatte, nämlich Lady Emily und ihrer Tochter, die ich, da ich ihnen auf Gesellschaften immer wieder begegnete, auch weiterhin nicht aus den Augen verlor. Sie ließen keinerlei Beunruhigung erkennen; natürlich wäre das auch verfrüht gewesen. Ich bin sicher, das Mädchen hatte keine Ahnung von der Existenz einer Rivalin. Wie man es vor ihr verborgen hatte, weiß ich nicht; doch es war unübersehbar, dass sie viel zu verliebt war, um misstrauisch zu sein oder Kritik zu üben. Bei Lady Emily war es etwas anderes; sie war eine mildtätige Frau, die jedoch an zu vielen Punkten mit der Welt in Berührung kam, um deren Schwingungen nicht zu spüren. Und die liebe kleine Dame ging in Stellung, auch wenn sie äußerlich völlig ruhig wirkte. Von Lord Vandeleurs Tod erfuhr ich nicht durch Ambrose Tester; er wurde, mit einer Viertelspalte leerer Phrasen, in der «Times» angezeigt. Ich habe schon immer gewusst, dass die «Times» eine wunderbare Zeitung ist, aber nie war es mir so klar geworden wie damals, als sie eine Viertelspalte über Lord Vandeleur brachte. Es war ein Triumph der Fabulierkunst. Hätte er einen Beruf gehabt, wäre er Schneider oder Hutmacher gewesen (was ich mir bei ihm vorstellen kann), hätte es vielleicht über ihn etwas zu sagen gegeben. Doch er hatte keinen Beruf, er hatte es zu nichts gebracht außer zu postumen Ehren. Ich war mir so sicher, Ambrose Tester würde an jenem Nachmittag vorbeikommen, war mir so sicher, er wusste, dass ich ihn erwartete, dass ich deshalb eigens eine Verabredung absagte.

Aber er kam nicht, auch nicht am nächsten Tag oder am übernächsten. Es gab zwei mögliche Erklärungen für sein Fernbleiben. Die eine war, dass er seine ganze Zeit damit verbrachte, Lady Vandeleur zu trösten; die andere, dass er sie, zur Tarnung, mit Joscelind Bernardstone verbrachte. Beides erwies sich als unzutreffend, denn als er schließlich auftauchte, erzählte er mir, er sei eine Woche bei seinem Vater auf dem Land gewesen. Sir Edmund war ebenfalls unpässlich gewesen, doch hatte er es besser überstanden als der arme Lord Vandeleur. Anfangs fragte ich mich, ob sein Sohn mit ihm über die Frage veränderter Voraussetzungen gesprochen hatte, vermutete aber sogleich, dass ihm diese Aufregung erspart geblieben war. Ambrose hätte ihn wohl kaum verschont, hätte er es für nötig gehalten, ihn davon in Kenntnis zu setzen; doch wahrscheinlich nahm er an, sein Vater hätte keinen Grund zur Klage, solange er überhaupt heiratete, hätte kein Recht, Einwände zu erheben, wenn er sein Eheversprechen einfach auf eine andere Frau übertrug. Lady Vandeleur hatte zwei Kinder gehabt (die sie verloren hatte) und könnte deshalb weitere bekommen, die sie nicht verlieren würde; das wäre eine Antwort auf kleinliche Vorhaltungen seitens Sir Edmunds gewesen.

V

Tatsächlich hatte der junge Mann unter den Eichen und Buchen seiner Vorfahren über die ganze Sache nachgedacht. Seine Miene zeigte dies – zeigte es deutlicher, als es Miss Bernardstone lieb sein konnte. Er sah aus wie einer, der unglücklich, nicht wie einer, der glücklich verliebt war. Ich verspürte nicht mehr Neigung als zuvor, ihm bei seinem Komplott behilflich zu sein, doch nach zehn Minuten erörterten wir es bereits bis ins Einzelne. Wenn ich sage, *wir* erörterten es, dann meine ich, er tat es, denn ich saß zunächst nur schweigend vor ihm und staunte über die Klarheit, mit der er seine Gründe vor seinem Gewissen verteidigt hatte. Er hatte sich eingeredet, er könnte ganz einfach die arme Joscelind sitzenlassen und ungebunden bleiben, bis Lady Vandeleurs Trauerzeit vorüber wäre. Die Überlegungen eines impulsiven Mannes führen ihn zuweilen in seltsame Gefilde. Ambrose Tester vertraute mir seinen Plan als ein ganz großes Geheimnis an. Er gestand, ihm sei sehr daran gelegen zu erfahren, was ich davon hielte und ob meine weibliche Findigkeit nicht irgendwo ein Schlupfloch entdeckte, durch das er entkommen konnte, irgendeine ehrenhafte Möglichkeit, sein

Versprechen nicht halten zu müssen. Dabei schien er jedoch nicht vorherzusehen, dass ich zwangsläufig glattweg empört sein würde. Dass ich verblüfft und (ein wenig) betroffen sein würde, damit hatte er gerechnet; meine bisherige Weigerung, ihm zu helfen, führte er aber anscheinend einzig und allein darauf zurück, dass es tatsächlich schwierig war, ihm den perfekten Vorwand zu nennen, den er benötigte. Er zählte ganz offensichtlich auf einen erhellenden Einfall meinerseits, und ich glaube, er hätte gern zu mir gesagt: «Sie haben immer so getan, als wären Sie mir eine gute Freundin…» – was nicht stimmt, vielmehr war er derjenige, der immer so getan hat – «und jetzt haben Sie Gelegenheit, es zu beweisen. Gehen Sie zu Joscelind und machen Sie ihr klar (Frauen haben hierfür hundert Möglichkeiten), dass sich meine Lage durch Vandeleurs Tod vollkommen verändert hat. Wenn sie das Mädchen ist, für das ich sie halte, wird sie wissen, was zu tun ist.»

Ich war nicht bereit, auf ein solches Ansinnen einzugehen, und sagte ihm das auch, sobald sich meine erste Überraschung darüber gelegt hatte, wie entschlossen er sein Ziel nun verfolgte. Seine Argumentation war letztendlich ganz einfach. Er war seit Jahren in Lady Vandeleur verliebt und war es nun mehr denn je. Nichts hatte darauf hingedeutet, dass sie, in absehbarer Zeit, durch den Tod ihres Gatten frei würde. Dieser Edelmann war – Ambrose Tester sagte damals nicht, was er seiner Meinung nach war (dazu lag Lord Vandeleurs Tod noch nicht lange genug zurück) –, aber er war gerade erst vierzig Jahre alt und bei so guter Gesundheit und in so ausgezeichneter Verfassung gewesen, dass eine solche Möglichkeit unendlich fern schien. Unter diesen Umständen hatte Ambrose sich genötigt gesehen, sich aus zutiefst weltlichen Gründen – er schämte sich dafür, pah! –, mit einem Mädchen zu verloben, das er nicht liebte und auch nicht vorgab zu lieben. Plötzlich trat das Unerwartete ein; die Frau, die er wirklich liebte, war für ihn erreichbar, und die Verhältnisse hatten sich grundlegend geändert. Warum sollte nicht auch er sich verändern? Warum sollten nicht Miss Bernardstone, Lady Emily und alle anderen sich verändern? Es wäre *unrecht* von ihm, Joscelind in einer so veränderten Welt zu heiraten – wenn ich nur einen Augenblick nachdächte, würde ich das gewiss einsehen. Er könne seinen Teil des Vertrages nicht länger erfüllen, und die Angelegenheit müsse beendet werden, bevor sie noch mehr Unheil anrichtete. Wüsste Joscelind

Bescheid, wäre sie die Erste, die das erkennen würde, und nun gehe es darum, dass sie alles erführe.

«Dann gehen Sie doch zu ihr und erklären es ihr, wenn Sie sich dessen so sicher sind», sagte ich. «Es wundert mich, dass Sie es so lange aufgeschoben haben.»

Er sah mich bekümmert an. «Natürlich weiß ich, dass es scheußlich unangenehm ist.»

Zweifellos war es scheußlich unangenehm; darin konnte ich ihm völlig beipflichten, und dies war die einzige Zustimmung, die er mir entlockte. Man konnte sich einem aus dem seelischen Gleichgewicht gebrachten jungen Mann gegenüber unmöglich weniger hilfsbereit, weniger mitleidsvoll verhalten, als ich es bei jener Gelegenheit tat. Aber sehr bald schon boten sich Mr Tester weitere Gelegenheiten, seinen Appell mit größerer Beredsamkeit zu erneuern. Er versicherte mir, mit seiner Zukünftigen zusammen zu sein bedeute für ihn die reinste Folter und jede Stunde, in der er die Verlobung nicht löse, binde ihn nur noch enger und unwiderruflicher an sie. Ich wiederholte ein einziges Mal die Frage, die ich ihm bereits kurz zuvor gestellt hatte – fragte ihn ein einziges Mal, warum er ihr dann nicht sage, dass er seine Meinung geändert habe. Die Frage war müßig, ja sogar herzlos, denn mein junger Mann befand sich in einer sehr schwierigen Lage. Er sagte es ihr nicht, weil er es schlicht nicht konnte, obwohl er qualvoll spürte, dass seine Chance, seinen Fehler zu korrigieren, schnell dahinschwand. Als ich ihn fragte, ob Joscelind denn nichts zu ahnen schien, sprudelte es aus ihm heraus: «Wie um alles in der Welt soll sie etwas ahnen, wo ich doch so nett zu ihr bin? Sie tut mir so leid, das arme kleine Ding, dass ich einfach nett zu ihr sein muss. Und sobald ich nett zu ihr bin, denkt sie, es ist alles in Ordnung.»

Ich verstand sehr gut, was er damit meinte, und ich mochte ihn dieses edelmütigen Zuges wegen mehr, als ich ihn seines schändlichen Vorhabens wegen nicht mochte. Tatsächlich konnte von Nichtmögen keine Rede sein, als ich sah, welchen Einfluss mein Urteil auf ihn haben würde. Ich ließ ihn sehr bald in dessen vollen Genuss kommen. Ich hatte seinen Fall gründlich durchdacht, wobei es von großem Vorteil war, dass ich die Einzelheiten von ihm selbst erfahren hatte, und ich sah keinerlei Möglichkeit, wie er das Mädchen auf anständige Weise loswerden konnte. Das war, wie ich schon sagte, bereits meine ursprüngliche Meinung gewesen, und weiteres Abwägen bestätigte mich nur darin. Wie ich ebenfalls schon sagte, hatte ich ihm in keiner Weise empfohlen, sich zu verloben; als er sich dann verlobt hatte, empfahl ich ihm allerdings, dazu auch zu stehen. Es war ja schön und gut, wenn er in Lady Vandeleur verliebt war; er mochte in sie verliebt sein, aber er hatte nicht versprochen, sie zu heiraten. Es war ja schön und gut, wenn er in Miss Bernardstone nicht verliebt war; aber sie hatte er nun einmal versprochen zu heiraten, und in meiner Heimat erwartet man von einem Gentleman, dass er solche Versprechen hält. Wo kämen wir denn hin, wenn man sie nur so lange hielte, wie es einem gerade passt? Ich versichere Ihnen, ich wurde sehr beredt und argumentierte moralisch – ja, moralisch, ich bleibe bei dem Wort, auch wenn Sie vielleicht der Ansicht sind (was ich mir bei Ihnen durchaus vorstellen könnte), ich hätte ihm genau zum Gegenteil raten sollen. Es ging nicht um Liebe, sondern ums Heiraten, denn er hatte ja nie versprochen, die arme Joscelind zu lieben. Vergebens machte er geltend, es sei schrecklich, ohne Liebe zu heiraten; so dächte er nun einmal, und die Menschen in seiner Umgebung dächten auch so – nichts dergleichen half ihm. Die Hälfte seiner Freunde hatte schließlich unter solchen

Bedingungen geheiratet. «Ja, und welch ein Bild des Jammers bietet ihr Privatleben!» Das mag ja sein, aber es war das allererste Mal, dass ich ihn das hatte sagen hören. Vierzehn Tage zuvor war er durchaus noch bereit gewesen zu tun, was die anderen taten. Ich hatte jedoch meine eigene Meinung, und vermutlich drückte ich mich recht deutlich aus, denn meine Argumente bewirkten, dass er sich noch unbehaglicher fühlte, konnte er sie doch weder akzeptieren noch ihnen einfach zuwiderhandeln. Warum er so viel Wert auf meine Meinung legte, ist ein Geheimnis, das ich nicht zu erhellen vermag; um meine kleine Geschichte zu verstehen, müssen Sie das einfach schlucken. *Dass* er Wert darauf legte, beweist die Erbitterung, mit der er plötzlich hervorstieß: «Wenn ich Sie richtig verstehe, dann empfehlen Sie mir, Miss Bernardstone zu heiraten und mit Lady Vandeleur ein Liebesverhältnis zu unterhalten!»

Er wusste nur zu gut, dass ich nichts dergleichen empfahl, und er muss sehr verärgert gewesen sein, da er sich zu dieser *boutade*[11] hinreißen ließ. Er erklärte, andere Leute dächten nicht so wie ich – alle hielten es geradezu für eine moralische Pflicht, nicht zu zögern, wenn es darum gehe, sich zwischen einer Frau, die er nicht liebte, und einer Frau, die er seit Jahren anbetete, zu entscheiden. «Dann zögern Sie nicht!», rief ich; doch damit wurde ich ihn nicht los, denn er kam noch mehr als einmal auf das Thema zurück (er besuchte mich so oft, dass ich schon dachte, er müsse seine beiden anderen Damen darüber vernachlässigen) und tat stets aufs neue kund, dass die Gesellschaft ganz anderer Ansicht sei als ich. Sie werden zweifellos überrascht sein über die Andeutung, er habe «die Gesellschaft» ins Vertrauen gezogen, und sich fragen, ob er denn herumgegangen sei und sich bei den Leuten erkundigt habe, ob er ihrer Meinung nach einen Rückzieher machen könne. Ich kann es Ihnen nicht genau sagen, doch ich weiß, dass ein paar Wochen viel über sein Dilemma gesprochen wurde. Seine Freunde begriffen, dass er an einer Wegscheide stand, und vielen von ihnen bereitete es keine Mühe zu entscheiden, welchen Weg *sie* einschlagen würden. Einige der Beobachter waren der Meinung, er solle gar nichts tun, solle alles so lassen, wie es war. Andere stellten sich auf einen erhabenen Standpunkt und ließen sich über die Heiligkeit der Liebe und darüber aus, wie schändlich es wäre, das Mädchen zu betrügen, denn darauf liefe es ja hinaus (wenn er sie tatsächlich zum Altar führen sollte). Einige meinten, es sei zu spät, um die Flucht zu ergreifen, andere behaupteten, dazu sei es nie zu spät. Einige hielten Miss Bernardstone für äußerst bedauernswert; andere sparten ihr Mitgefühl für Ambrose Tester auf, und wieder andere überschütteten Lady Vandeleur damit. Die vorherrschende Meinung war wohl, dass er der Stimme seines Herzens folgen sollte – London legt ja so viel Wert auf Herz! Oder ist London einfach blutdürstig und zieht stets das Schauspiel vor, das mehr Unterhaltung verspricht? Da es das Spektakel verlängern würde, ließe der junge Mann Miss Bernardstone sitzen, war die Bereitschaft, das arme Mädchen zu opfern, beträchtlich. Miss Bernardstone glich einer christlichen Jungfrau in der römischen Arena. Das meinte Ambrose Tester, als er behauptete, die öffentliche Meinung sei auf seiner Seite. Ich glaube nicht, dass er mit Gott und der Welt über seine verzwickte Lage geredet hat, aber Leute, die seine Situation kannten, vermuteten, was in seinem Kopf vorging, und er seinerseits vermutete, was sie sagten. Londoner Diskussionen könnten ebenso gut in der Flüstergalerie der Sankt-Pauls-Kathedrale stattfinden.[12]

Ich konnte selbstredend nur eines tun – nämlich meine Überzeugung bekräftigen, dass die römische Haltung, wie ich sie vielleicht nennen kann, grausam war, heuchlerisch war. Natürlich war das nicht die Hilfe, die er sich wünschte – die das Hindernis beseitigte, das seiner Vermählung mit Lady Vandeleur in ein, zwei Jahren im Weg stand. Dennoch setzte er seine Hoffnungen weiterhin auf eine Eingebung meinerseits – ich muss das sagen, auch auf die Gefahr hin, ihn äußerst kleinmütig erscheinen zu lassen. Es gab einen Moment, da ich ihn eines hinterlistigen Manövers für fähig hielt, ihm zutraute, er spiele auf Zeit, um doch noch davonzukommen. Wenn es ihm gelang, die Hochzeit nur lange genug hinauszuzögern, würden die Bernardstones *ihn* fallenlassen, und ich habe den Verdacht, dass er sich einen Tag lang mit dem Gedanken trug, ihnen die Verantwortung zuzuschieben. Aber er war zu ehrlich und zu edelmütig, um dies länger zu erwägen, und sein Schicksal schien schon besiegelt, als ein unerwartetes Ereignis ihn vorläufig rettete. General Bernardstone verstarb nach einer Erkrankung, die ebenso plötzlich aufgetreten war und einen ebenso raschen Verlauf genommen hatte wie jene, die Lord Vandeleur dahingerafft hatte; seine Gattin und seine Tochter zogen sich, in tiefe Trauer gestürzt, sogleich aufs Land zurück. Eine Woche später war zu hören, die Hochzeit werde um mehrere Monate verschoben – zum einen, weil Joscelind in Trauer war, zum anderen aber auch, weil ihre Mutter, deren einzige Gefährtin sie jetzt war, es nicht ertragen konnte, sich zum ursprünglich festgesetzten und nun schon unmittelbar bevorstehenden Zeitpunkt von ihr zu trennen. Natürlich warfen die Leute sich Blicke zu – erklärten, dies sei der Anfang vom Ende, sei ein «raffinierter Winkelzug» Ambrose Testers. Mich wundert, dass sie ihn nicht beschuldigten, den armen alten General vergiftet zu haben. Ich weiß mit Sicherheit, dass er nichts mit der Verschiebung zu tun hatte, dass der Vorschlag vielmehr von Lady Emily kam, die, was angesichts ihres schmerzlichen Verlustes nur natürlich war, das Kind, das sie für immer hergeben sollte, noch ein paar Monate länger bei sich haben wollte. Um ihrem zukünftigen Schwiegersohn Gerechtigkeit widerfahren zu lassen, muss man sagen, dass er zwar imstande war, sich in sein Schicksal zu fügen oder aber Joscelind (wenn auch unter deutlichem Erröten) offen und ehrlich zu gestehen, er könne sein Eheversprechen nicht halten, dass es aber nicht seine Art war zu versuchen, sich aus seinen Schwierigkeiten herauszuwinden. Joscelind aufrichtig zu sagen, er könne sein Versprechen nicht halten – das war das Vorgehen, für das er sich entschieden hatte, weil er es für das beste hielt, aber just davor warnte ich ihn, indem ich ihn darauf aufmerksam machte, dass es eine gravierende Schwäche aufwies, die gegen seine Vorteile abgewogen werden sollte. Die Schwäche war, dass es Joscelind auf der Stelle umbringen würde.

Er schien mir zu glauben, und weil er mir glaubte, war der unerwartete Aufschub ihm so willkommen. Man konnte nicht wissen, was in der Zwischenzeit alles geschehen würde, und er verbrachte einen großen Teil dieser Zeit mit der Suche nach einem Ausweg. Dennoch pflegte er weiterhin den gewohnten Umgang mit dem Mädchen, von dem er sich im Herzen schon losgesagt hatte. Man erzählte mir mehr als einmal (denn ich hatte das Paar während des Sommers und des Herbstes aus den Augen verloren), dass dieser Umgang bisweilen sehr sporadisch sei, dass Ambrose Tester Miss Bernardstone eklatant vernachlässige und weitgehend zu seiner alten Vertrautheit mit Lady Vandeleur zurückgekehrt sei. Ich weiß nicht genau, was damit gemeint war, denn die ersten drei Monate ihrer Witwenschaft verbrachte sie vollkommen zurückgezogen in ihrem eigenen alten Haus in

Norfolk, wo er sich ganz gewiss nicht gemeinsam mit ihr aufhielt. Ich glaube, er hielt sich, zur Rebhuhnjagd, einige Zeit an einem ein paar Meilen entfernten Ort auf. Mir kam zu Ohren, wenn Miss Bernardstone den Wink nicht verstünde, so läge das daran, dass sie entschlossen sei, mit ihrem Verlobten durch dick und dünn zu gehen. Sie erbot sich nie, ihn freizugeben, und ich war mir sicher, sie würde dies auch nie tun; ich war mir gleichermaßen sicher, dass er, so seltsam es auch scheinen mag, nach wie vor liebenswürdig zu ihr war. Ich habe nie so recht verstanden, warum er sie nicht hasste, und bin überzeugt, dass er ihr, was sein Verhalten anging, keine Komödie vorspielte – er war nur ein guter Kerl. Ich habe von der Befriedigung gesprochen, die Sir Edmund über seine zukünftige Schwiegertochter empfand; es bereitete ihm Freude, sie anzusehen, er sehnte sich nach ihr, sobald sie außer Sichtweite war, und bewegte sie dazu, zusammen mit ihrer Mutter wochenlang bei ihm auf dem Land zu bleiben. Wenn Ambrose nicht so unablässig an ihrer Seite war, wie er es hätte sein können, so wurde dieser Mangel durch die Zuneigung seines Vaters zu ihr, durch den Umstand, dass sie bereits zur Familie zu gehören schien, überdeckt. Mr Tester war abwesend, wie er es vielleicht auch gewesen wäre, wenn sie bereits geheiratet hätten.

VI

Im Oktober traf ich ihn in Doubleton; wir verbrachten dort gemeinsam drei Tage. Er genoss die Zeit, die der Aufschub ihm gewährte, wie er mir ohne Skrupel gestand, und sprach – wie meist – hauptsächlich von Lady Vandeleur. Joscelind erwähnte er nur indirekt, als er mir versicherte, wie sehr er diese Gnadenfrist von ein paar Wochen schätzte.

«Wollen Sie sagen, Lady Vandeleur sei unter diesen Umständen willens, Sie zu heiraten?»

Ich stellte diese Frage jetzt zweifellos nachdrücklicher als zuvor, denn wenn wir uns früher über dieses Thema unterhielten, sprach er natürlich von ihrer Einwilligung als einer bloßen Möglichkeit, die an eine bestimmte Voraussetzung geknüpft war. Diese Voraussetzung war nun gegeben, allerdings erst mit Ablauf der ersten Monate ihrer Trauerzeit; er konnte sie mit der Frage nicht bereits ein paar Tage nach dem Tod ihres Gatten bedrängen.

«Natürlich nicht sofort, aber wenn ich warte

wohl schon.» Das, so erinnere ich mich, war seine Antwort.

«Wenn Sie warten, bis Sie das junge Mädchen losgeworden sind, nehme ich an.»

«Davon weiß sie nichts – es geht sie nichts an.»

«Wollen Sie sagen, sie weiß nicht, dass Sie verlobt sind?»

«Wie sollte sie es wissen, wie sollte sie es glauben, wo sie doch sieht, wie sehr ich sie liebe?», rief der junge Mann; später gestand er allerdings, dass er sie nicht getäuscht habe und dass sie die Motive, die ihn zu diesem Schritt veranlasst hatten, vollkommen billigte. Er meinte, sich dafür verbürgen zu können, dass sie ihn eines Tages heiraten werde.

«Dann ist sie eine sehr grausame Frau», sagte ich, «und ich möchte, wenn es Ihnen recht ist, nichts mehr über sie hören.» Er erhob dagegen Einspruch, und einen Monat später kam er aus einem bestimmten Grund erneut auf sie zu sprechen. Die Sache war, wie Sie sehen werden, recht befremdlich. Ich war inzwischen wieder in die Stadt zurückgekehrt; es war Anfang Dezember. Ich nahm an, er sei mit seinen eigenen Hunden auf der Jagd; doch eines Nachmittags erschien er in meinem Empfangszimmer und erklärte, ich täte ihm einen großen Gefallen, wenn ich Lady Vandeleur aufsuchte.

«Sie aufsuchen? Wo soll ich sie aufsuchen? In Norfolk?»

«Sie ist wieder in London – wussten Sie das nicht? Sie hat eine Menge zu erledigen. Sie wird bis Weihnachten hier zu tun haben; ich wünschte, Sie würden sie aufsuchen.»

«Warum sollte ich sie aufsuchen?», fragte ich. «Werden Sie nicht auch bis Weihnachten hier zu tun haben? Reicht ihr Ihre Gesellschaft nicht?»

«Auf mein Wort, Sie sind grausam», sagte er, «und das ist wahrlich eine Schande, wenn ein Mann sich bemüht, seine Pflicht zu tun, und sich wie ein Heiliger benimmt.»

«Nennen Sie es heilig, Ihre gesamte Zeit mit Lady Vandeleur zu verbringen? Ich will Ihnen sagen, wen ich für eine Heilige halte, wenn es Sie interessiert.»

«Sie brauchen es mir nicht zu sagen, ich weiß es besser als Sie. Ich habe nichts an ihr auszusetzen; aber sie ist einfältig und hat keinerlei Gespür. Und Sie – Sie verstehen nicht, weshalb ich für ein paar Tage nach London gekommen bin; es ist, als hätten Sie ebenfalls keinerlei Gespür! Wenn ich ein paar Tage hier bin, dann weiß ich schon, was ich tue.»

«Warum sollte ich es verstehen?», fragte ich – nicht sehr aufrichtig, denn ich hätte es gern verstanden. «Es ist Ihre eigene Angelegenheit; wie Sie sagen, wissen Sie, was Sie tun, und selbstverständlich haben Sie den Preis bedacht.»

«Welchen Preis meinen Sie? Es ist ein hoher Preis, das kann ich Ihnen sagen.» Und dann versuchte er, es mir zu erklären – wenn ich mich doch nur mehr in die Sache hineindächte und nicht so misstrauisch wäre. Er sei eigens nach London gekommen, um die Sache zu beenden.

«Welche Sache? Ihre Verlobung?»

«Nein, nein, zum Teufel mit meiner Verlobung – die andere Sache. Meine Bekanntschaft, meine Beziehung –»

«Ihr Verhältnis mit Lady Van...?» Es war nicht gerade sehr liebenswürdig, aber ich glaube, ich habe laut aufgelacht. «Wenn das Ihre Art ist, eine Beziehung zu beenden, was, bitte, würden Sie dann tun, um eine aufrechtzuerhalten?»

Er errötete und blickte gleichzeitig betreten und verärgert drein, denn es war natürlich nicht sehr schwer zu erraten, was ich meinte. Doch er versuchte – auf eine eigene, sehr unbeholfene Art – sich ein reines Gewissen zu verschaffen, und bekam dafür keine Anerkennung. «Ich werde sie ja wohl noch anschauen dürfen! Das ist etwas, worüber wir sprechen müssen. Man lässt eine solche Freundin nicht binnen einer halben Stunde fallen.»

«Man lässt sie überhaupt nicht fallen, außer man hat die Kraft, ein Opfer zu bringen.»

«Sie können leicht von Opfer reden. Sie wissen ja nicht, was sie mir ist!», rief mein Besucher.

«Ich denke, ich weiß, was sie nicht ist. Sie ist keine Freundin, wie Sie sie nennen, wenn sie Sie ermutigt, das Falsche zu tun, wenn sie Ihnen nicht hilft. Nein, ich bin empört über sie», erklärte ich, «ich mag sie nicht, und ich werde sie nicht aufsuchen!»

Mr Tester sah mich einen Augenblick lang an, als traue er es sich in seiner Verärgerung nicht zu, etwas darauf zu erwidern, ohne ausfällig zu werden. Es kostete ihn einige Anstrengung, sich zu beherrschen. Aber es gelang ihm, und obwohl er seinen Hut schon in der Hand hielt, als wolle er im nächsten Moment das Haus unter Protest verlassen, blieb er dann doch, legte ihn wieder zurück, stützte, die Ellenbogen auf den Knien, den Kopf in die Hände und stieß mit gepresster Stimme hervor, er habe noch nie von etwas so Unmöglichem gehört und er sei der unglücklichste Mensch in ganz England. Er tat mir sehr leid, und natürlich sagte ich ihm das auch;

insgeheim aber war ich der Meinung, er werde seiner Pflicht nicht in dem Maße gerecht, wie er es eigentlich sollte. Doch ich versprach, wenn er mir sein Ehrenwort gebe, dass er Miss Bernardstone nicht verlasse, würde ich keine Mühe scheuen, um ihm von Nutzen zu sein. Ich sei der Ansicht, Lady Vandeleur verhalte sich nicht korrekt. Er müsse mir gestatten, das zu wiederholen; wenn es ihm jedoch Freude bereite, dass ich sie aufsuchte (natürlich ging es nicht darum, *ihr* eine Freude zu bereiten), würde ich es auch fünfzigmal tun. Ich könne mir zwar nicht vorstellen, wie ihm das helfe, aber ich würde es tun, wie ich auch alles andere tun würde, worum er mich bitte. Sein Ehrenwort gab er mir zwar nicht, aber er antwortete ruhig: «*Ich* werde mich verhalten, wie es sich gehört; Sie brauchen keine Angst zu haben»; und während er sprach, glaubte ich in seinem Gesicht lesen zu können, dass er es durchaus ehrlich meinte. Natürlich schloss dies eine erneute dramatische Wende nicht aus. Es könnte abermals Verzögerungen geben, und die arme Lady Emily könnte, zum ersten Mal in ihrem Leben ungehalten, erklären, die Situation ihrer Tochter sei unerträglich geworden, und sie träten von der Verlobung zurück. Doch dies war eine gar zu grässliche Vorstellung, und ich glaubte Mr Testers Versicherung. Er sagte, ich könne etwas Gutes tun, wenn ich Lady Vandeleur aufsuchte, denn es werde sie aufheitern in jenem düsteren großen Haus in der Upper Brook Street, wo sie völlig allein war und die Möbel mit grauenvollen Schutzbezügen, die Spiegel mit Zeitungen – ja, tatsächlich Zeitungen – verhüllt waren. Sie empfange niemanden, es gebe niemanden, den sie hätte empfangen wollen; er wisse aber, dass sie mich empfangen werde. Ich fragte ihn, ob sie denn wisse, dass er mit mir über einen Besuch bei ihr sprechen wolle, und ob ich mich auf ihn beziehen könne, ob das nicht zu heikel sei. Ich werde nie vergessen, was er darauf antwortete, und auch den Ton nicht, in dem er es tat, wobei er ein wenig errötete und wegsah. «Sich auf mich beziehen? Ja natürlich!» Es war nicht die einfältigste Äußerung, die ich je gehört hatte, aber sehr wohl, so schien es mir, die bescheidenste; und sie gab mir eine seltsame und vor allem neue Vorstellung von der Verfassung, in der man Lady Vandeleur antreffen würde, ganz gleich, wann man sie aufsuchte. Sollte auch sie mit ihrem Gewissen einen Kampf ausfechten (in dieser Hinsicht waren sie ein erbauliches Paar!), hatte dies sie vielleicht erheblich verändert, sie zugänglicher gemacht, und ich sagte mir großmütig, es habe sie wahrscheinlich menschlicher werden lassen. Ambrose Tester verabschiedete sich nicht, nachdem ich zugesagt hatte, seiner Bitte nachzukommen. Er zögerte, spielte nervös mit seinem Stock und seinen Handschuhen, und mir wurde klar, dass er mir noch mehr zu sagen hatte und dass der wahre Grund, weshalb ich Lady Vandeleur aufsuchen sollte, nicht darin bestand, dass Zeitungen ihre Spiegel verhüllten. Er rückte schließlich damit heraus, denn sein «Ja natürlich!» (und wie ich es auslegte) hatte das Eis gebrochen.

«Sie sagen, Sie seien der Meinung, sie verhalte sich nicht korrekt.» (Natürlich wollte er sie verteidigen.) «Aber ich wage zu behaupten, Sie verstehen ihre Lage nicht. Vielleicht würden Sie sich an ihrer Stelle auch nicht anders verhalten.»

«Es ist sehr freundlich von Ihnen, mich an ihrer Stelle zu sehen!», bemerkte ich lachend.

«Es ist mir unangenehm, es zu sagen. Man breitet so etwas nicht gern vor anderen aus.»

«Sie wäre entzückt, Sie zu heiraten. Das ist kein so großes Geheimnis.»

«Nun ja, sie mag mich schrecklich gern», sagte Mr Tester, der dabei strahlte wie ein Kind. «Das Ganze ist nicht nur einseitig, es beruht auf Gegenseitigkeit. Das ist ja die Schwierigkeit.»

«Sie meinen, sie will Sie nicht gehen lassen? Sie hält Sie fest?»

Doch der arme Kerl hatte, wenn auch mit großer Behutsamkeit, genug gesagt und sprang nun auf. Seinen Hut glattstreichend, blieb er einen Augenblick stehen; dann brach es erneut aus ihm heraus: «Bitte, tun Sie es. Sagen Sie es ihr – führen Sie es ihr vor Augen. Sie können es ihr klarmachen, wissen Sie.» Hier hielt er verlegen inne.

«Was kann ich ihr klarmachen, Mr Tester? Das ist die Schwierigkeit, wie Sie es ausdrücken.»

«Was Sie neulich zu mir sagten. Sie wissen schon. Was Sie mir schon mehrmals gesagt haben.»

«Was ich Ihnen gesagt habe…?»

«Dass es Joscelind umbringen würde! Wenn Sie es nicht können, wer dann?» Und mit diesem Tribut an meine Fähigkeiten verabschiedete er sich.

VII

Es war ja schön und gut, dass er mir derart schmeichelte, doch ich konnte mir eine solche Unterredung mit Lady Vandeleur wirklich nicht vorstellen. Ich fragte mich, warum er es ihr nicht selbst sagte und welchen besonderen Wert es haben konnte, wenn die Mitteilung von mir kam. Dann sagte ich mir, dass er natürlich ihr gegenüber die Wahrheit erwähnt hatte, mit der ich ihn konfrontiert hatte (und die er inzwischen offenbar begriffen hatte), doch damit sie auch bei Lady Vandeleur ihre Wirkung tun konnte, bedurfte es der Bestätigung durch einen unabhängigeren Zeugen. Mir blieb nichts anderes übrig, als sie aufzusuchen, und ich tat es gleich am nächsten Tag, wobei mir vollkommen bewusst war, dass ich, um Mr Testers Auftrag ausführen zu können, selbst sehr beherzt auftreten oder aber sie mich wider Erwarten ins Vertrauen ziehen musste, und dass ich zudem darauf gefasst sein musste, gar nicht vorgelassen zu werden. Doch sie empfing mich, und das Haus in der Upper Brook Street war genauso trist, wie Ambrose Tester es geschildert hatte. Der Dezembernebel (der Nachmittag war sehr dämmerig) schien in die Zimmer mit den verhüllten Möbeln einzudringen und das rosaschimmernde Licht von Lady Vandeleurs Lampe vergebens gegen die düstere Atmosphäre anzukämpfen. Mr Tester hatte mir gegenüber erwähnt, der Erbe des Titels (ein Vetter ihres Gatten), der sie mehrere Monate lang unbehelligt gelassen hatte, nehme nun alles in Besitz; sie halte sich nur in der Stadt auf, um «auszusortieren», was sie diesem noch zu übergeben hatte, und um einige Formalitäten im Zusammenhang mit ihrem Wittum[13] zu erledigen. Dieses war sehr reichlich bemessen, und die großzügige Vorsorge, die ihr Mann für sie getroffen hatte, schloss das Londoner Haus ein. Lady Vandeleur war bei dieser Gelegenheit sehr zuvorkommend, hatte aber fraglos bemerkenswert wenig zu sagen. Dennoch war sie anders, oder zumindest sah ich sie (nach jener Andeutung) anders. Ich erkannte, dass ich sie nie ganz richtig beurteilt hatte, dass ich ihre Steifheit übertrieben, ihr eine Art bewusster Grandezza zugeschrieben hatte, die in Wirklichkeit mehr von ihrer Erscheinung, ihrer Gestalt ausging, als dass sie ein Charakterzug gewesen wäre. Sie ist, wie Sie wissen, eine beeindruckende Erscheinung, und an dem Tag, von dem ich spreche, war sie unter dem schwach schimmernden *lambris*[14] in ihrer schlicht gehaltenen Trauerkleidung so schön wie eine wundervolle weiße Lilie. Sie ist sehr unkompliziert und freundlich; sie wird nie den ersten Schritt tun, um auf jemanden zuzugehen, aber sie wird immer darauf reagieren, wenn ein anderer ihn tut, und an jenem Abend erkannte ich, dass man am besten mit ihr auskam, wenn man sie behandelte, als wäre sie nicht allzu imposant. Ich erkannte auch, dass sie, trotz ihres nonnenähnlichen Gewandes und ihrer matten Augen, eine Frau war, die unsterblich verliebt sein mochte. Trotz alledem hatten wir einander nicht viel zu sagen. Sie bemerkte, dass es sehr liebenswürdig von mir sei, sie zu besuchen, dass sie sich frage, wie ich London um diese Jahreszeit ertragen könne, dass sie eine Ausfahrt unternommen und den Park ganz schrecklich gefunden habe, dass sie anderen Tee kommen lassen würde, wenn mir der nicht schmecke, den sie mir serviert hatte. Unsere Unterhaltung bewegte sich, etwas holprig, zwischen diesen Platitüden hin und her, doch von keiner Seite fiel eine Anspielung auf Ambrose Tester. Dennoch war Lady Vandeleur, wie ich schon sagte, anders als erwartet, auch wenn ich erst später, zu Hause, in Worte zu fassen vermochte, was mir an ihr aufgefallen war.

Als ich mich dann an ihr weißes Gesicht und den unergründlichen, sonderbaren Ausdruck in ihren schönen Augen erinnerte, stellte ich mir vor, sie stünde unter dem Einfluss eines «unterdrückten inneren Aufruhrs». Je mehr ich über sie nachdachte, desto unnatürlicher erschien sie mir; es kam mir vor, als hätte sie sich äußerlich zu einer Ruhe gezwungen, unter der große Erregung brodelte. Das wäre Unsinn gewesen, hätte ich nicht zwei Tage später ein Billet von ihr erhalten, das mir eindeutig das Produkt eines solchen «inneren Aufruhrs» zu sein schien. Natürlich nicht auf den ersten Blick; ein zufälliger Leser hätte nichts Auffälliges darin gesehen. Aber das Eigentümliche daran war gerade, dass Lady Vandeleur mir ein Billet schrieb, in dem sie mir offenbar nichts weiter mitteilte, als dass sie mich gern noch einmal sehen möchte, ein Wunsch, für den sie einen durchaus plausiblen Grund anzuführen vermochte. Sie erinnerte mich daran, dass sie keine Besuche mache, hoffe aber, ich bestünde nicht auf der Einhaltung der Etikette und käme sehr bald wieder bei ihr vorbei, sie habe meinen Besuch so sehr genossen. Wir hatten bisher nicht brieflich miteinander verkehrt, und bei jenem Besuch hatte sich nichts ereignet, was unsere Beziehung verändert hätte; zudem hätte sie sechs Monate zuvor noch nicht im Traum daran gedacht, sich auf diesem Wege an mich zu wenden. Ich war deshalb doppelt davon überzeugt, dass sie eine Krise durchmachte – dass sie ihr seelisches Gleichgewicht verloren hatte. Mr Tester war seit jener Gelegenheit, die ich ausführlich beschrieben habe, nicht mehr bei mir aufgetaucht, und ich hielt es für möglich, dass er sich zu der Heldentat durchgerungen hatte, die Stadt zu verlassen. Ohnehin befürchtete ich nicht, ihm in der Upper Brook Street zu begegnen, denn meiner Theorie über seine Beziehung zu Lady Vandeleur zufolge verbrachte er seine Abende bei ihr, stand für mich doch außer Frage, dass sie regelmäßig zusammen dinierten. Ich konnte auf Lady Vandeleurs Billet nur mit einem Besuch am nächsten Tag antworten, bei dem ich jene meine Vorstellung von einer Krise reichlich bestätigt fand. Ich muss Ihnen vorweg gestehen, dass ich ihr Verhalten nie ganz verstanden habe; nie verstanden habe, weshalb sie mich so plötzlich – wenn auch mit einigen Vorbehalten und nur stillschweigend – ins Vertrauen zog. Ich kann dazu nur sagen, dass dies etwas ist, womit man bei Engländern rechnen muss, die, meiner Meinung nach und im Widerspruch zu dem, was allgemein über sie erzählt wird, die mitteilsamsten, überschwenglichsten und ihren Gemütszustand am offensten zeigenden Menschen auf der ganzen Welt sind. Ich glaube, sie fühlte sich damals recht ausgeschlossen, hatte sie doch ohnehin nie viele Vertraute unter ihren Geschlechtsgenossinnen gehabt. Diese missbilligten im Allgemeinen ihr Vorgehen während der vergangenen Monate, sie waren der Meinung, sie ließe Joscelind Bernardstone gar zu grausam leiden. Möglicherweise fühlte sie, wie schwer dieser Tadel wog; jedenfalls war ihr außerordentlich viel daran gelegen, jemanden wissen zu lassen, dass wenn dem Mädchen, mit dem Mr Tester sich so törichterweise verlobt hatte, eine wie auch immer geartete Kränkung zugefügt worden sei, dies, soweit es sie betreffe, nicht mutwillig geschehen sei. Ich war da, ich kannte ihre Situation mehr oder weniger, und ich eignete mich geradeso gut wie jeder andere.

Sie schien wirklich erfreut, mich zu sehen, war aber sehr nervös. Es verging indes fast eine halbe Stunde, und ich überlegte schon, ob sie nur nach mir geschickt hatte, um mit mir zu erörtern, wie ein Londoner Haus, dessen Ausstattung den Stempel einer aus der Mode gekommenen Periode trug (1850 hatte man es für sehr ansehnlich gehalten), instand gesetzt werden konnte, ohne dass es ästhetisch wirkte.[15] Ich habe vergessen, wie ich mich dazu äußerte; ich überlegte, wie ich auf das Thema zu sprechen kommen könnte, dessentwegen Joscelinds Zukünftiger mich hergeschickt hatte. Schließlich jedoch enthob mich zu meiner großen Überraschung Lady Vandeleur selbst dieser Mühe.

«Ich glaube, Sie kennen Mr Tester recht gut», bemerkte sie unvermittelt und beiläufig; aus ihrer Miene sprach deutlicher, als ich es je bei ihr gesehen hatte, dass sie sich der Tragweite der Angelegenheit bewusst war. Als ich eine solche Bekanntschaft eingestand, erklärte sie, Mr Tester (der sich einige Tage in London aufgehalten habe – vielleicht hätte ich ihn ja gesehen) habe die Stadt verlassen und komme erst in einigen Wochen zurück. Dies schien für den Augenblick alles, was sie mir mitzuteilen hatte; doch sie sah mich von ihrer Ecke des Sofas her an, als wünschte sie, ich würde die Gelegenheit irgendwie nutzen, die sie mir eröffnet hatte. Bedurfte diese stolze, unergründliche Frau der Hilfe eines Außenstehenden und war sie gezwungen, Notsignale auszusenden? Wollte sie vor sich selbst geschützt werden – Beifall erhalten für die Anstrengungen, die sie selbst bereits unternommen hatte? Ich überstürzte nichts, ich eilte ihr nicht gleich zu Hilfe, denn ich war überzeugt, dass ich meinen Auftrag nun ganz nach meinem Belieben ausführen konnte. Mir ging es nicht darum, zu verhindern, dass Lady Vandeleur Mr Tester heiratete, sondern darum, zu verhindern, dass Mr Tester sie heiratete. Gleich darauf erklärte sie – mit derselben Beiläufigkeit –, er habe ebendies vor, und fragte mich, ob ich das denn nicht wisse. Ich erkannte, dass dies meine Chance war, und rief sogleich mit äußerstem Nachdruck: «Ach, um Himmels willen, hören Sie nicht auf ihn! Es würde Miss Bernardstone umbringen!»

Der Tonfall in meiner Stimme ließ sie ein wenig erröten, und sie wiederholte: «Miss Bernardstone?»

«Das Mädchen, mit dem er verlobt ist – oder war –, wissen Sie das denn nicht? Verzeihen Sie, ich dachte, jeder wüsste es.»

«Natürlich weiß ich, dass er in einer schrecklich verzwickten Lage ist. Es wurde ja regelrecht Jagd auf ihn gemacht.» Lady Vandeleur schwieg einen Moment und fügte dann mit einem seltsamen Lächeln hinzu: «Stellen Sie sich vor, in einer solchen Situation will er mich heiraten!»

«Mir vorstellen!», erwiderte ich. Ich war so verblüfft über die befremdliche Bereitwilligkeit, mit der sie mir ihre Geheimnisse erzählte, dass ich im ersten Augenblick gar nicht empört war – empört darüber nämlich, dass sie die arme Lady Emily (und sogar das Mädchen selbst) beschuldigte, unseren Freund «in eine Falle gelockt» zu haben. Später sagte ich mir, ich sei wohl der Ansicht gewesen, es stehe ihr durchaus zu, ihre Rivalin schlecht zu machen, wenn sie sich denn nur aufrichtig bemühe, ihn freizugeben. «Ich weiß nichts von einer Jagd auf ihn», sagte ich, «aber eines weiß ich, Lady Vandeleur: Ich versichere Ihnen, sollte er Joscelind sitzenlassen, wird sie sterben – einfach so!» Dabei schnalzte ich mit den Fingern.

Lady Vandeleur hörte sich das recht gelassen an; sie gab sich zumindest Mühe, den Eindruck einer Frau zu erwecken, die keiner weiteren Argumente bedarf. «Kennen Sie sie sehr gut?», fragte sie, als habe es sie überrascht, dass ich Miss Bernardstone beim Vornamen nannte.

«Gut genug, um sie sehr zu mögen.» Ich war im Begriff gewesen, zu sagen: «um sie zu bedauern», besann mich aber eines Besseren.

«Sie muss ein Mensch mit sehr wenig Lebensmut sein. Ich glaube nicht, dass ich sterben würde, wenn mir ein Mann den Laufpass gäbe!», rief Ihre Ladyschaft lachend.

«Nichts ist wahrscheinlicher, als dass sie nicht Ihren Mut oder Ihre Weisheit besitzt. Sie mag schwach sein, aber sie ist leidenschaftlich in ihn verliebt.» Dabei sah ich Lady Vandeleur direkt in die Augen, und mir war klar, dass Letzteres auch eine leidlich gute Beschreibung meiner Gastgeberin war.

«Glauben Sie, sie würde tatsächlich sterben?», fragte sie nach einer Weile.

«Geradeso, als erstäche man sie mit einem Messer. Manche Leute glauben nicht, dass man an gebrochenem Herzen sterben kann», fuhr ich fort. «Ich habe es auch nicht geglaubt, bis ich Joscelind Bernardstone kennengelernt habe; da spürte ich, dass sie ein Herz hat, das dagegen nicht gefeit ist.»

«Man sollte leben – man sollte immer leben», sagte Lady Vandeleur, «und immer den Kopf hochhalten.»

«Ach, ich glaube, man sollte überhaupt keine Gefühle haben, wenn man wirklich gesellschaftlich erfolgreich sein will.»

«Was verstehen Sie unter ‹wirklich erfolgreich sein›?»

«Nie in die Lage zu kommen, bedauert zu werden.»

«Bedauert zu werden? Das muss abscheulich sein!», sagte sie, und mir wurde klar, dass sie zwar vielleicht bewundert, aber niemals bedauert werden wollte. Dann fügte sie nach einer kurzen Pause hinzu, ihrer Meinung nach seien Männer sehr niederträchtig – eine Bemerkung, die zwar scharfsinnig, aber wohl nicht ganz aufrichtig war, sollte sie mir doch die Vorstellung vermitteln, Ambrose Tester habe nichts anderes getan, als Lady Vandeleur zu bedrängen, und diese habe nichts anderes getan, als sich seinem Werben zu widersetzen. Sie waren schon sehr sonderbar, die Unstimmigkeiten in den Äußerungen der beiden Seiten; doch muss man zu Lady Vandeleurs Gunsten sagen, dass sie sich nun, da sie (wie ich glaubte) den Entschluss gefasst hatte, sich zu opfern, tatsächlich einredete, sie hätte keinen Moment lang Schwäche gezeigt. Sie schüttete mir ihr Herz aus, und ich stand ihr in ihrer Krise aufrecht zur Seite. Sie schien doch ein Gewissen zu haben – ein sehr feines sogar, und eine hohe Auffassung von der Pflicht. Sie tat so, als setzte sie Himmel und Erde in Bewegung, um Ambrose Tester in die Schranken zu weisen, und nach dem, was sie mir erzählte, hätte man nie vermutet, dass sie, wie vage auch immer, je mit dem Gedanken gespielt hatte, ihn zu heiraten. Ich bin sicher, es war eine schreckliche Verdrehung der Tatsachen, aber ich verzieh sie ihr jenes inneren Aufruhrs wegen, von dem ich bereits sprach. Mir kommt wieder in den Sinn, was sie sagte und wie sie es sagte, und ich dachte damals, wenn sie bei den Tugendpredigten, die sie Mr Tester hielt, auch so hübsch aussah, war es kein Wunder, dass er sich wünschte, die Predigt ginge ewig weiter.

«Ich nehme an, Sie wissen, dass wir alte Freunde sind; aber das ändert nichts an der Sache, oder? Nichts könnte mich dazu bewegen, ihn zu heiraten – ich habe keinerlei Absicht, mich wieder zu verheiraten. Seine Lordschaft ist noch keine sechs Monate tot, da denke ich nicht ans Heiraten. Das Mädchen ist mir gleichgültig; ich weiß nichts über sie und ich will auch nichts wissen, aber es täte mir sehr, sehr leid, wenn sie unglücklich wäre. Er ist der beste Freund, den ich je hatte, aber das ist doch kein Grund, ihn zu heiraten, nicht wahr?», wandte sie sich an mich, ohne indes meine Antwort abzuwarten; sie hatte mich unwillkürlich um Rat gefragt, sich dann jedoch daran erinnert, dass es unter ihrer Würde wäre, entstünde der Eindruck, sie hätte ihn nötig. «Ich habe ihm gesagt, wenn er sich nicht korrekt verhielte, würde ich nie wieder mit ihm sprechen. Alle sagen, sie sei ein bezauberndes Mädchen, und ich bezweifle nicht, dass sie ihn vollkommen glücklich machen wird. Ich glaube, Männer empfinden manches nicht so wie Frauen, und wenn man sie verhätschelt und ihnen schmeichelt, vergessen sie alles andere.

Ich bezweifle nicht, dass sie das sehr gut kann. Ich jedenfalls muss, wenn ich einmal zu einer bestimmten Überzeugung gelangt bin, auch entsprechend handeln. Die Menschen sind so schrecklich – sie tun so entsetzliche Dinge. Sie scheinen nicht darüber nachzudenken, was ihre Pflicht sein könnte. Ich weiß nicht, ob Sie viel darüber nachdenken, aber von Zeit zu Zeit sollte man es wirklich tun, meinen Sie nicht auch? Alle sind so selbstsüchtig, und ohne dass sie selbst jemals eine Anstrengung unternommen oder ein Opfer gebracht hätten, kommen sie zu einem und reden jede Menge scheinheiliges Zeug daher. Ich weiß doch viel besser als jeder andere, ob ich heiraten sollte oder nicht. Aber ich will Ihnen gern sagen, dass ich keinen Grund sehe, warum ich es tun sollte. Ich befinde mich in keiner so schlechten Lage – mit meiner Freiheit und einem passablen Unterhalt.»

In dieser Weise redete sie weiter, ernst und mitteilsam und nicht ohne sich bisweilen zu widersprechen; sie sprach nicht schnell (das tat sie nie), sondern ließ, mit kurzen Pausen dazwischen und mit einer klangvollen Stimme, die stets einen Teil des Zaubers ihrer Gegenwart ausmachte, einen schlichten Satz nach dem anderen fallen. Sie wollte sich wider ihr besseres

Wissen etwas einreden, und es half ihr, sich selbst argumentieren zu hören. Ich war durchaus bereit, ihr als Publikum zu dienen, auch wenn ich mich meinerseits auf sehr oberflächliche Bemerkungen beschränken musste, denn als ich gesagt hatte, dass das von mir befürchtete Ereignis Miss Bernardstone umbringen würde, hatte ich alles gesagt, was von meiner Seite zu sagen war. Abgesehen davon hatte ich nichts mit Lady Vandeleurs Heiratsplänen zu tun. Vermutlich enttäuschte ich sie. Sie hatte einen Blick auf die moralische Schönheit der Selbstaufopferung erhascht, auf ein Ideal menschlichen Verhaltens (das, wie ich glaube, völlig neu für sie war), und hätte wohl gern mir als jemandem, der einige Lebenserfahrung besaß, die Versicherung entlockt, dass solche Freuden nicht zu unterschätzen seien. Ich wollte sie keinesfalls in eine spirituelle Verzückung versetzen, die sich unweigerlich rasch wieder verflüchtigt hätte, und ließ sie reden, wie ihre Stimmung es ihr gerade eingab, ohne mich darauf festlegen zu lassen, dass sie in der Entsagung den Weg zur Seligkeit fände. Ich war überzeugt, sie würde entsprechend leiden, gäbe sie Mr Tester frei, sah darin aber keinen Grund, ihn nicht freizugeben. Bevor ich sie verließ, sagte sie zu mir, nichts könnte sie dazu bewegen, etwas zu tun, was sie nicht für richtig hielte. «Es machte mir sonst keine Freude, verstehen Sie das nicht? Ich würde immer denken, eine andere Lösung wäre besser gewesen. Nichts könnte mich dazu bewegen – nichts, nichts!»

VIII

Sie beteuerte dies vielleicht gar zu sehr, doch der weitere Gang der Dinge zeigte, dass sie es ernst meinte. Ich habe meine ersten beiden Besuche bei ihr recht detailliert beschrieben, aber es waren nicht die einzigen, die ich ihr abstattete. Ich sah sie noch mehrere Male, bevor sie die Stadt verließ, und wir wurden vertraut miteinander, oder was man in London vertraut nennt. Sie hörte mit ihren Beteuerungen auf (zu meiner Erleichterung, denn sie machten mich nervös), sie verhielt sich sehr sanft und würdevoll und vernünftig, und etwas in ihrem Aussehen und ihrer Art zu sprechen sagte mir, dass ihr für den Augenblick die Entsagung selbst Lohn genug war. Bisher hatte sich meine Skepsis als unberechtigt erwiesen; ihre spirituelle Verzückung hielt an. Hätte ich damals vorhersehen können, dass sie bis zu dieser Stunde anhalten würde, hätte ich Lady Vandeleur wahrlich für sittlich höherstehend gehalten, als ich selbst es bin. Von ihr erfuhr ich, dass Mr Tester sich noch bei seinem Vater aufhielt und dass Lady Emily und ihre Tochter ebenfalls dort waren. Der Tag für die Trauung war festgesetzt geworden, und die Vorbereitungen schritten rasch voran. Unterdessen stand sie – das erzählte sie mir zwar nicht, doch ich entnahm es verschiedenen Äußerungen, die sie fallenließ – in fast täglichem Briefwechsel mit dem jungen Mann. Angesichts seiner bevorstehenden Vermählung hielt ich dies für einen befremdlichen Umstand; doch offenkundig waren die beiden entschlossen, sich von nun an gegenseitig davon zu überzeugen, dass die Fackel der Tugend ihnen mit ihrem Schein den Weg wiese, und offenkundig konnten sie sich gegenseitig gar nicht genug davon überzeugen. Sie deutete mir gegenüber an, sie habe ihn inzwischen (per Brief) tatsächlich dazu bewegen können einzusehen, dass er einen schrecklichen Fehler begehe, sollte er versuchen, sein Glück auf einem Unrecht aufzubauen, das er einem anderen Menschen zufügte, und dass sie, sein Elend stets vor Augen, (in einer Verbindung mit ihm) natürlich niemals glücklich sein könnte.

Dass es eines regen Briefwechsels bedurfte, um all dies zu klären, ist genaugenommen vielleicht nicht weiter verwunderlich. Als wir eines Tages (kurz bevor sie die Stadt verließ) wieder einmal beisammen saßen, brach sie plötzlich in Tränen aus. Ehe wir uns trennten, sagte ich zu ihr, dass es in London mehrere Frauen gebe, die ich sehr mochte – was ja nur normal sei –, vor ihr aber hätte ich große Achtung, und das sei selten. Ich habe noch immer Achtung vor ihr, und manchmal macht mich das wütend.

Etwa Mitte Januar tauchte Ambrose Tester wieder in der Stadt auf. Er sagte, er sei gekommen, um sich von mir zu verabschieden. Er werde bald geköpft. Es hatte keinen Sinn zu behaupten, an alten Beziehungen ändere sich nichts, nur weil ein Mann heiratet; es würde sich etwas ändern, alles würde sich ändern. Ich hatte gewollt, dass er heiratete; nun würde ich sehen, wie es mir gefiel. Er erwähnte nicht, dass ich auch gewollt hatte, dass er nicht heiratete, und ich war mir sicher, wäre Lady Vandeleur seine Frau geworden, wäre sie ein weitaus größeres Hindernis für unsere harmlose Freundschaft gewesen, als Joscelind Bernardstone es jemals sein könnte. Ich brauchte nicht lange, um festzustellen, dass er sich in genau der gleichen Verfassung befand

wie Lady Vandeleur. Er entdeckte gerade, wie
süß es ist, Hand in Hand mit einem geliebten
Menschen Entsagung zu üben. Auch auf ihn war
der Friede des Herrn herabgekommen. Er erzählte, wie sehr sein Vater sich über die in Kürze
bevorstehende Hochzeit freue, über die Fest-
lichkeiten, die, wenn er seine Braut heimführe,
in Dorsetshire stattfinden würden. Die einzige
Anspielung, die er auf das machte, worüber wir
bei unserem letzten Zusammensein gesprochen
hatten, war der unvermittelte Ausruf: «Wie
leicht sie es mir gemacht hat! Sie ist so liebens-
wert, so edel! Sie ist wirklich vollkommen!» Ich
nahm selbstverständlich an, er spreche von seiner künftigen Frau, doch als es gleich darauf zu
einem Missverständnis kam, merkte ich, dass er
Lady Vandeleur meinte. Dies schien mir wahrlich kein gutes Zeichen – es beschäftigte mich
auch noch, nachdem er gegangen war. Ich war
beinahe versucht, ihm einen kurzen Brief zu
schreiben, um ihm zu sagen: «Es gibt etwas, was
vielleicht noch bedrohlicher ist, als wenn Sie
Miss Bernardstone den Laufpass gäben, nämlich die Gefahr, Ihr Bruch mit Lady Vandeleur
könnte zu einem Band werden, das stärker ist,
als wenn Sie sie geheiratet hätten. Lassen Sie
Ihr Opfer um Himmels willen auch wirklich

ein Opfer sein; weisen Sie ihm den Platz zu, der ihm gebührt!»

Natürlich habe ich nicht geschrieben; selbst die geringe Verantwortung, die ich schon auf mich genommen hatte, begann mir Angst zu machen, und ich sah Mr Tester erst wieder, als er bereits der Gatte von Joscelind Bernardstone war. Sie sind jetzt seit etwa vier Jahren verheiratet; sie haben zwei Kinder, von denen das ältere, ganz wie es sein soll, ein Junge ist. Sir Edmund wartete, bis sein Enkel seinen Platz in der Welt behauptete, dann, als er das Gefühl hatte, es bedenkenlos tun zu können, übergab er ruhig, ja heiter den ihm anvertrauten Besitz. Als er starb, hielt er die Hand seiner Schwiegertochter und drückte sie leicht, was zweifellos eine Aufforderung war, tapfer zu sein. Ich weiß nicht, ob er mit dem Ergebnis zufrieden war, das sein Wunsch, seinen Sohn verheiratet zu sehen, gezeitigt hatte; aber vielleicht merkte er ja gar nicht, dass etwas nicht stimmte, denn Joscelind ist die Letzte, die ihn mit ihrem Kummer behelligt hätte. Ohne Zweifel hatte sie vor ihm jene Verstörtheit erfolgreich verborgen, die ich bereits kurz erwähnt habe. Sie sehen, ich spreche von ihrem Kummer, als wäre er allgemein bekannt; fest steht, dass jedem, der ihr begegnet, auffallen muss, dass sie wenig Freude am Leben hat. Lady Vandeleur hat, wie Sie wissen, nie mehr geheiratet; sie ist noch immer die schönste Witwe in ganz England. Sie genießt die Wertschätzung aller wie auch den Beifall ihres Gewissens, denn jedermann weiß um das Opfer, das sie gebracht hat, weiß, dass sie in Sir Ambrose noch verliebter war als er in sie. Sie geht natürlich wieder aus wie ehedem, und sie begegnet dem Baronet und seiner Gattin in einem fort. Sie soll zu Lady Tester sogar «sehr nett» sein, und zweifellos behandelt sie sie mit außerordentlicher Höflichkeit. Aber Sie wissen ja (oder vielleicht wissen Sie es auch nicht), welch niederträchtige Dinge – in London – unter dem Deckmantel eines solches Vorgehens geschehen können. Ich will damit natürlich keineswegs sagen, Lady Vandeleur hege irgendwelche niederträchtigen Absichten; sie ist eine sehr redliche Frau, und sicher ist sie in ihrem Innersten überzeugt, sie ließe die arme Joscelind recht gnädig davonkommen. Aber die Folge dieser ganzen Situation ist, dass Joscelind schreckliche Angst vor ihr hat, denn wie könnte es ihr entgehen, dass Lady Vandeleur eine sehr sonderbare Macht über ihren Gatten hat? Man hätte keine bessere Gelegenheit finden können, um die drei zusammen zu beobachten (wenn man von «zusammen» überhaupt sprechen kann, wo doch Lady Tester so völlig ausgeschlossen bleibt), als diese zwei Tage, die wir in Doubleton verbrachten. In diesem Haus haben sie sich schon mehr als einmal getroffen; ich glaube, sie und Sir Ambrose mögen es. Mit «sie» meine ich, so wie er es zu tun pflegte, Lady Vandeleur. Sie haben gesehen,dass Lady Tester vor Unbehagen ganz weiß war. Was kann sie denn tun, angesichts der allgegenwärtigen stillschweigenden Andeutungen, wenn sich zwei Menschen unserer Tage durch ihre Tugend ausgezeichnet hätten, dann doch wohl ihr Gatte und Lady Vandeleur? Ich habe den Eindruck, dass dieses Paar außerordentlich glücklich ist.

Durch die Heirat hat sich tatsächlich etwas verändert, ich sehe Sir Ambrose nicht mehr so häufig, und unser Umgang ist nicht mehr so vertraut. Aber wenn ich ihn treffe, fällt mir auf, dass er eine Art heiterer Glückseligkeit ausstrahlt. Ja, sie sind zweifellos glücklich, sie gehen wie auf Wolken, sie sind in den siebten Himmel entschwebt, und auf ihren Gesichtern spiegelt sich die Herrlichkeit dieser erhabenen Höhen. Sie ermutigen einander, sie muntern einander auf, sie beflügeln, sie stützen einander; sie erinnern einander daran, dass sie den besseren Part gewählt haben. Natürlich müssen sie sich zu diesem Zweck treffen, und ich bin sicher, ihre Gespräche sind von dessen Heiligkeit erfüllt. Ambrose Tester trägt den Kopf hoch, wie es einem Mann ansteht, der sich in einer äußerst kritischen Situation wie ein vollendeter Gentleman benommen hat. Nur die arme Joscelind welkt dahin. Jetzt habe ich Ihnen doch erklärt, warum sie es nicht versteht, nicht wahr?

I

Es war einmal (als handelte es sich um ein Märchen) ein sehr interessanter junger Mann. Dies ist kein Märchen, und doch war unser junger Mann in mancherlei Hinsicht ein so ansprechender Bursche, dass er es mit jedem Märchenprinzen aufnehmen konnte. Ich bezeichne ihn als interessant, weil sein Charakter von einer Art ist, die zu studieren ich stets für lohnend gehalten habe. Sollten Sie zu einer anderen Ansicht gelangen, will ich gern einräumen, dass dies an mir und nicht an ihm liegt; ich hätte meine Geschichte dann nicht mit der nötigen Gewandtheit erzählt.

Sein Name war Benvolio; das heißt, eigentlich war das gar nicht sein Name, doch wir werden ihn aus Gründen der Bequemlichkeit wie der Anschaulichkeit so nennen. Er war gerade im Begriff, in das dritte Jahrzehnt unserer irdischen Lebensspanne einzutreten, besaß

ein kleines Vermögen und ging keiner regel-
mäßigen Beschäftigung nach. Sein Äußeres und
sein Auftreten waren in höchstem Maße ein-
nehmend. Nach diesen Ausführungen sollte ich
Sie – insbesondere Sie, gnädige Frau – vielleicht
lieber in dem Glauben belassen, er entspräche
genau Ihrem Ideal männlicher Schönheit; ich
sehe mich jedoch genötigt, präzise zu erläu-
tern, worin er einem Märchenprinzen glich,
und überdies auf gewisse kleine Eigenheiten und
ungewöhnliche Züge hinzuweisen, die in dem
strahlenden Bild wahrscheinlich fehlen würden,
das Sie sich andernfalls von ihm machten. Benvolio war schlank und blond; er hatte dichte Locken, bemerkenswert schöne Augen und ein so
offenes, ausdrucksvolles Lächeln, dass es seinem
Besitzer auf dem Weg durchs Leben beinahe
ebenso gute Dienste leistete wie ein magischer
Schlüssel, ein Zauberring, eine Wunschkappe
oder jegliches andere Requisit mit zauberkräf-
tigen Eigenschaften. Bedauerlicherweise stand
ihm dieses bezaubernde Lächeln nicht immer
zu Gebote, und an seine Stelle trat bisweilen
eine äußerst mürrische, finstere Miene, die dem
jungen Mann keinerlei Dienst erwies – nicht
einmal den, irgendjemanden einzuschüchtern;
denn drückte sie auch außerordentliche Verärge-

rung und Ungeduld aus, so blitzte doch nur für einen ganz kurzen Moment Verachtung darin auf, und die einzigen Rachegelüste Benvolios, die sie erkennen ließ, schienen darauf gerichtet, widerwärtige Personen oder unangenehme Dinge dadurch zu strafen, dass er sie gar nicht weiter beachtete und sie so schnell wie möglich vergaß. Seine Miene ließ nie jemanden erzittern, auch wenn sich vielleicht dann und wann reizbare Leute veranlasst sahen, die eine oder andere Verwünschung zu murmeln. War Benvolio guter Laune (und das war meist der Fall), hätte man aus seinem Verhalten, aus seinem strahlenden, wachen Blick, aus seinem unverkrampften, unbekümmerten Schritt und vor allem aus dem sanften, klaren, schleppenden, schmeichelnden Ton seiner Stimme – gewissermaßen der Stimme eines Mannes, der sein Vermögen ohne eigene Anstrengung erworben hat und der, ein klein wenig ichbezogen, davon ausgeht, der Rest der Welt könne, in ebensolcher Muße, mit ihm die Annehmlichkeiten des Lebens teilen, die Blumen am Wegesrand pflücken und die Schmetterlinge auf den Wiesen jagen – war Benvolio also guter Laune, hätte man aus dieser schwelgerischen Selbstsicherheit im Auftreten schließen können, unser Held habe tatsächlich eine Wunschkappe, die unsichtbar auf seiner schönen Stirn saß, oder brauche lediglich seine Fingerknöchel kurz aneinanderzudrücken, um dem Zauberring seine Wirkung zu entlocken. Der junge Mann war, ich sagte es schon, eine Mischung von Ungereimtheiten; noch exakter wäre es zu sagen, er steckte voller Widersprüche. In gewisser Weise besaß er tatsächlich einen Zauberring; mit anderen Worten, er besaß poetische Vorstellungskraft. Alles, was die Phantasie für ihn tun konnte, tat sie in höchster Vollendung. Sie verschaffte ihm unendlich befriedigende Erlebnisse; sie verwandelte die Welt; sie ließ ganz gewöhnliche Gegenstände zuweilen strahlend schön erscheinen und machte schöne zum Quell unsäglichen Entzückens. Benvolio hatte, was man poetische Veranlagung nennt. Es ist ziemlich aus der Mode gekommen, einen Mann mit solchen Begriffen zu beschreiben; aber trotz vieler Beweise für das Gegenteil glaube ich, dass es noch immer Dichter gibt; und wenn wir sonst das Kind stets beim rechten Namen nennen, warum sollten wir dann nicht auch einen Menschen wie Benvolio einen Dichter nennen?

Diese Widersprüche, von denen ich spreche, durchzogen sein ganzes Wesen, sie waren in seinen Gewohnheiten, seinem Verhalten, seiner Konversation und selbst in seiner Physiognomie deutlich erkennbar. Es war, als hätte man die Seelen zweier von Grund auf verschiedener Männer zusammen in dasselbe Boot gesetzt, damit sie die Reise durchs Leben gemeinsam darin machten, und als wären sie um der Bequemlichkeit willen übereingekommen, sich am Steuerruder abzuwechseln. Das Steuerruder war für Benvolio stets die Vorstellungskraft, doch je nachdem, in welcher Stimmung er sich gerade befand, wirkte sie ganz unterschiedlich. Einem aufmerksamen Beobachter hätte allein schon sein Gesicht diese Unterschiede verraten; und es steht außer Zweifel, dass seine jeweilige Kleidung, seine Gesprächsthemen, die Art, wie er seine Zeit an zwei aufeinanderfolgenden Tagen verbrachte, überdeutlich auf sie verwiesen. Bisweilen sah er sehr jung aus – rosig, strahlend, blühend und jünger, als er den Jahren nach tatsächlich war. Dann plötzlich, wenn das Licht in einer bestimmten Weise auf sein Haupt fiel, konnte man sehen, dass erstaunlich viele Silberfäden seine goldenen Locken durchzogen; und war die Aufmerksamkeit erst einmal durch diese Entdeckung geschärft, nahm man in seinem Lächeln etwas Ernstes und Zurückhaltendes wahr – et-

was Vages und Gespenstisches wie die schatten-
haften Umrisse der dunkleren Hälfte der Mond-
scheibe. Man konnte Benvolio, in bestimmten
Gemütsverfassungen, nach der neuesten Mode
gekleidet antreffen – den Hut ordentlich auf
dem Kopf, eine Rose im Knopfloch, ein wun-
derschönes Intaglio[1] oder eine antike Münze aus
Syrakus als Schmucknadel in seiner Halsbinde.
Tags darauf dann erspähte man ihn, wie er in einem abgetragenen Gelehrtenrock, den Hut weit
in die Stirn gezogen – einer Aufmachung, die so
gar nicht zu Blumen und Gemmen passte – der
Sonne trotzte. Es war alles eine Frage der Laune;
aber seine Laune glich einem Wetterhahn und
schaute nach Ost oder West, je nachdem, aus
welcher Richtung der Wind gerade wehte. Seine
Konversation passte zu seinem Rock und seiner
Hose. An einem Tag sprach er über das, worüber
die ganze Stadt sprach; er schwatzte, er plauder-
te, er stellte Fragen und erzählte Geschichten;
Sie hätten gesagt, er wäre ein famoser Bursche
für eine Dinnergesellschaft oder die Pausen eines Cotillons[2]. Am nächsten sprach er entweder
über Philosophie oder Politik, oder er sagte gar
nichts; er war geistesabwesend und zeigte an
nichts Interesse; er hing seinen eigenen Gedanken nach; er hatte ein Buch in der Tasche, und

offenbar verfasste er auch gerade eines in seinem Kopf. Zu Hause war er in zwei Zimmern. Das erste war ein riesiger Raum, mit Bildern vollgehängt, von Bücherregalen gesäumt, mit Teppichen und Tapeten ausgekleidet und mit einer Menge origineller Einrichtungsgegenstände geschmückt (denn all dies mochte er sehr); das zweite, sein Schlafzimmer, war beinahe so kahl wie eine Mönchszelle. Auf dem Boden lag ein armseliger kleiner Teppichstreifen, und auf dem Kaminsims stand ein Dutzend abgegriffener Bände mit den Werken klassischer Dichter und Weiser. An der Wand hingen drei oder vier grob ausgeführte Porträts der herausragendsten dieser Persönlichkeiten; sie waren der einzige Schmuck. Der Raum bezauberte jedoch durch ein großes Fenster in einer tiefen Nische, das auf einen verwilderten, moosbewachsenen stillen Garten hinausging, und in der Nische stand der kleine, mit Tintenklecksen übersäte Tisch, an dem Benvolio die meisten seiner poetischen Kritzeleien zu Papier brachte. Die Fenster seines luxuriös eingerichteten Wohnzimmers gewährten Ausblick auf einen weiten öffentlichen Platz, auf dem zu jeder Zeit Leute hin und her eilten und verweilten, an Frühlingsabenden Militärmusik erklang und sich das halbe Leben der großen Stadt abspielte. Auch auf die Gefahr hin, dass Sie unseren Helden für einen schrecklichen Müßiggänger halten werden, will ich nicht verhehlen, dass er, die Ellbogen auf der Fensterbank, übermäßig viel Zeit damit verbrachte, (in beiden Richtungen) aus diesen Fenstern hinauszuschauen. Der Garten gehörte nicht zu dem Haus, in dem er wohnte, sondern zu einem Nachbarhaus, und der Besitzer, ein unleidlicher alter Geizhals, kargte sehr mit Besuchserlaubnissen für sein Reich. Doch in seiner Phantasie wanderte Benvolio oft auf den Pfaden zwischen den Bäumen umher, ohne dabei die langen Äste der vernachlässigten Pflanzen zu berühren, und beugte sich über die Blumen mit ihren schweren Köpfen, ohne einen Fußabdruck in ihren Beeten zu hinterlassen. Hier hatte er die besten Einfälle, überkam ihn still und leise die Inspiration (wie wir sagen dürfen, sprechen wir doch von einem Mann mit poetischer Veranlagung) und schwebte einige spürbare, göttliche Momente lang über ihm, während er seinen kratzenden Federkiel über das Papier führte. Das soll aber nicht heißen, dass er nicht auch einige ganz zauberhafte Stunden in dem größeren, reicher ausgestatteten Zimmer verbracht hätte. Dort pflegte er seine Freunde zu empfangen – bald in großer

Zahl, bald zu ausgelassenen, vom Gewirr vieler Stimmen begleiteten Soupers, die bis tief in die Nacht hinein dauerten. Waren diese geselligen Unterhaltungen zu Ende, begab er sich nie sofort in seine kleine Gelehrtenzelle hinüber. Er ging vielmehr aus und wanderte eine Stunde durch die dunklen, schlafenden Straßen der Stadt, befreite sich auf diese Weise vom Weindunst und fühlte sich ganz und gar nicht berauscht, sondern völlig, ja wunderbar nüchtern. Mehr als einmal sah er, wenn er sich nach seiner Rückkehr zum Zubettgehen bereitmachte, den ersten schwachen Schimmer der Morgendämmerung zitternd über den Baumwipfeln in seinem Garten heraufziehen. Freunde, die ihn besuchen wollten, fanden den größeren Raum oft leer und klopften an die Tür seiner Kammer. Aber häufig rührte Benvolio sich nicht, da er nicht den geringsten Wunsch verspürte, sie zu sehen, wusste er doch, was sie sagen würden, und hielt es nicht der Mühe wert, es sich anzuhören. Hörte er sie dann weggehen und die Wohnungstür hinter ihnen ins Schloss fallen, kam er heraus, machte in seinen Pantoffeln die Runde über seine Perserteppiche, schaute aus dem Fenster und sah seine abgewiesenen Besucher auf dem sonnigen Platz stehen und sich am Kinn kratzen. Dann lachte er leise in sich hinein – wie es Mitglieder der schreibenden Zunft angeblich in produktiven Momenten zu tun pflegen.

Obwohl er viele Verwandte hatte, genoss er außerordentliche Freiheit. Seine Familie war so groß, seine Geschwister waren so zahlreich, dass er fernbleiben konnte, ohne vermisst zu werden. Zuweilen machte er von diesem Privileg freizügig Gebrauch; er wurde der Menschen, die er sehr häufig sah, überdrüssig, und natürlich sah er seine Familie oft. Dann wieder war er ausgesprochen häuslich; er fand die Einsamkeit plötzlich bedrückend, und ihm schien, wenn man schon in der Gesellschaft anderer Zuflucht suchte, so sollte man mit ihnen auf vertrautem Fuße stehen, und nie war Vertrautheit seiner Meinung nach so natürlich wie unter Menschen, die um einen gemeinsamen Kamin aufgewachsen waren. Dennoch ging ihm häufig durch den Kopf – denn früher oder später ging ihm alles einmal durch den Kopf –, dass er zu unabhängig und unverantwortlich lebte, dass er glücklicher wäre, trüge er eine Kette mit einer kleinen goldenen Kugel um den Knöchel. Seine Neugier war in jeder Hinsicht groß, er wollte alles wissen – über das Leben, die Liebe, die Kunst, die Wahrheit –, und seiner Ansicht nach galt es, diese Wissbegierde so uneingeschränkt wie nur möglich zu befriedigen. Doch im Laufe der Jahre schien diese unbefangene Beschäftigung mit Wissenschaft ein sonderbares Resultat zu zeitigen. Benvolio stellte fest, dass es einen intellektuellen Zustand gab ähnlich dem eines Gaumens, der die Fähigkeit zu genießen verloren hat. Für einen Menschen, dessen Geschmackssinn gestört ist, schmeckt alles gleich, und Benvolio schien das Geschmacksvermögen seines Verstandes allmählich an Empfindlichkeit zu verlieren. Der Verstand kannte noch immer seine genussvollen Momente, seine Festtage und seine Festmahle, doch insgesamt wurde das Schauspiel des menschlichen Lebens fade und schal. Dies ist schlicht eine wortreiche Umschreibung des folgenden entscheidenden Umstands: Benvolio war *blasé*[3]. Er wusste es, er wusste es beizeiten, und er bedauerte es zutiefst. Er war überzeugt, der Verstand könne sich seine Frische bis zum Schluss bewahren und nur Toren langweilten sich zu Tode. Es gab einen Weg, der Langeweile zu entgehen, und die Pflicht des weisen Mannes war es, ihn ausfindig zu machen. Eine der grundlegenden Erkenntnisse war seiner Meinung nach, dass man seiner selbst schneller überdrüssig wurde als alles anderen auf der Welt. Müßiggang, so räumte jedermann ein, war die größte aller Torheiten; doch der Müßiggang war heimtückisch und forderte in hundert vertrauenerweckenden Verkleidungen seinen Tribut. Man ging oft müßig, wenn man eifrig beschäftigt schien; man ging immer müßig, wenn das, womit man sich beschäftigte, kein hohes Ziel hatte. Man ging also müßig, wenn man etwas lediglich um seiner selbst willen tat. Neugier um der Neugier willen, Kunst um der Kunst willen, das waren im Wesentlichen kurzatmige Klepper. In Langeweile mündete alles, was nicht dazu beitrug, unsere Beziehungen zum Leben zu mehren. Seine Beziehungen zu mehren sollte deshalb, so überlegte Benvolio, des weisen Mannes Ziel sein. Der arme Benvolio musste über diese Dinge nachdenken, denn er war, wie ich schon sagte, ein Dichter und kein Mann der Tat. Ein trefflicher Vertreter dieses Schlages hätte das Problem gelöst, ohne sich dessen bewusst zu sein, er hätte seinen Mitmenschen keine starren Formeln, sondern lebendige Beispiele hinterlassen. Doch Benvolio hatte sich oft gesagt, er sei dazu geboren, sich große Dinge vorzustellen – nicht dazu, sie zu tun; und er hatte dies keineswegs traurig gesagt, denn alles in allem war er mit seinem Los durchaus zufrieden. Vorstellen würde er sie sich, so beschloss er, und das in wahrhaft großem Stil. Er würde zumindest vermehrte Anstrengungen unternehmen, und sie sollten sehr ernsthaft sein. Er würde große Ideen hervorbringen, er würde große Wahrheiten verkünden, er würde unsterbliche Verse schreiben. Aus alledem sprach eine Menge Talent und ein gerüttelt Maß an Ehrgeiz. Ich will nicht sagen, Benvolio sei ein Genie gewesen, dies könnte die Auszeichnung zu wohlfeil erscheinen lassen; doch er war auf jeden Fall ein Mann mit einer starken intellektuellen Neigung, und wenn Sie in seiner Nähe gewesen wären und Gelegenheit gehabt hätten, ihm wirklich aufmerksam zuzuhören, hätten Sie sicher den Eindruck gewonnen, er gäbe, gleich den Großen seiner Zunft, etwas von jenem undeutlichen magischen Rauschen – der Stimme des Unendlichen – von sich, das in den engen Windungen einer Meeresmuschel verborgen ist. Übrigens hat er selbst einmal diesen eigenwilligen Vergleich gebraucht und ein Gedicht geschrieben, in dem melodiös dargelegt wurde, dass die über die ganze Welt verstreuten poetischen Geister den kleinen Muscheln glichen, die man am Strand aufhebt und in denen das Rauschen des Ozeans widerhallt. Das Ganze wurde natürlich durch die Sandkörner, die das Verstreichen der Zeit messen, durch das wellenartige Auf und Ab der Geschichte und durch andere wohlklingende Metaphern abgerundet.

II

Doch Benvolio (und natürlich erwarten Sie das zu hören) wusste sehr wohl, dass es eine Beziehung zum Leben gibt, die ein besseres Gegenmittel gegen die Langeweile ist als alles andere – nämlich die Beziehung zu einer bezaubernden Frau. Selbstverständlich war Benvolio verliebt. Wer war Benvolios Liebste, fragen Sie (wie ich mir schmeichle, mit einiger Ungeduld), und war sie hübsch, war sie liebenswürdig, hatte er Erfolg? Just darum geht es in meiner Geschichte, die ich der Reihe nach erzählen muss.

Benvolios Liebste war eine Frau, von der wir hier (da ich Ihnen ihren richtigen Namen nicht nennen kann) angemessenerweise als der Gräfin sprechen werden. Die Gräfin war eine junge Witwe, die erst vor einiger Zeit ihre – ohnehin immer nur sehr nonchalant getragene – Trauerkleidung abgelegt hatte. Sie war reich und außerordentlich hübsch, und sie hatte die Freiheit zu tun, was ihr beliebte. Vergnügen und Bewunderung schätzte sie über alles, und beides strömte ihr unaufhörlich zu. Ihre Schönheit war nicht von der herkömmlichen Art, sondern überstrahlte alles; nur wenige Gesichter waren ausdrucksvoller, faszinierender. Ihres sah nie zwei Tage hintereinander gleich aus; es spiegelte ihre momentane Stimmung mit ungewöhnlicher Lebendigkeit, und kannte man sie, so hatte man das Privileg, auf einen Schlag ein Dutzend verschiedener Frauen zu kennen. Sie war klug und gebildet und stand in dem Ruf, äußerst liebenswürdig zu sein; es war in der Tat schwierig, sich einen Menschen vorzustellen, dem Natur und Schicksal mehr von ihren kostbaren Gaben hatten zuteil werden lassen. Sie verkörperte Glück, Frohsinn und Erfolg; sie war wie geschaffen, um andere zu bezaubern, eine Rolle zu spielen, Einfluss auszuüben. Sie lebte in einem großen Haus hinter hohen, von frischem Grün überwucherten Mauern, wo andere Gräfinnen zu anderen Zeiten eine nicht minder glänzende Rolle gespielt hatten. Es war ein altes Stadtviertel, in das die Flutwelle des Handels in jüngster Zeit mit aller Wucht hineingeschwappt war; doch die schlammige Woge donnerte vergebens gegen das Refugium der Gräfin, und hörte man in ihrem Garten oder Salon den dumpfen Lärm der Großstadt, so nur als verschwommenes Hintergrundgeräusch zu erfreulicheren Dingen – zu Musik, zu geistreichem Gespräch und zärtlichem Geplauder. Diese kleine Oase des Luxus und der Abgeschiedenheit inmitten von Verkehr und gemeiner Plackerei hatte etwas sehr Beeindruckendes.

Benvolio verbrachte eine Menge Zeit im Haus dieser Dame; kaum einmal verlangte es ihn nach besserer Unterhaltung. Ich sprach eben von Abgeschiedenheit; doch Abgeschiedenheit fand er dort nicht und wollte sie auch gar nicht finden. Er ging dorthin, wenn er mit dem geringsten Aufwand erfahren wollte, was in der Welt vorging, denn die Gespräche der Leute, die die Gräfin für gewöhnlich um sich scharte, gaben in gedrängter Form den Klatsch, die Gerüchte, die Anliegen, die Hoffnungen und Ängste der feinen Gesellschaft wieder. Sie war eine äußerst großzügige Gastgeberin; alles, was sie verlangte, war, unterhalten zu werden; trug man zum gemeinsamen Fundus an Amüsement, an Gesprächsstoff bei, so war man ihr ein willkommener Gast. Früher oder später begegnete man unter den Gästen allen, die über Einfluss verfügten. Man traf oberflächliche Menschen und weise Menschen, Menschen, deren Vermögen sich in ihren Taschen, und Menschen, deren Vermögen sich in ihren Köpfen befand; Menschen, die großen Anteil an öffentlichen Angelegenheiten nahmen, und Menschen, die einzig und allein der Sitz ihrer Kleidung oder die Wirkung beschäftigte, die die Nennung ihres Namens auf andere hatte. Benvolio mit seiner Vorliebe für große, abwechslungsreiche gesellschaftliche Spektakel schätzte all das; doch im Allgemeinen war es ihm am liebsten, wenn er die Gräfin allein antraf. Dieses Glück hatte er oft, aus dem einfachen Grund, weil die Gräfin stets alle anderen Besucher abweisen ließ, wenn sie ihn erwartete. Dies beantwortet beinahe schon Ihre Frage, ob Benvolios Werben von Erfolg gekrönt war. Doch genaugenommen gab es bisher gar kein Werben; Benvolio hatte der Gräfin nie den Hof gemacht. Das klingt sehr seltsam, ist aber dennoch wahr. Er war in sie verliebt; er hielt sie für das bezauberndste Geschöpf, das man sich vorstellen konnte; er verbrachte, dank ihrer eigenen Anordnungen, Stunden mit ihr allein; er hatte Gelegenheit gehabt – reichlich Gelegenheit gehabt –, und doch hat er nie jene Worte zu ihr gesagt, die so natürlich erschienen wären: «Teure Gräfin, ich flehe Sie an, werden Sie meine Frau.» Sollte Sie das überraschen, so darf ich Ihnen anvertrauen, dass es auch die Gräfin überraschte, und unter den gegebenen Umständen wurde aus Überraschung sehr schnell Missfallen. Es steht keineswegs fest, dass, hätte Benvolio die kurze Rede gehalten, die wir uns eben vorgestellt haben, die Gräfin in seine Arme gesunken wäre, eine entsprechende Leidenschaft eingestanden und mit den Hochzeitsglocken das *finis*[4] unserer Geschichte eingeläutet hätte. Dennoch erwartete sie, dass er ihr höflichkeitshalber dieses größte Kompliment machte. Ihre Antwort mochte ausfallen, wie sie wollte; sein Schweigen aber war eine fortwährende Kränkung. So gut wie jeder Mann hatte schon um die Hand der Gräfin angehalten, und allen hatte sie gesagt, sie fühle sich sehr geehrt, doch habe sie nicht daran gedacht, sich zu verändern. Jetzt aber, bei diesem Mann, der sie nicht fragte, dachte sie ständig daran, und dass Benvolio ihr keinen Antrag machte, beherrschte ihre Gedanken mehr, brachte sie mehr ins Grübeln als all die Anträge ihrer anderen Freier. Tatsächlich mochte sie Benvolio außerordentlich gern, und seine Unabhängigkeit kam ihm sehr zustatten. Die Gräfin besaß eine äußerst lebhafte Phantasie und hatte rasch das Ausmaß der Verdienste des jungen Mannes überschlagen. Sie war von Natur aus ein wenig kühl; sie verlor kaum einmal den Kopf; sie überlegte jeden Schritt, den sie tat; sie hatte an einigen wenigen Männern Gefallen gefunden und war das eine oder andere Mal in Leidenschaft entbrannt, im Großen und Ganzen aber hatte sie viel mehr über Liebe nachgedacht als Liebe empfunden. Sie hatte oft versucht, sich ein Bild von der Art von Mann zu machen, den zu lieben gut für sie wäre – so drückte sie selbst es aus. Sie war damit nicht besonders erfolgreich gewesen, und ihrer Phantasie waren nie Flügel gewachsen bis zu jenem Tag, an dem sie Benvolio kennenlernte. Damals glaubte sie, ihre Suche sei beendet – der Richtige gefunden. Dieser geistvolle, feurige Mann mit den unergründlichen Augen schien ihr die harmonische Ergänzung zu ihrer eigenen oberflächlichen Persönlichkeit. Zu dieser Überzeugung gelangte die Gräfin dank eines feinen Gespürs für die Eigenart eines Menschen, das analysieren zu wollen vergebliche Mühe wäre; er war anders als sie und als alle Männer, die sie umgaben, und sie sah in ihm ein Exemplar einer seltenen und bemerkenswerten Spezies. In früheren Zeiten hätte sie ihn zu ihrem Minnesänger oder ihrem Narren erkoren – es ist zu befürchten, dass der arme Benvolio in letzterer Rolle eine recht unglückliche Figur abgegeben hätte; heutzutage konnte eine Frau, die aufgrund ihrer eigenen gesellschaftlichen Stellung eine bedeutende Persönlichkeit war, einem solchen Mann in ihrer Entourage einen Platz als illustrem Gatten zuweisen. Ich weiß nicht, wie gut die Gräfin so etwas zu beurteilen vermochte, doch sie war überzeugt, die Welt werde von Benvolio noch hören. Sie war schön und von vornehmer Herkunft, sie verfügte über Geld und Luxus, aber an Genialität mangelte es ihr; und wenn Genialität zu haben war, warum sollte man sie sich dann nicht sichern und die Liste vervollständigen? Dies ist zweifellos eine recht grobe Zusammenfassung der Argumentation der Gräfin, aber Sie erhalten sie gleichsam als kostenlose Zugabe, denn unbedingt erwähnen muss ich nur, dass diese bezaubernde junge Frau Gefallen an diesem gescheiten jungen Mann fand und dass sie bisweilen eine Viertelminute zu weinen pflegte, wenn sie sich vorstellte, es läge ihm nichts an ihr. Ihre Tränen waren vergeudet, denn es lag ihm sehr wohl etwas an ihr – sogar mehr, als sie sich im günstigsten Fall vorgestellt hätte. Doch Benvolio war, ich kann es gar nicht oft genug wiederholen, ein außerordentlich vielschichtiger Charakter, und die Logik seines Verhaltens wies gar manchen

Bruch auf. Die Gräfin bezauberte ihn, erregte ihn, interessierte ihn; er ließ ihr durchaus Gerechtigkeit widerfahren – mehr als Gerechtigkeit, doch zu guter Letzt spürte er, dass sie ihm nicht genügte. Wäre es einem Mann gestattet, ein halbes Dutzend Ehefrauen zu haben – und Benvolio hatte das, in einem Gedicht, einmal für sich gefordert –, könnte die Gräfin durchaus eine von ihnen sein – vielleicht sogar die beste. Aber sie wäre nicht für jeden Zeitpunkt und jede Stimmung die Richtige; sie bedurfte einer Ergänzung, einer Alternative – bedurfte dessen, was die Franzosen als *repoussoir*[5] bezeichnen.

Eines Tages war er auf dem Weg zu ihr, wohl wissend, dass er erwartet wurde. Außer ihm sollten sich noch eine Reihe anderer Leute einfinden – ja, eine brillante Gesellschaft würde bei der Gräfin versammelt sein; doch Benvolio wusste, eine bestimmte Berührung der Hand, ein bestimmter Blick, ein bestimmter liebkosender Ton in der Stimme wären allein für ihn gedacht. Glücklicher Benvolio, werden Sie sagen, mit so zauberhaften Geheimnissen in seinem jungen Herzen durch die Welt zu gehen! Glücklicher Benvolio, in der Tat; doch hören Sie, wie leichtfertig er mit seinem Glück spielte. Er ging bis zum Tor des gräflichen Anwesens, aber er ging nicht weiter; er hielt an, blieb einen Augenblick stehen, runzelte heftig die Stirn und kaute nervös an einem Finger seines Handschuhs; dann drehte er sich abrupt um und entfernte sich in die entgegengesetzte Richtung. Er lief und lief und ließ die Stadt hinter sich. Er lief immer weiter, bis er aufs Land kam; dort lenkte er seine Schritte einem Wäldchen zu, das er sehr gut kannte und das er an einem Frühlingsnachmittag sogar einmal mit der Gräfin zusammen aufgesucht hatte, als diese unbedingt ein Schäferstündchen mit ihm hatte verbringen wollen. Am Waldesrand warf er sich ins Gras – wenn auch nicht genau an der Stelle, wo er der Gräfin zu Füßen gelegen, Sonette aus seiner Tasche gezogen und ihr eines nach dem anderen vorgelesen hatte. Neben ihm plätscherte ein kleiner Bach; ihm gegenüber ging die Sonne allmählich unter; vor ihm lag die ferne Stadt, die ihre Türme und Kamine in den sich rot färbenden westlichen Himmel reckte. Die Dämmerung brach herein und wich nach und nach der Dunkelheit, und die Sterne zeigten sich am Himmel. Benvolio lag da und dachte darüber nach, dass er sie den Wachskerzen der Gräfin vorzog. Er kehrte auf einem Bauernfuhrwerk in die Stadt zurück und unterhielt sich mit dem redlichen Landmann, der es lenkte.

Auf ganz ähnliche Weise hatte er jedes Mal, wenn er im Begriff gewesen war, an das Tor zum Herzen der Gräfin zu klopfen und mit glühenden Worten um Einlass zu bitten, innegehalten, die Stirn gerunzelt, sich dann abrupt umgedreht und die Einsamkeit gesucht. Sie erfuhr nie, wie nahe er dem zwei-, dreimal gewesen war. Zwei-, dreimal hatte sie ihm vorgeworfen, unhöflich zu sein, was nichts anderes gewesen war als das Zurückschwingen des Pendels. Eines Tages befand sie, dass er ihr gar zu viel Verdruss bereite, und sie tadelte sich für ihre Gutmütigkeit. Sie hatte sich weggeworfen, ein solches Verhalten war unter ihrer Würde; künftig wollte sie einen anderen Ton anschlagen. Sie verschloss ihre Tür vor ihm und wies ihre Leute an, ihm, wann immer er kam, zu sagen, sie sei beschäftigt. Zunächst wunderte Benvolio sich nur. Seltsamerweise war er nicht, was man gemeinhin zartbesaitet nennt; er kam nie auf den Gedanken, man könnte ihn kränken wollen; selbst nicht impertinent, rechnete er auch nicht mit der Impertinenz anderer. Lediglich wenn er jemanden direkt ertappte, war er zutiefst empört. Deshalb wunderte er sich, wie ich schon sagte, nur darüber, dass die Gräfin auf einmal so beschäftigt war; dann erinnerte er sich an gewisse andere bezaubernde

Menschen, die er kannte, und suchte sie auf, um zu sehen, wie es ihnen in der letzten Zeit ergangen war. Doch diese Menschen leisteten der Gräfin einen enormen Dienst; sie gewann durch den Vergleich mit ihnen, und Benvolio begann, sie zu vermissen. Alles, was die anderen bezaubernden Frauen waren, die (wie man so sagt) das Leben der feinen Welt führten, war die Gräfin auf viel überlegenere, ja vollkommene Weise; sie war die reifste Frucht einer hochentwickelten Kultur; ihre Gefährtinnen und Rivalinnen waren neben ihr lediglich blasse Blüten, hatten einen säuerlichen Geschmack. Benvolio hatte stets nur am Besten Gefallen, und bald fand er sich, leise seufzend, unter den abgedunkelten Fenstern der Gräfin wieder. Er schrieb ihr und fragte sie, warum in aller Welt sie ihn so grausam behandle, und da wusste sie, dass ihr Zauber seine Wirkung tat. Sie hütete sich, seinen Brief zu beantworten, und sorgte dafür, dass er an ihrer Tür so unerbittlich wie zuvor abgewiesen wurde. Aber alles hat sein Gutes, und nachdem Benvolio eines Abends wieder einmal fortgeschickt worden war, wanderte er fast bis zum Morgengrauen durch die mondhellen Straßen und schuf dabei die schönsten Verse, die er jemals hervorgebracht hatte. Gewinn zogen daraus zumindest die Abonnenten der Zeitschrift, an die er sie schickte. Anders als viele Dichter trug Benvolio indes bei dieser Gelegenheit seine Leidenschaft nicht in seinem Gedicht zu Grabe; und tat er es doch, so trieb sie ihn schon am nächsten Abend wieder um. Erneut begab er sich zum Haus der Gräfin, und erneut wurde er abgewiesen. So kletterte er, nach nur kurzem Zögern, beherzt (und mit einer Gewandtheit, die ihn selbst überraschte) die Mauer zu ihrem Garten hinauf und ließ sich im Mondschein auf ihren Rasen fallen. Ich weiß nicht, ob sie ihn erwartete, aber hätte sie es getan, hätte die Sache nicht besser arrangiert sein können. Sie saß in einer kleinen, von Sträuchern gebildeten Nische, als einzigen Beschützer ein winziges Schoßhündchen an ihrer Seite. Sie gab vor, über Benvolios Kühnheit empört zu sein, doch seine Kühnheit siegte. «Dieses Mal wird er sich mir zweifellos erklären», dachte die Gräfin. «Er ist nicht von der Mauer dort gesprungen und das Risiko eingegangen, sich dabei den Hals zu brechen, bloß um mich um eine Tasse Tee zu bitten.» Doch weit gefehlt; Benvolio war hingebungsvoll, aber er wurde nicht deutlicher als bisher. Er erklärte, dies sei die glücklichste Stunde seines Lebens; seine Lage habe etwas bezaubernd Romantisches; er danke der Gräfin aufrichtig dafür, dass sie ihn zur Verzweiflung getrieben habe; er käme sie nie mehr anders besuchen als über die Gartenmauer; irgendetwas an diesem Abend – was war es nur? – stehe ihr ungemein gut; er hoffe inständig, sie empfange niemanden sonst; seine Bewunderung für sie sei grenzenlos; und, zu guter Letzt, die Sterne leuchteten so eigenartig rosenrot! Er betrachtete die Gräfin durch die von Blumenduft erfüllte Dunkelheit mit bewunderndem Blick, doch er betrachtete auch die Sterne; er legte den Kopf zurück, verschränkte die Arme und ließ die Unterhaltung stocken, während er das Firmament erforschte. Auch die langen Lichtstrahlen, die aus den Fenstern des Hauses auf den Rasen fielen und Muster ins Strauchwerk zeichneten, studierte er. Die Gräfin hatte ihn schon immer für einen sonderbaren Gesellen gehalten, aber an diesem Abend erschien er ihr noch sonderbarer als sonst. Sie fing an, sich über ihn zu mokieren, und erklärte spöttisch, er sei eben doch nur ein langweiliger Kerl, seine Bewunderung ein dürftiges Kompliment und er täte gut daran, seine Aufmerksamkeit der Astronomie zuzuwenden! In seiner Antwort darauf kam er vielleicht (im Sinne der Gräfin) einem Antrag so nahe wie nie zuvor.

«Meine Liebe», sagte er, «Sie ahnen ja nicht einmal, wie sehr ich Sie bewundere!»

Daraufhin verließ sie ihren Platz und spazierte auf dem Rasen umher, sah Benvolio, während er sprach, von der Seite an und strich mit den Fingerspitzen über die geschlossenen Blütenblätter ihrer Blumen; ihr besticktes Kleid schleifte auf dem Gras. Er gab eine Art sentimentalen Treuebekenntnisses ab; er versicherte ihr, sie sei für ihn das Ideal einer bestimmten Art von Frau. Diese letzte Bemerkung ließ sie kurz innehalten und ihn mit großen Augen anstarren. «Oh, ich meine natürlich die beste Art», rief er, «die, die den größten Einfluss ausübt! Sie verkörpern die feine Welt und alles, was die feine Welt zu geben vermag, und Sie verkörpern sie zu ihrem größten Vorteil – in ihrer großzügigsten, ihrer anmutigsten, ihrer anregendsten Form. Sie würden sogar einen Revolutionär wieder mit der Gesellschaft aussöhnen. Sie sind die göttliche Personifikation all der Annehmlichkeiten, all der Eleganz, all der Vielschichtigkeit des Lebens! Sie sind die Blüte der Weltgewandtheit, der Kultur, der Tradition! Sie sind das Produkt so vieler Einflüsse, dass die Bekanntschaft mit Ihnen den Horizont eines Menschen erweitert; und in Ihrem Fall trifft auch zu, dass Sie zu bewundern umfassend bildet! Ihr Charme ist unwiderstehlich; ich versichere Ihnen, ich vermag ihm nicht zu widerstehen!»

Komplimente waren der Gräfin zuträglich, wie wir bestätigen können; sie machten sie nicht nur glücklicher, sie machten sie auch besser. Es wurde für sie eine Gewissensfrage, sie tatsächlich zu verdienen. Das hier waren wundervolle Komplimente, und sie ließen sie keineswegs unbeeindruckt. Ihre Wangen röteten sich ein wenig, ihre Augen leuchteten geheimnisvoll, und konnte man über ihre Schönheit im eigentlichen Sinne auch geteilter Meinung sein, so schien doch alles, was Benvolio über sie sagte, nie wahrer gewesen zu sein. Er sagte noch mehr in dieser Richtung, und sie hörte ihm zu, ohne ihn zu unterbrechen. Aber dann wurde sie plötzlich ungeduldig, schien ihr dies denn doch eine recht wohlfeile Art des Werbens zu sein. Sie ließ sich ihre Ungeduld allerdings durch keinerlei Gereiztheit anmerken, sondern hob einfach kurz den Finger, um Benvolio Schweigen zu gebieten, und sagte dann in außerordentlich sanftem Ton: «Sie haben zu viel Phantasie!» Er erwiderte, um ihr wirklich Gerechtigkeit widerfahren zu lassen, habe er zu wenig. Darauf entgegnete sie, er spreche schon längst nicht mehr von ihr, er habe sie weit hinter sich zurückgelassen. Er spinne Geschichten um irgendein überfeinertes Wesen, das seine Phantasie ersonnen habe. Die beste Antwort darauf schien Benvolio, ihre Hand zu ergreifen und zu küssen. Ich weiß nicht, was die Gräfin von dieser Art Argument hielt; ich neige zu der Annahme, dass sie darüber ebenso erfreut wie verärgert war; es war gleichzeitig zu viel und zu wenig. Sie entzog ihm ihre Hand und ging rasch ins Haus. Obwohl Benvolio ihr unverzüglich folgte, gelang es ihm nicht, sie einzuholen; sie zog sich in ihre Gemächer zurück und blieb für ihn trotz seiner Bemühungen, zu ihr vorzudringen, unerreichbar. Kurz darauf verließ sie die Stadt und begab sich auf ein Landgut, das sie in einem entfernten Teil des Landes besaß, um dort den Sommer zu verbringen.

III

Benvolio war außerordentlich gern auf dem Land, doch er blieb in der Stadt, nachdem alle seine Freunde sie verlassen hatten. Viele nahmen ihm das Versprechen ab, dass er sie besuchen käme. Er sagte zu oder so gut wie zu; als er sich dann aber überlegte, dass er fast überall ein Haus voller anderer Gäste vorfinden würde, deren Zeitvertreib er sich würde anschließen müssen, und dass er als Spielverderber und egoistisches Scheusal an den Pranger gestellt würde, sollte er sich mit einem geschätzten Duodezbändchen[6] in der Jackentasche davonstehlen, um den Vormittag allein im Wald zu verbringen, verspürte er keine große Lust mehr, Besuche zu machen. Er hatte, wie wir wissen, seine Phasen der Öffnung und des Rückzugs; in den letzten Monaten war er hart am Wind gesegelt, nun hatte er begonnen, die Segel einzuholen. Überdies vermute ich, dass der närrische Kerl gar kein Geld zum Reisen hatte. Er hatte erst jüngst sämtliche ihm zur Verfügung stehenden Mittel in den Kauf eines Gemäldes gesteckt – eines kostbaren Werkes der Venezianischen Schule, das unverhofft auf den Markt geworfen worden war. Es wurde für eine bescheidene Summe angeboten, und Benvolio, der es als einer der Ersten gesehen hatte, erwarb es und hängte es triumphierend in sein Zimmer. Es besaß das bekannte klassische venezianische Leuchten, und er pflegte stundenlang auf dem Diwan zu liegen und es anzustarren. Es zeichnete sich in der Tat durch eine sonderbare Eigenschaft aus, auf die ich nirgendwo sonst gestoßen bin. Die meisten Bilder, die ihrer Farben wegen bemerkenswert sind, müssen (vor allem, wenn sie schon vor ein paar Jahrhunderten gemalt wurden) in eine ganze Flut von Sonnenlicht getaucht sein, damit diese richtig herauskommen. Doch dieses bemerkenswerte Werk schien über eine eigene verborgene Leuchtkraft zu verfügen, die am besten zur Geltung kam, wenn der Raum etwas abgedunkelt war. Wollte Benvolio sich ganz besonders an seinem Schatz erfreuen, schloss er die Jalousien, und das Gemälde erstrahlte mit betörender Wirkung im kühlen Dämmerlicht. Es stellte, auf phantastische Weise, die Geschichte von Perseus und Andromeda[7] dar – zeigte die schöne nackte Jungfrau an einen Felsen gekettet, auf dem, in malerischer Unstimmigkeit, ein wilder Feigenbaum wuchs; zu ihren Füßen wogte die grüne Adria, und ganz in ihrer Nähe schwebte auf einem geflügelten Pferd ein schöner junger Mann mit gebräunten Gliedmaßen und einem sonderbaren Helm auf dem Haupt. Benvolio zog die Reise, die seine Phantasie unternahm, während er dalag und sein Gemälde betrachtete, jeder Reise vor, die er mit öffentlichen Verkehrsmitteln hätte unternehmen können.

Er trat lediglich, wie er es schon früher häufig getan hatte, zur Ablenkung an die Fenster, die

auf den alten Garten hinter seinem Haus hinaus-
gingen. Und natürlich wuchs der Zauber des
Gartens, je weiter der Sommer voranschritt. Er
verwilderte immer mehr, wurde buschiger und
bemooster und verströmte süßere und schwerere
Düfte. Er war ein Hort der Einsamkeit; Benvolio
hatte noch nie einen Besucher dort gesehen.
Deshalb war er äußerst angenehm überrascht, als
er, zu jener Zeit, eines Tages ein junges Mädchen
unter einem der Bäume sitzen sah. Sie saß lange
dort, und trotz der recht großen Entfernung vermochte er, durch langes Hinsehen, zu erkennen,
dass sie hübsch war. Sie war schwarz gekleidet,
und als sie ihren Platz verließ, war ihr Schritt von
einer Art nonnenhafter Demut und Sanftheit.
Obwohl sie allein war, lag in ihren Bewegungen
etwas Schüchternes und Zaghaftes. Sie spazierte
langsam davon und entschwand schließlich aus
Benvolios Blickfeld, nur hier und da sah er noch
ihren weißen Sonnenschirm durch die Lücken
im Laub schimmern. Nach einer Weile kehrte
sie auf ihren Platz unter dem großen Baum zurück und blieb dort sitzen, während sie auf dem
Schoß einige Blumen arrangierte, die sie ge-
pflückt hatte. Dann erhob sie sich erneut und
entfernte sich, und diesmal wartete Benvolio
vergebens auf ihre Rückkehr. Sie war offensicht-

lich ins Haus gegangen. Am nächsten Tag sah er sie wieder, und auch am nächsten und am übernächsten. Bei diesen Gelegenheiten saß sie lange Zeit am selben Platz wie zuvor, hatte nun aber ein Buch in der Hand, in dem sie anscheinend mit großer Aufmerksamkeit las. Dann und wann hob sie den Kopf und sah zum Haus hinüber, als gälte es, etwas im Blick zu behalten, was ihre Aufmerksamkeit ebenfalls beanspruchte; und ein-, zweimal legte sie ihr Buch beiseite und trippelte leichteren Schrittes als am ersten Tag davon, um ihren verborgenen Pflichten nachzukommen. Benvolio malte sich aus, sie habe einen kranken Vater oder eine kranke Mutter oder sonst irgendeinen Verwandten, der nicht laufen konnte und den man an ein Fenster geschoben hatte, das auf den Garten hinausging. Wenn sie zurückkam, nahm sie jedes Mal ihr Buch wieder auf und beugte ihren hübschen Kopf mit bezaubernder Ernsthaftigkeit darüber. Benvolio hatte bereits entdeckt, dass ihr Kopf hübsch war. Er meinte eine gewisse Ähnlichkeit mit einem bestimmten wunderschönen Köpfchen auf einer griechischen Silbermünze zu erkennen, die, mit mehreren anderen, in einer Achatschale auf seinem Tisch lag. Sie sehen, er hatte bereits angefangen, sich für sie zu interessieren, und ich führe dies als Entschuldigung dafür an, dass er seine sittsame Nachbarin stundenlang anstarrte. Doch war er während dieser Stunden keineswegs müßig, weil er sich – ich kann nicht sagen: gerade in sie verliebte; dafür kannte er sie zu wenig, und außerdem war er ja in die Gräfin verliebt – weil er sich vielmehr ihretwegen das Hirn zermarterte. Wer war sie? Was war sie? Warum hatte er sie bisher noch nie gesehen? Das Haus, in dem sie offenbar wohnte, befand sich nicht in derselben Straße wie das seine, doch er machte absichtlich einen Umweg, um es sich anzusehen. Es war ein düster wirkendes, altes graues Gebäude mit im Erdgeschoss vergitterten Fenstern; es sah aus wie ein Kloster oder ein Gefängnis. Über die angrenzende Mauer wucherten ein paar vereinzelte Ranken einer wildwachsenden Kletterpflanze aus Benvolios Garten auf die Straße. Plötzlich begann Benvolio zu ahnen, dass es sich bei dem Buch, das das junge Mädchen da im Garten las, doch tatsächlich um nichts anderes handelte als um einen von ihm selbst verfassten Band, der etwa sechs Monate zuvor erschienen war. Sein Buch hatte einen weißen Einband, und dieses hier auch; weiße Einbände sind recht selten, und es war weder unmöglich, dass diese junge Dame sein Buch las, noch, dass sie es interessant fand. Zahlreiche andere Frauen hatten es ebenfalls gelesen und interessant gefunden. Benvolios Nachbarin hatte einen Bleistift in der Tasche, den sie hin und wieder herauszog, um damit auf der Seite, die sie gerade las, etwas anzustreichen. Diese beschauliche Geste bereitete dem jungen Mann außerordentliche Freude.

Es beschämt mich zu sagen, wie viel Zeit er, eine Woche lang, an seinem Fenster verbrachte. Jeden Tag kam das junge Mädchen in den Garten. Doch dann regnete es eines Tages – ein langer, warmer Sommerregen –, und sie blieb im Haus. Benvolio vermisste sie recht schmerzlich und wunderte sich, halb lächelnd, halb stirnrunzelnd, darüber, dass ihr Ausbleiben ihm derart zusetzte. Er hatte sich doch tatsächlich an sie gewöhnt. Er wusste nicht, wie sie hieß; er kannte weder die Farbe ihrer Augen noch den genauen Farbton ihres Haares, und auch den Klang ihrer Stimme kannte er nicht; begegnete er ihr woanders von Angesicht zu Angesicht, würde er sie sehr wahrscheinlich gar nicht wiedererkennen. Aber sie interessierte ihn; er mochte sie; er fand ihre nur undeutlich auszumachende schwarz gekleidete kleine Gestalt sympathisch. Er pflegte auch die Gräfin sympathisch zu finden, und die Gräfin war fraglos so ganz anders als diese stille Gartennymphe, dennoch war sie eine bezaubernde Frau. Benvolios Sympathien waren, wie wir wissen, breit gefächert. Nach dem Regen kam das junge Mädchen wieder heraus, und jetzt hatte sie ein anderes Buch bei sich: Benvolios hatte sie offenbar ausgelesen. Erfreut nahm er zur Kenntnis, dass ihre Gedanken bei dieser Lektüre weitaus öfter abschweifte. Zuweilen ließ sie das Buch lustlos neben sich fallen und schien sich in unschuldigen Träumereien zu verlieren. Dachte sie darüber nach, wie viel schöner Benvolios Verse waren als die anderer Zeitgenossen? Wiederholte sie sie vielleicht gerade leise für sich? Die Vorstellung, sie könnte es tun, entzückte Benvolio, war er doch in dieser Hinsicht nicht verwöhnt. Die Gräfin konnte keines seiner Gedichte auswendig; sie war keine große Leserin. Sein Buch lag zwar auf ihrem Tisch, doch war ihm einmal aufgefallen, dass die Hälfte der Seiten gar nicht aufgeschnitten war.[8]

Nach ein paar sonnigen Tagen kehrte, zum unendlichen Verdruss unseres Helden, der Regen zurück, und diesmal regnete es mehrere Tage lang. Triefend und trostlos lag der Garten da; sein Zauber war ganz und gar verflogen. Diese Tage verbrachte Benvolio in gedrückter Stimmung; er kam zu dem Schluss, Regenwetter im

Sommer sei in der Stadt unerträglich. Er begann wieder an die Gräfin zu denken – er war überzeugt, dass über ihren weiten Ländereien die Sommersonne schien. Neidvoll sah er in seiner Phantasie die Landschaft von fröhlichen Watteau-Gruppen[9] bevölkert, die im Schatten altehrwürdiger Buchen Festmahle abhielten und musizierten. «Welch betörendes Leben!», dachte er – «welch strahlende, zauberhafte, denkwürdige Tage!» Drei Wochen zuvor hatte er, wie Sie sich erinnern werden, noch das genaue Gegenteil von alldem behauptet. Ich wüsste nicht, dass er die Ansicht, phantasievolle Menschen brauchten nicht konsequent zu sein, je zu seiner Maxime erhoben hätte, doch zweifellos handelte er in diesem Geiste. Wir sind indes noch keineswegs beim Ende seiner Wankelmütigkeit angelangt. Er schrieb der Gräfin unverzüglich einen Brief, in dem er sie fragte, ob er ihr einen Besuch abstatten dürfe.

Kurz nachdem er seinen Brief abgeschickt hatte, besserte sich das Wetter, und Benvolio brach zu einem Spaziergang auf. Die Sonne ging schon beinahe unter; die Straßen leuchteten rot und golden in ihrem Licht, und die vereinzelten Regenwolken, in tausend kleine Teilchen zerrissen, sprenkelten den Himmel wie ein Schauer von Opalen und Amethysten. Benvolio unterbrach seinen Spaziergang, um eine Weile mit seinem Freund, dem Buchhändler, zu plaudern. Der Buchhändler war ein Ausländer und ein Mann von feinem Geschmack; sein Laden befand sich unter den Arkaden des großen Platzes. Als Benvolio eintrat, bediente er gerade eine Dame, und die Dame war schwarz gekleidet. Es schien Benvolio zu jenem Zeitpunkt nur natürlich, dass ihm eine schwarz gekleidete Frau auffiel, dabei machte der Umstand, dass die Dame das Gesicht abgewandt hatte, es zwar leichter, sie zu beobachten, aber auch fruchtlos. Doch schließlich hatte sie ihre Besorgung erledigt; sie hatte mehrere Bücher bestellt, der Buchhändler die Titel aufgeschrieben. Nun drehte sie sich um, und Benvolio sah ihr Gesicht. Er starrte sie ausgesprochen taktlos an, denn er war sich sogleich sicher, dass sie die Bücher liebende junge Dame aus dem Garten war. Ihr Blick wanderte durch den Laden, über die Bücher an den Wänden, die Drucke und Büsten, die ganze Gelehrsamkeit, die hier, in unterschiedlicher Form, angehäuft war, dann verließ sie auf jene lautlose, unauffällige Art, die Benvolio so gut kannte, den Laden. Benvolio packte den überraschten Buchhändler an beiden Händen und bestürmte ihn mit Fragen. Der Buchhändler vermochte jedoch nur wenige davon zu beantworten. Das junge Mädchen war zuvor erst ein Mal in seinem Laden gewesen und hatte lediglich eine Adresse ohne irgendeinen Namen hinterlassen. Es war die Adresse, die Benvolio schon kannte. Bei den Büchern, die sie bestellt hatte, handelte es sich durchweg um gelehrte Werke – Abhandlungen über Philosophie, Geschichte, die Naturwissenschaften, alles Disziplinen, in denen sie bewandert zu sein schien. Einige der Bände, die sie soeben geordert hatte, musste der Buchhändler aus dem Ausland beschaffen; die anderen sollten noch an jenem Abend an die Adresse geliefert werden, die das junge Mädchen hinterlassen hatte. Benvolio stand dabei, als der alte Bücherfreund die gewünschten Bücher zusammensuchte. Plötzlich stieß dieser einen kurzen Ausruf des Entsetzens aus: Einer der Bände einer mehrbändigen Ausgabe fehlte. Es handelte sich um ein seltenes Werk, und es würde schwierig werden, den Verlust zu ersetzen. Benvolio hatte sogleich eine Idee; er bat seinen Freund um die Erlaubnis, als Bote fungieren zu dürfen: Er selbst würde die Bücher austragen, als käme er vom Laden, und er würde das Fehlen des verlorengegangenen Bandes und wie dieser nach Meinung des Buchhändlers wiederzubeschaffen sei, viel besser erklären als einer der angeheuerten Laufburschen. Er bat um die Erlaubnis, sagte ich, doch er wartete nicht, bis sie erteilt wurde; er ergriff hastig den Stapel Bücher und eilte frohlockend davon!

IV

Da auf dem Paket kein Name stand, fragte sich Benvolio, als er das alte graue Haus erreichte, über dessen Hofmauer eine abenteuerlustige Ranke ihren langen Arm in die Straße reckte, wie er es anstellen sollte, zu der Person vorgelassen zu werden, für die die Bücher bestimmt waren. Er war fest entschlossen, unter gar keinen Umständen das Feld zu räumen, ehe er einen flüchtigen Blick in das Innere des Hauses und auf seine Bewohner erhascht hatte – Sie dürfen nicht vergessen, dies war derselbe Mann, der die mondbeschienene Mauer zum Garten der Gräfin erklommen hatte. Eine betagte Dienstmagd mit einer altmodischen Haube öffnete auf sein Klopfen hin die Tür und blinzelte aus einem kleinen runzeligen weißen Gesicht in das schwindende Tageslicht, als sei sie noch nie zuvor genötigt gewesen, so direkt hineinzuschauen.

Benvolio erklärte, er komme vom Buchhändler und habe den Auftrag, dem ehrenwerten Herrn, der das Paket bestellt habe, persönlich eine Nachricht zu überbringen. Dürfte er wohl ergebenst darum ersuchen, ihn zu sprechen? Diese unterwürfige Wendung war eine Eingebung des Augenblicks – er hatte sie auf gut Glück formuliert. Doch aus einem unbestimmten Gefühl heraus war Benvolio überzeugt, dass sie hier ihren Zweck erfüllen würde; das Einzige, was ihn überraschte, war das bereitwillige Einlenken der alten Frau.

«Wenn Sie in einer Büchersache kommen, Sir», sagte sie seufzend und ein wenig schwer atmend, «tue ich wohl nur meine Pflicht, wenn ich Sie hereinlasse.»

Sie ließ ihn eintreten, ging ihm voraus durch mehrere dämmrige Zimmer und führte ihn schließlich in einen Raum, dessen der Tür gegenüberliegende Seite von einem breiten, niedrigen Fenster eingenommen wurde. Durch die kleinen alten Scheiben fiel ein schwaches grünes Licht – das Licht der schon tief im Westen stehenden Sonne, die durch die nassen Bäume des berühmten Gartens schien. Alles andere wirkte düster und antiquiert; die Wände waren Reihe um Reihe mit Büchern bedeckt. In der Nähe des

Fensters saßen, im friedvollen Zwielicht, zwei Personen, von denen eine sich erhob, als Benvolio eintrat. Es war das junge Mädchen aus dem Garten – das junge Mädchen, das vor einer Stunde beim Buchhändler gewesen war. Bei der anderen Person handelte es sich um einen alten Mann, der zwar den Kopf zur Tür wandte, ansonsten aber reglos sitzen blieb.

Diese Bewegung und sein stilles Verharren verrieten Benvolios rascher Auffassungsgabe sogleich, dass der Mann blind war. Als Dichter war Benvolio einfallsreich; ein Gehirn, dem fortwährend Reime abverlangt werden, ist einigermaßen rege. Und so hatte er binnen weniger Augenblicke das Glücksrad kräftig angestoßen. Mehrere Dinge waren geschehen. Er hatte eine freundliche, höfliche Rede gehalten, er wusste gar nicht so recht, worüber eigentlich; und der alte Mann hatte erklärt, er habe eine angenehme Stimme – eine Stimme, die eher einem gebildeten Menschen als einem Laufburschen zu gehören schien. Benvolio gestand, dass er eine gewisse Bildung genossen habe, woraufhin der alte Mann das junge Mädchen aufgefordert hatte, ihm einen Platz anzubieten. Benvolio setzte sich so, dass er sie auf ihrem Stuhl vor dem tief herabreichenden Fenster sehen konnte.

Der Buchhändler unter den Arkaden hielt es für wahrscheinlich, dass Benvolio an diesem Abend noch einmal vorbeikommen werde, um ihm Bericht über seinen Botengang zu erstatten, und bevor er seinen Laden schloss, blickte er die Straße hinauf und hinunter, um zu sehen, ob der junge Mann auf dem Weg zu ihm sei. Benvolio kam zwar noch, aber da war der Laden schon längst geschlossen. Doch das bemerkte er gar nicht; dreimal umrundete er den Platz, ohne dass er es bemerkt hätte. Er war mit seinen Gedanken woanders. Er hatte den ganzen Abend mit dem blinden alten Gelehrten und dessen Tochter zusammengesessen, und er dachte fest und voller Inbrunst an sie. Wenn ich «sie» sage, meine ich natürlich die Tochter.

Einige Tage später erhielt er ein Billett von der Gräfin, in dem sie ihm mitteilte, es wäre ihr ein Vergnügen, ihn bei sich zu empfangen. Er schrieb ihr umgehend, zu seinem unendlichen Bedauern hielten ihn dringende Geschäfte in London fest und er müsse darum bitten, seine Abreise um ein, zwei Tage verschieben zu dürfen. Sein Bedauern war völlig aufrichtig, aber schließlich gab es triftige Gründe für seine Bitte. Benvolio war inzwischen von seinen stillen Nachbarn äußerst angetan, und für den Moment genügte die Art und Weise, wie das junge Mädchen ihn ansah – indem sie zunächst den Blick mit einem vagen, beinahe geistesabwesenden Lächeln auf einen imaginären Punkt über seinem Kopf richtete und ihn dann langsam senkte, bis ihre Blicke sich trafen –, um ihn glücklich zu machen. Er hatte ihren Vater ein weiteres Mal aufgesucht und dann noch einmal und noch einmal, und er sah lebhaft voraus, dass er ihn noch oft aufsuchen würde. Er war in dem Garten gewesen und hatte dessen leichte Moderigkeit, aus der Nähe betrachtet, noch reizvoller gefunden. Benvolio hatte seine ihn äußerst schlecht kleidende Maske abgelegt und seine Nachbarn wissen lassen, dass sein Metier nicht das Austragen von Paketen, sondern das Verfassen von Versen war. Der alte Mann hatte von seinen Versen noch nie etwas gehört; er las nichts, was nach dem sechsten Jahrhundert veröffentlicht worden war, und mittlerweile konnte er auch nur noch mit den Augen seiner Tochter lesen. Benvolio hatte das kleine weiße Bändchen auf dem Tisch liegen sehen und sich vergewissert, dass es tatsächlich das seine war; und er nahm zur Kenntnis, dass das junge Mädchen dem Vater gegenüber nie eine Bemerkung über seinen Inhalt hatte fallenlassen, obwohl es recht abgegriffen aussah. Ich sagte vorhin, während der ersten halben Stunde von Benvolios erstem Besuch seien mehrere Dinge passiert. Unter anderem hatte sich dieses bescheidene junge Mädchen in unseren jungen Mann verliebt. Was geschah, als sie erfuhr, dass gerade er der Verfasser des kleinen weißen Bändchens war, vermag ich kaum zu schildern; ihr unschuldiges Herz begann zu pochen und zu flattern. Benvolio besaß einen alten, in Juchtenleder gebundenen Quartband[10], dem ein angenehmer scharfer Geruch anhaftete. In diesem alten Quartband führte er eine Art Tagebuch – sofern man denn von einem Tagebuch sprechen kann, hatte Benvolio doch zuweilen ein ganzes Jahr verstreichen lassen, ohne einen Eintrag vorzunehmen. Andererseits fanden sich darin endlose Schilderungen eines einzigen Tages. Beim Durchblättern wären Sie nicht selten auf den Namen der Gräfin gestoßen, und zu der Zeit, von der wir jetzt sprechen, hätten Sie auf jeder Seite «den Professor» und eine gewisse Person namens Scholastica erwähnt gefunden. Scholastica war, wie Sie sogleich vermutet haben werden, die Tochter des Professors. Wahrscheinlich war dies nicht ihr richtiger Name, aber es war der Name, den Benvolio ihr gegeben hatte, und wir brauchen nicht exakter zu sein als

er. Mittlerweile wusste er natürlich bereits eine
Menge über sie und ihren verehrungswürdigen
Vater. Vor dem Verlust seines Augenlichts und
seiner Gesundheit war der Professor eine der
imposantesten Stützen der Universität gewesen.
Jetzt war er ein alter Mann; er hatte erst spät geheiratet. Als sich seine Gebrechen einstellten,
gab er seinen Lehrstuhl und seine Vorlesungen
auf und vergrub sich in seiner Bibliothek. Er
machte seine Tochter zu seiner Vorleserin und
Sekretärin, und sein erstaunliches Gedächtnis
kam ihrer klaren jungen Stimme und ihrer leise
dahingleitenden Feder zu Hilfe. In der wissenschaftlichen Welt genoss er sehr hohes Ansehen;
Gelehrte kamen von weit her, um den blinden Weisen zu konsultieren und seine Weisheit als oberste Instanz anzurufen. Die Universität setzte ihm eine Pension aus, und er hauste
in einem düsteren Winkel des akademischen
Schattenreichs. Die Pension war klein, doch der
alte Gelehrte und das junge Mädchen lebten
in klösterlicher Einfachheit. Nun hatte er aber
einen Bruder oder vielmehr einen Halbbruder,
der sich überhaupt nicht für Bücher interessierte, wenn man einmal von seinem Hauptbuch
und seinem Journal absah. Dieser Mensch war
im Handel zu Geld gekommen und hatte sich,

unverheiratet und kinderlos, in das alte graue Haus zurückgezogen, das an Benvolios Garten angrenzte. Er stand im Ruf, ein unerbittlicher Knauser, ein hartherziger alter Geizkragen zu sein, der seine Tage damit verbrachte, durch sein muffiges Haus zu schlurfen und dabei die Münzen in seinen Taschen klimpern zu lassen, und seine Nächte damit, seine Beutel voller Geld hinter Geheimtüren und -klappen hervorzuholen und seinen Schatz zu zählen. Er war nichts weiter als ein Schatten, der einen frösteln machte, ein Name, der üble Assoziationen weckte, ein Anlass, einen Fluch auszustoßen; niemand hatte ihn je zu Gesicht bekommen oder gar die Schwelle zu seiner Wohnung überschritten. Aber offenbar war sein Herz doch nicht ganz aus Stein. Eines Tages schrieb er seinem Bruder, den er seit Jahren nicht mehr gesehen hatte, ihm sei zu Ohren gekommen, dass er blind, gebrechlich und arm sei; er selbst besitze ein großes Haus mit einem Garten dahinter, und der Professor könne, sofern er nicht zu stolz dazu wäre, gern dort wohnen. So war der Professor wenige Wochen zuvor eingezogen, und könnte man auch meinen, einem blinden alten Asketen schiene eine Unterkunft so gut wie die andere, empfand der dennoch seine neue Wohnung als große Annehmlichkeit. Seiner Tochter kam sie vor wie ein Paradies, verglichen mit den beiden engen Kammern unter dem alten Giebel der Universität, war doch ein junges Mädchen dort angesichts des ständigen Kommens und Gehens von Studenten gezwungen, ein Leben in klösterlicher Abgeschiedenheit zu führen.

Als Benvolio sich genötigt gesehen hatte, sich zu seiner wahren Identität zu bekennen, hatte er als Grund für sein Eindringen ein unwiderstehliches Bedürfnis angeführt, die Meinung des alten Mannes zu gewissen verzwickten Fragen der Philosophie einzuholen. Dies war eine verzeihliche Unwahrheit, jedenfalls rechtfertigte das Ergebnis sie. Einmal in eine philosophische Diskussion vertieft, war Benvolio imstande, aus dem Blick zu verlieren, dass es auf der Welt außer der Metaphysik noch etwas anderes gab; er ergötzte sich an transzendenten Abstraktionen und vergaß darüber alle konkreten Dinge – sogar das schönste aller konkreten Dinge, die Gräfin. Ihn verlangte danach, im weiten Ozean der reinen Vernunft auf Entdeckungsreise zu gehen. Er wusste, dass der allzu kühne Abenteurer von solchen Reisen nur selten zurückkehrt; doch warum sollte er der düsteren Welt der Tatsachen nachtrauern, wenn er dafür ein El Dorado des

Denkens fände? Benvolio führte anspruchsvolle Gespräche mit dem Professor, der ein leidenschaftlicher Neuplatoniker war und dessen bewunderungswürdiger Verstand die ätherischen Spekulationen der alexandrinischen Schule[11] zu differenzierterer Feinheit weitergesponnen hatte. Damals erklärte Benvolio, Studium und Wissenschaft seien das Einzige im Leben, das der Mühe wert sei, und er fragte sich, wie gewöhnlichere Beschäftigungen ihm jemals auch nur einen Augenblick lang etwas bedeutet haben konnten. Er verfasste ein kleines Gedicht im Stil von Miltons «Penseroso»[12], das, erreichte es auch nicht ganz die Vortrefflichkeit jener berühmten Verse, doch zumindest das gelungenste eigene Werk des jungen Mannes war. Wenn Benvolio etwas mochte, dann mochte er es voll und ganz – dann sprach es alle seine Sinne an. Er fand Gefallen an allem, was dazu gehörte, an den Begleitumständen, den Äußerlichkeiten. Wo bei dem Vergnügen, das seine Besuche beim Professor ihm bereiteten, der philosophische Reiz begann und wo er endete, war schwer zu sagen. Begann er mit einem Blick auf die sanften, blinden blauen Augen des alten Mannes, die reglos unter dessen struppigen weißen Brauen saßen wie Tupfen eines blassen Winterhimmels unter

280

einer hoch aufgetürmten Wolke, so endete er
wohl kaum, ehe dieser die kleine schwarze Run-
dung an Scholasticas Pantoffel erreichte, und
zweifellos hatte er zwischenzeitlich auch alles
andere in Augenschein genommen. Es gab an
seinen Freunden nichts, was für seinen empfäng-
lichen Geist nicht von Reiz, von Interesse, von
Bedeutung gewesen wäre. Ihre Zurückgezogen-
heit, ihre innere Ruhe, ihre überaus einfachen
Vorstellungen von der Welt und deren Treiben,
der schwache antiquierte Geruch der Universität, der sie umgab, ihre düstere alte Wohnung,
in die der Stadtklatsch nicht einzudringen vermochte – all dies trug zu seiner Erbauung bei.
Vielleicht war das Wesentliche daran aber auch,
dass in diesem stillen, einfachen Leben die in-
tellektuelle Saite, wenn man sie berührte, so
wunderbar mitschwang. Was die Welt des Denkens betraf, gab es nichts, worin seine Freunde
nicht eingeweiht gewesen wären – nichts, was
sie nicht verstanden hätten. Das warme Licht in
dem Zimmer mit der niedrigen Decke, durchzogen von den schräg einfallenden Sonnen-
strahlen, in denen die Staubkörnchen vor den
dunklen Bücherregalen tanzten, verströmte eine
Atmosphäre geistiger Regsamkeit. Aufgrund all
dessen waren der Professor und seine Tochter, so

bescheiden sie auch sein mochten, keineswegs so naiv, wie sie auf den ersten Blick erschienen. Auch sie kannten, auf ihre eigene Weise, die Welt; sie waren keine Leute, die man herablassend behandelte; sie zu besuchen bedeutete kein gönnerhaftes Entgegenkommen, sondern ein Privileg.

Im Fall des Professors überraschte dies nicht weiter. Er hatte fünfzig Jahre mit emsigem Studium verbracht, und dass er ehrwürdig und gelehrt war, gehörte zu seiner Persönlichkeit und seinem Amt. Doch sein hingebungsvolles Töchterchen erschien Benvolio anfangs auf beinahe groteske Weise klug. Sie war eine Ausnahmeerscheinung, ein Phänomen, eine bezaubernde Monstrosität. Bezaubernd war sie fraglos und – das muss ich, ohne noch mehr Zeit zu vertun, nun endlich sagen – auch tatsächlich so hübsch, wie Benvolio schon von seinem Fenster aus vermutet hatte. Dennoch offenbarte sich ihre Hübschheit selbst bei einer Betrachtung aus nächster Nähe erst allmählich. Es war, als sei sie durch mehrere Lagen hauchdünner Schleier verdeckt, die man nacheinander beiseite ziehen musste. Und dann kam eine so schlichte, schüchterne, hintergründige Hübschheit zum Vorschein, dass Benvolio, in den erwähnten privaten Aufzeichnungen, gar nie auf die Idee kam, sie mit dem anmaßenden Begriff Schönheit zu bezeichnen. Ja, er erwähnte sie überhaupt nicht, er gab sich damit zufrieden, sie zu genießen – indem er in die sanften grauen Augen des Mädchens blickte und absichtlich Dinge sagte, die ihr offenes Lächeln (gleich den sich ausbreitenden kleinen Wellen eines Sees) immer breiter werden ließen, bis es schließlich ein bestimmtes Grübchen auf ihrer linken Wange erreichte. Dies war durch nichts zu übertreffen; kein Lächeln konnte mehr bewirken, und Benvolio vermochte sich nichts Schöneres vorzustellen. Dennoch kann ich nicht sagen, dass er in das junge Mädchen verliebt gewesen wäre; er hatte sie lediglich gern. Aber gern hatte er sie zweifellos, so gern, wie ein Mann nur einmal in seinem Leben etwas gern hat. Als er sie besser kennenlernte, empfand er ihre große Gelehrsamkeit bald nicht mehr als Kuriosität; sie kam ihm vielmehr völlig natürlich vor, und er fragte sich nur, weshalb es nicht mehr Frauen ihres Schlages gab. Scholastica hatte anstelle von Muttermilch den Wein der Wissenschaft eingesogen. Ihre Mutter starb, als Scholastica noch ein Säugling war, und sie ließ sie in einer Wiege in Gestalt eines alten Folianten zurück, der, einem breiten V gleich, zu drei Vierteln geöffnet war. Ihr Vater war ihr Kindermädchen, ihr Spielgefährte, ihr Lehrer, ihr lebenslanger Begleiter, ihr einziger Freund gewesen. Er hatte ihr das griechische Alphabet beigebracht, noch ehe sie ihr eigenes kannte, und sie mit Krumen gefüttert, die bei seinen Gelagen der Gelehrsamkeit abfielen. Sie hatte demütig genommen, was ihr gegeben wurde, und ohne sich dessen bewusst zu sein, wuchs sie zu einer kleinen Dienerin der Wissenschaft heran.

Benvolio erkannte, dass sie keineswegs eine Frau von überragender Geisteskraft war. Das Streben nach Erkenntnis hätte sie, aus eigenem Antrieb, nicht sehr weit getragen. Doch sie verfügte über eine vollendete Auffassungsgabe – einen Geist so klar und still und natürlich wie ein Waldteich, der ein exaktes, scharf umrissenes Abbild von allem zurückwirft, was ihm dargeboten wird. Überdies war sie so gelehrig, so eifrig, so unermüdlich. War sie auch schlank und hager, und zudem recht blass, denn sie hielt sich wenig im Freien auf, wurde sie doch nie müde, hatte sie nie Kopfschmerzen, schloss sie nie ein Buch mit einem Seufzer, legte sie nie eine Feder überdrüssig nieder. Benvolio sagte sich, sie sei ganz vorzüglich dafür geschaffen, einem Mann zu helfen. Welches Arbeitspensum könnte er an Sommervormittagen und Winterabenden bewältigen mit diesem heiter-zurückhaltenden kleinen Geschöpf an seiner Seite, das kopierte, sich in die Sache hineindachte und mit ihm fühlte! Er fragte sich, wie viel ihr diese Dinge bedeuteten, ja ob sie einer Frau überhaupt etwas bedeuten konnten, ohne dass diese griesgrämig und verschlossen war. Und großenteils, um darüber Auskunft zu erhalten, pflegte er mit der erwähnten Häufigkeit ihre Augen zu befragen. Doch sie gaben ihm nie eine ganz eindeutige Antwort, und deshalb kam er immer wieder. Sie schienen zu sagen: «Könnten Sie um meinetwillen das Leben eines Forschers führen, dann könnte ich um Ihretwillen mein Lebtag lang Diktate aufnehmen und Manuskripte kopieren.» War es die göttliche Philosophie, die Scholastica so reizvoll machte, oder war sie es, die die Philosophie göttlich machte?

Ich kann nicht alles erzählen, was zwischen diesen beiden jungen Leuten geschah, und ich muss einen Großteil Ihrer Phantasie überlassen. Der Sommer ging zu Ende, und als die Herbstnachmittage neblig zu werden begannen, war aus dem stillen Paar in dem alten grauen Haus ein gesprächiges Trio geworden. Für Benvolio waren die Tage sehr schnell vergangen, das Trio hatte sich über so vieles unterhalten. Gar manche Stunde hatte er mit dem jungen Mädchen im Garten verbracht; zusammen waren sie über die vom Unkraut überwucherten Wege spaziert oder hatten sich auf einer bemoosten Bank ausgeruht. Scholastica war eine wunderbare Zuhörerin, da sie nicht nur aufmerksam war, sondern ihm auch folgen konnte. Benvolio hatte Frauen gekannt, die sehr schöne Augen unverwandt auf ihn richteten, mit verzückter Miene an seinen Lippen hingen und ihm dennoch drei Minuten später nicht sagen konnten, worüber er gerade gesprochen hatte. Scholastica starrte ihn zwar an, aber sie verstand ihn auch.

V

Sie werden sagen, ich hätte Benvolio mit meiner Beschreibung unrecht getan; vielmehr erweise er sich, weit davon entfernt, der wetterwendische Bursche zu sein, als den ich ihn geschildert habe, geradezu als Musterbeispiel an Beständigkeit. Aber hören Sie, wie es weitergeht! Just zu jener Zeit wachte er eines Morgens mit Kopfschmerzen und dem heftigsten Widerwillen gegen abstrakte Wissenschaft auf, nachdem er am Abend zuvor beim Zubettgehen noch Lobeshymnen auf die göttliche Philosophie gesungen hatte. Er erinnerte sich, dass Scholastica ihm erzählt hatte, sie habe nie Kopfschmerzen, und schon der Gedanke daran brachte ihn auf. Er ertappte sich plötzlich dabei, dass er sie nur noch als ein hübsches kleines mechanisches Spielzeug sah, aufgezogen, damit es Seiten umblätterte und Dinge in gefälliger Handschrift niederschrieb, doch ohne einen Kopf oder ein Herz, die fähig gewesen wären, menschliche Qualen zu empfinden. Er schlief erneut ein, und in einem jener kurzen, aber lebhaften Träume, die sich mitunter in den Morgenstunden einstellen, erschien ihm, strahlend und schön, die Gräfin. *Sie* war ohne jeden Zweifel menschlich und bestens vertraut mit Kopfschmerz und Herzeleid. Er verspürte ein unwiderstehliches Verlangen, sie zu sehen und ihr zu sagen, dass er sie anbete. Die Befriedigung dieses Verlangens war nicht unmöglich, und noch ehe der Tag zur Neige ging, war er schon auf dem Weg, sie sich zu verschaffen. Er verließ die Stadt und pilgerte zum Landgut der Gräfin, wo sie wie üblich Hof hielt und ein vergnügliches Leben führte. Er hatte vorgehabt, eine Woche bei ihr zu bleiben; er blieb zwei Monate – die unterhaltsamsten zwei Monate, die er je erlebt hatte. Ich kann natürlich nicht den Anspruch erheben, sämtliche Zerstreuungen aufzuzählen, denen dieser glückliche Zirkel sich hingab, oder zu sagen, wie genau Benvolio jede einzelne Stunde seiner Zeit verbrachte. Doch war ihm der Sommer schon schnell vergangen, so eilte der Herbst nicht minder rasch dahin. Dann und wann dachte er einmal an Scholastica und ihren Vater – dann und wann wohlgemerkt, wenn seine augenblickliche Beschäftigung ein Abschweifen seiner Gedanken zuließ. Dies war nicht oft der Fall, denn die Gräfin hatte, wie man so sagt, immer jede Menge Pfeile im Köcher. Sehen Sie, für Benvolio hatte alles Negative auch immer eine eindeutig positive Seite, und er entschuldigte seine Unbeständigkeit in einer Sache damit, dass er dafür in einer anderen sehr beharrlich war. Während seines Aufenthalts bei der Gräfin entfaltete er ein Talent, das er noch nie erprobt, ja von dem er bis dahin gar nichts geahnt hatte: Es stellte sich heraus, dass er brillante Bühnenstücke zu verfassen vermochte. In einem großen Landhaus boten sich die langen Herbstabende geradezu an, dem vielgeschmähten Zeitvertreib zu frönen, der als Liebhaberaufführungen bekannt ist. Die Gräfin besaß ein Theater und reichlich Requisiten für eine Truppe von Amateurschauspielern; alles, was fehlte, war ein Stück, das genau auf die vorhandenen Mittel zugeschnitten war. Sie schlug Benvolio vor, er solle doch eines schreiben. Die Idee gefiel ihm; er schloss sich in der Bibliothek ein und schuf binnen einer Woche ein Meisterwerk. Das Sujet hatte er eines Tages, als er die Bücher der Gräfin in Augenschein nahm, in einer alten handschriftlichen Chronik gefunden, die vom Kaplan eines der Vorfahren ihres verstorbenen Gatten verfasst worden war. Sie berichtete in groben Zügen von einem wundersamen Drama, und Benvolio bereitete der Versuch, ein Kunstwerk daraus zu machen, großes Vergnügen. All seine schöpferische Kraft, all seine Phantasie verwandte er darauf. Dies ist die wahre Bestimmung meiner Fähigkeiten, sagte er sich begeistert – das Studium glühender menschlicher Leidenschaften, das Malen prächtiger dramatischer Gemälde, und nicht der trockene, haarspalterische Disput. Sein Stück wurde mit glänzendem Erfolg aufgeführt, die Gräfin höchstpersönlich gab die Heldin. Er hatte sie nie auf hohem Kothurn[13] einherschreiten sehen und keine Ahnung von ihrer schauspielerischen Begabung gehabt, doch sie war unnachahmlich, sie war eine geborene Künstlerin. Was dem Leben seinen Reiz verleiht, sagte Benvolio daraufhin zu sich selbst, ist das Moment des Unerwarteten, und das findet man nur bei Frauen wie der Gräfin. Ich täte ihm aber unrecht, deutete ich hier an, er hätte einen unbilligen Vergleich angestellt, denn er dachte nicht einmal an Scholastica. Sein Stück wurde mehrmals aufgeführt, und Leute aus der ganzen Gegend wurden eingeladen, es sich anzusehen. Für die Dienstboten hatte man im Schlosshof ein großes Feldlager eingerichtet, wo in den kalten Novembernächten eigens ein Feuer angezündet wurde, damit sie sich daran wärmen konnten. Es war ein großer Triumph für Benvolio, und er genoss ihn unübersehbar. Er wusste, dass er ihn genoss, wusste, welch großer Triumph es war, und er verspürte eine unbändige Lust, den Becher bis zur Neige zu leeren. Er schwelgte in seinem eigenen Hochgefühl und hielt sich selbst für erlesene Gesellschaft. Er begann sofort mit der Arbeit an einem neuen Bühnenstück – einer Komödie diesmal – und stellte mit Interesse fest, dass er, während sein Werk im Entstehen begriffen war, alle Menschen in seiner Umgebung als Charaktere und Figuren betrachtete, auf die er zurückgreifen konnte. Alles, was er sah oder hörte, war Wasser auf seine Mühlen; alles präsentierte sich als mögliches Material. Unter diesen Bedingungen wurde das Leben wahrhaft interessant, und mehrere Nächte lang ließ der Ehrgeiz, es Molière gleichzutun, Benvolio nicht schlafen.

Doch so ergötzlich dies alles auch war, es konnte nicht ewig andauern. Als die Winternächte einsetzten, kehrte die Gräfin nach London zurück und mit ihr Benvolio, seine unvollendete Komödie in der Tasche. Während eines großen Teils der Reise war er schweigsam und geistesabwesend, und die Gräfin vermutete, er überlege, wie er das Beste aus jener köstlichen Situation im dritten Akt herausholen könnte. Der Scharfblick der Gräfin reichte gerade aus, sie zu dieser Annahme gelangen zu lassen – sie also, mit anderen Worten, zu einem verständlichen Irrtum zu verleiten. Tatsächlich aber grübelte Benvolio darüber nach, was in aller Welt plötzlich aus seiner Inspiration geworden war und weshalb die witzigen Bemerkungen in seinem Stück und seiner Komödie ihm mit einem Mal so seelenlos vorkamen wie der Peitschenknall des Postillions. Er blickte auf die Stoppelfelder, die rostfarbenen Wälder, den trüben Himmel hinaus und fragte sich, ob *das* die Welt war, der den Spiegel vorzuhalten noch gestern sein größter Ehrgeiz gewesen war. Die *dame de compagnie*[14] der Gräfin saß ihm gegenüber in der Kutsche. Gestern noch hatte er sie mit ihrem blassen, Diskretheit ausdrückenden Gesicht und ihren fahrigen Bewegungen, die Gleichmut vortäuschen sollten, für ein geradezu vollendetes Exemplar ihrer Gattung gehalten. Heute konnte er nur sagen, dass es ein großer Jammer wäre, sollte es tatsächlich eine ganze Gattung ihresgleichen geben, denn die arme Dame kam ihm erbärmlich unaufrichtig und unterwürfig vor. Die Wirklichkeit schien grässlich; er hatte Heimweh nach seinen geliebten vertrauten Zimmern zwischen dem Garten und dem großen Platz, und er sehnte sich danach, endlich wieder dort zu sein, die Tür hinter sich zu verriegeln, sich in seinem alten Lehnstuhl zu vergraben und in alle Ewigkeit den Idealismus zu kultivieren. Als er schließlich in sein Reich zurückkehrte, trat er als Erstes ans Fenster, um in den Garten hinauszublicken. Dieser hatte sich während seiner Abwesenheit sehr verändert, und die alten verstümmelten Statuen, die im Sommer behaglich in frisches Grün gehüllt gewesen waren, standen nun, in kuriosem Widerspruch zu dem, was eigentlich angemessen gewesen wäre, weiß und nackt in der Kälte. Ich kann nicht sagen, wie schnell Benvolio seine Nachbarn aufsuchte. Sehr viel Zeit ließ er sich damit nicht, aber wohl doch eine Weile. Er hatte ein schlechtes Gewissen und wusste nicht so recht, was er ihnen sagen sollte. Ihm schien jetzt (auch wenn er früher nicht auf den Gedanken gekommen war), sie könnten ihm vielleicht vorwerfen, er hätte sie vernachlässigt. Er hatte ihre Freundschaft gesucht, hatte höchste Wertschätzung für sie bekundet und ihnen dann, ohne ein Wort der Erklärung und ohne sich von ihnen zu verabschieden, den Rücken gekehrt. Er hatte ihnen nicht geschrieben; ja, während seines Aufenthalts bei der Gräfin wäre es ihm nicht einmal schwergefallen, sich einzureden, er habe von diesen Leuten nur geträumt oder bestenfalls in irgendeinem alten Memoirenband über sie gelesen. Jetzt konnte er sich vorstellen, dass sie sagten, mit Menschen wie ihnen gebe man sich nicht aus einer Laune heraus ab und lasse sie dann wieder fallen; und bedeutete Freundschaft für ihn nicht das, was sie darunter verstanden, wäre es besser, wenn er sie ein für alle Mal vergäße. Es ist vielleicht übertrieben, zu behaupten, er hätte sich tatsächlich vorgestellt, sie würden all das sagen; dazu waren sie zu freundlich und zu höflich, und sie waren es nicht gewohnt, sich selbst zu verteidigen. Doch sie würden ihn womöglich auf eine Weise empfangen, die leisen

Groll erkennen ließe. Benvolio kam sich erniedrigt, entehrt, beinahe beschmutzt vor, so dass er vielleicht schließlich vor allem deshalb zu seinen Freunden zurückkehrte, weil es der einfachste Weg war, sich reinzuwaschen. Und wie empfingen sie ihn? Ich habe Ihnen schon vor einer ganzen Weile erzählt, dass Scholastica in ihn verliebt war, und Sie mögen sich die Szene auf jede beliebige Art und Weise ausmalen, die diesem Umstand am besten Rechnung trägt. Ihre Bereitschaft, ihm zu vergeben, war, sowie diese Saite einmal angeschlagen wurde, natürlich nicht minder groß als ihr Unmut. Doch Benvolio flüchtete sich vor seinen eigenen Gewissensbissen wie auch vor den Vorwürfen des jungen Mädchens, in welcher Form auch immer diese vorgebracht wurden, in ein umfassendes Geständnis dessen, was er als seine Leichtfertigkeit zu bezeichnen beliebte. Als er mit Scholastica durch den kahlen Garten spazierte und dabei gegen das vertrocknete Laub trat, erzählte er ihr die ganze Geschichte seines Aufenthalts bei der Gräfin. Das junge Mädchen lauschte mit lebhafter Aufmerksamkeit, geradeso wie sie einer spannenden Passage aus einem Liebesroman gelauscht hätte; doch sie seufzte nicht, sie blickte auch nicht wehmütig drein, und sie schien weder die Gräfin zu beneiden noch sich über ihre eigene Unkenntnis der feinen Welt zu grämen. Es war alles viel zu weit entfernt von ihrem eigenen Leben, um Vergleiche anzustellen; es war nichts, was für Scholastica je auch nur im Bereich des Möglichen gelegen hätte. Benvolio erzählte ihr ganz freimütig von der Gräfin. Scholastica schien es zu gefallen, und Benvolio seinerseits stellte fest, dass es ihn erleichterte; und da er nichts sagte, was der Gräfin nicht geschmeichelt hätte, schadete es niemandem. Aber auch wenn Benvolio sich nur lobend über diese distinguierte Dame äußerte, bekannte er doch ganz offen, dass sie und ihr Lebensstil letztendlich jedes Mal bewirkten, dass er schlechter gelaunt fortging, als er gekommen war. Beide seien auf ihre Weise gut, sagte er, aber ihre Art und ihr Lebensstil seien nun einmal nicht die seinen – das scheine nur bisweilen so. Für ihn, davon sei er überzeugt, liege das einzig wahre Glück in den Wonnen des Studiums! Scholastica erwiderte, es bereite ihr große Genugtuung, das zu hören, denn ihr Vater sei der Meinung, Benvolio besitze eine hohe Begabung für philosophische Forschung und es sei eine heilige Pflicht, eine so seltene Gabe zu pflegen.

«Und was meinen Sie?», fragte Benvolio, als

er sich erinnerte, dass das junge Mädchen mehrere seiner Gedichte auswendig konnte.

«Meiner Meinung nach sind Sie ein Dichter», antwortete sie ganz schlicht.

«Und ein Dichter sollte nicht das Wagnis eingehen, ein Pedant zu werden?»

«Nein», antwortete sie, «ein Dichter sollte jedes Wagnis eingehen – selbst das, das für einen Dichter vielleicht den größten Greuel bedeutet. Doch er sollte alle Wagnisse unbeschadet überstehen!»

Benvolio hörte mit großer Genugtuung, dass der Professor der Ansicht war, er habe das Zeug zum Philosophen, und dies gab dem Eifer, mit dem er sich abermals an die Arbeit machte, neuen Auftrieb.

VI

Natürlich kann auch der eifrigste Student nicht immer nur arbeiten, und nach einem sehr philosophischen Tag verbrachte Benvolio häufig einen sehr gefühlvollen Abend bei der Gräfin. Als wahrheitsliebender Berichterstatter darf ich nicht verhehlen, dass er mit der Gräfin über Scholastica sprach. Er gab eine so verwirrende

Beschreibung von ihr, dass die Gräfin erklärte, sie müsse ein wahrlich wundersames Geschöpf sein, und meinte, es wäre gewiss äußerst unterhaltsam, sie kennenzulernen. Sie nahm nicht an, Benvolio könnte in diesen kleinen Bücherwurm in Unterröcken verliebt sein, doch um ganz sicherzugehen – wenn man das sichergehen nennen kann –, fragte sie ihn ganz gezielt danach. Er sagte nein; wie sollte er denn in Scholastica verliebt sein, wo er doch in die Gräfin verliebt war! Eine Weile lang beruhigte sie diese Antwort, doch als der Winter fortschritt, begann sie darüber nachzugrübeln, ob ein Mann denn nicht in zwei Frauen gleichzeitig verliebt sein konnte. Über viele Monate hinweg führte Benvolio nun eine Art Doppelleben. Bisweilen empfand er dies als äußerst reizvoll, und es gab ihm ein beflügelndes Gefühl persönlicher Macht. Er war ein häufiger Gast im Domizil seiner liebenswürdigen Nachbarn und sog gierig das gesammelte Wissen von Jahrhunderten in sich auf; und ebenso häufig erschien er im Salon der Gräfin, wo er seine Rolle mit außerordentlicher Begeisterung und Inbrunst spielte. Es war ein abwechslungsreiches Leben voller Gegensätze, und es erforderte wahrlich ein energiegeladenes und anpassungsfähiges Naturell. Mitunter schien ihm das seine der Situation nicht ganz gewachsen – er fühlte sich fiebrig, verwirrt, erschöpft. Doch wenn es darum ging, sich für das eine oder das andere zu entscheiden, vermochte er weder seine auf weltliche Genüsse gerichteten Gewohnheiten noch seine der Gelehrsamkeit verpflichteten Ambitionen aufzugeben. Benvolio raste innerlich vor Empörung ob der grausamen Beschränktheit des menschlichen Geistes und erklärte, es sei eine Schande, dass ein Mann nicht imstande sei, alles, was er sich vorstellen könne, auch tatsächlich zu tun. Ich kann nicht sagen, wie die Gräfin es anstellte, doch sie war zu dieser Zeit anziehender denn je. Ihre Schönheit besaß plötzlich eine strahlendere, wärmere Note, und sie hatte eine ganz eigene Art, einen anzusehen, denn wenn sie sich mit vage vorwurfsvollem Blick langsam abwandte, lag darin gleichzeitig eine Ermutigung, die in manch jugendlicher Brust eine aussichtslose Leidenschaft entfachte. Eines Tages war Benvolio in der Stimmung, seine Komödie zu vollenden, und die Gräfin und ihre Freunde führten sie auf. Der Erfolg war nicht weniger glänzend als der seines ersten Stücks, und der Theaterdirektor erbat sich sogleich das Privileg, das Werk auf die Bühne bringen zu dürfen. Sie werden mir wohl kaum glauben, wenn ich Ihnen sage, dass der exzentrische Autor an dem Abend, da seine Komödie der Öffentlichkeit vorgestellt wurde, mit dem Professor und seiner Tochter zusammensaß und mit ihnen über das Absolute und das Relative diskutierte. Schon den ganzen Winter über war Benvolio aufgefallen, dass Scholastica nie hübscher aussah, als wenn sie des Abends im warmen Lichtschein einer bestimmten alten Messinglampe saß und beschaulich mit ihrer Sticknadel hantierte. An dem zur Debatte stehenden Abend musste er plötzlich an dieses Bild denken, und er stapfte eigens durch den Schnee, um es sich anzusehen. Es war noch lieblicher, als seine Erinnerung es ihm verheißen hatte, und verbannte jeglichen Gedanken an seinen Theaterruhm aus seinem Kopf. Scholastica schenkte ihm eine Tasse Tee ein, und ihr Tee war, aus unerfindlichen Gründen, köstlich; besser, merkwürdigerweise, als der der Gräfin, die indes, wie man hinzufügen muss, beim Kaffee Boden gutmachen konnte. Der geizige Bruder des Professors besaß ein Schiff, das Fahrten nach China unternahm und stattliche Kisten der unvergleichlichen Pflanze nach Hause brachte. Er verkaufte die Ladung für beträchtliche Summen, eine Kiste behielt er jedoch für sich selbst. Es war stets die beste, und damals hatte er gerade einen Teil seines jährlichen Almosens, sorgfältig abgemessen, zu einem Päckchen verpackt und es Scholastica überreicht. Dies ist das Geheimnis von Benvolios duftendem Tee. Während er ihn an dem Abend, von dem ich spreche, trank – ich schäme mich zu sagen, wie viele Tassen es waren – wurde im Theater sein Name über die Rampenlichter hinweg einer erlesenen, lautstark Beifall zollenden Menge zugerufen, die ihn als den Retter der nationalen Bühne feierte. Aber ich bin nicht einmal sicher, ob er seinen Freunden überhaupt erzählte, dass gerade sein Stück aufgeführt wurde. Tatsächlich war dies kaum möglich, wollte ich doch eben sagen, dass er selbst es ganz vergessen hatte.

Fest steht indes, dass er am nächsten Tag die Kritiken in den Zeitungen genoss. Strahlend und frohlockend suchte er, ein halbes Dutzend davon in der Tasche, die Gräfin auf. Doch die empfing ihn mit schrecklich finsterer Miene. Sie war im Theater gewesen, darauf eingestellt, seinen Triumph in vollen Zügen auszukosten – ihm gleichsam mit eigenen Händen den Lorbeerkranz aufs Haupt zu setzen, den das Publikum ihm zuerkannt hatte –, und hatte sein Fernbleiben als eine Art persönlicher Kränkung empfunden. Dennoch hatte sein Triumph ihr außerordentliches Wohlgefallen bereitet, war er doch die Bestätigung der Hoffnungen, die sie im Stillen auf ihn gesetzt hatte. Zweifellos würde aus ihm ein bedeutender Mann werden, und dies war nicht der Augenblick, ihn gehen zu lassen! Zudem hatten seine Gleichgültigkeit, sein Mangel an Beflissenheit, seine Fähigkeit, über die ihm zuteilwerdenden Ehrungen so einfach hinwegzugehen, etwas Edles. Lediglich ein intellektueller Krösus, sagte sich die Gräfin, konnte es sich leisten, Ruhm derart geringzuschätzen. Doch sie bestand darauf, zu erfahren, wo er gewesen war, und er erzählte ihr, er habe mit dem Professor über Philosophie und Tee diskutiert.

«Und war die Tochter nicht auch dabei?», wollte die Gräfin wissen.

«Gewiss doch!», rief er. Und nach einem Moment fügte er hinzu: «Ich weiß nicht, ob ich es Ihnen schon einmal gesagt habe, aber sie ist beinahe genauso hübsch wie Sie.»

Die Gräfin ärgerte sich über das Kompliment für Scholastica weit mehr, als sie sich über das Kompliment freute, das er ihr selbst gemacht hatte. Sie war äußerst neugierig darauf, diese tintenfingrige Sirene zu sehen, und da sie, früher oder später, immer bekam, was sie wollte, gelang es ihr schließlich auch, einen Blick auf ihre unschuldige Rivalin zu erhaschen. Dazu musste sie allerdings alle möglichen Hebel in Bewegung setzen. Sie veranlasste Benvolio, in seinen Räumen ein Gabelfrühstück für einige Damen zu geben, die den Wunsch geäußert hatten, seine Kunstwerke zu sehen, und zu deren Begleiterin sie sich selbst ernannt hatte. Sie sorgte dafür, dass er ihnen Zutritt zu einem bestimmten Nebenraum gewährte, der auf den Garten hinausging, und dort am Fenster verbrachte sie den Großteil ihrer Zeit. Es bestand nur eine kleine Chance, dass Scholastica in den Garten herauskam, doch es war eine Chance, auf die zu setzen der Mühe wert war. Die Gräfin wappnete sich mit Zeit und Geduld und wurde schließlich belohnt. Scholastica kam heraus. Das arme Mädchen spazierte eine halbe Stunde lang umher, ohne sich auch nur im Geringsten bewusst zu sein, dass die Gräfin sie mit ihren schönen Augen verschlang. Der Eindruck, den sie hinterließ, war zwiespältig. Die Gräfin fand sie hübsch und hässlich zugleich: Ihr selbst erschien sie nicht bewundernswert, doch konnte sie verstehen, dass Benvolio an ihr Gefallen gefunden hatte. Sie persönlich verabscheute sie, und als Scholastica ins Haus zurückkehrte und die Gräfin sich vom Fenster abwandte, trat sie als Erstes vor einen Spiegel, der ihr etwas zeigte, was ihr, unvoreingenommen betrachtet, tausendmal schöner schien. Die Gräfin verlor kein Wort über die Sache und achtete sorgsam darauf, dass Benvolio nicht merkte, welchen Streich sie ihm gespielt hatte. Noch etwas schwor sie sich zu tun, und ungeduldig wartete sie auf eine günstige Gelegenheit.

Mitten im Winter verkündete sie Benvolio, dass sie zehn Tage auf dem Land verbringen wolle; sie habe die reizvollsten Schilderungen der augenblicklichen Verhältnisse auf ihrem Landgut erhalten. Es habe ergiebige Schneefälle gegeben, und die Bedingungen zum Schlittenfahren seien hervorragend; die Seen und Bäche seien zugefroren, der Mond scheine vom wolkenlosen Himmel, und der ansässige Landadel vergnüge sich die halbe Nacht damit, im Schein von Fackeln eiszulaufen. Die Gräfin liebte Schlittenfahren und Eislaufen gleichermaßen, und sie fand die Aussicht darauf unwiderstehlich. Und dann zeigte sie sich von ihrer mildtätigen Seite und bemerkte, dass sie dem armen Landadel vor Ort, dessen Vergnügungen sonst eher bescheidener Art seien, eine Gefälligkeit erweise, wenn sie ihr Haus öffne und ein, zwei Bälle gebe, auf denen die Fiedler aus dem Dorf aufspielten.

Vielleicht könne man ja sogar eine Bärenjagd organisieren – ein Zeitvertreib, bei dem, sofern er ordentlich durchgeführt werde, eine Dame durchaus als Zuschauerin teilnehmen könne. All dies erzählte die Gräfin Benvolio eines Tages, als er, zu der Stunde, die dem Abendessen vorausgeht, mit ihr in ihrem Boudoir im Feuerschein des Kamins saß. Mehr als einmal hatte sie gesagt, dass er aufbrechen müsse – dass sie sich umziehen müsse; doch keiner der beiden hatte sich von der Stelle gerührt. Sie lud ihn nicht ein, sie aufs Land zu begleiten; sie beobachtete ihn lediglich, wie er dasaß und mit gerunzelter Stirn auf das Feuer im Kamin starrte – auf die knisternden, hell lodernden großen Holzscheite, die in den von Bären bewohnten Wäldern der Gräfin geschlagen worden waren. Zu guter Letzt erhob sie sich ungeduldig und warf ihn geradezu hinaus. Nachdem er gegangen war, blieb sie, die Fußspitze auf dem Kamingitter, einen Augenblick stehen und sah ins Feuer. Sie brauchte nicht lange zu warten; er kam noch in derselben Minute zurück – kam zurück und bat um ihre Erlaubnis, sie aufs Land begleiten, mit ihr im kristallenen Mondlicht eislaufen und zum Klang der Dorfgeigen tanzen zu dürfen. Es spielt wohl kaum eine Rolle, mit welchen Worten ihm seine

Bitte gewährt wurde; entscheidend ist, dass er sie geäußert hatte. Er war ihr einziger Begleiter, und als sie sich im Schloss eingerichtet hatten, fiel die Gastfreundschaft dem ansässigen Landadel gegenüber weniger großzügig aus als versprochen. Benvolio beklagte sich darüber nicht, war er doch, während dieser guten Woche, leidenschaftlich in seine Gastgeberin verliebt. Sie unternahmen lange Schlittenfahrten und sogen die Poesie des Winters ein. Die blauen Schatten auf dem Schnee, das kalte bernsteinfarbene Licht im Westen, die blattlosen Zweige vor dem schneeschwangeren Himmel, all das bereitete ihnen außerordentliches Vergnügen. Die Nächte waren sogar noch besser, wenn, ehe der Mond aufging, die großen silbernen Sterne das blanke Eis glitzern ließen und die junge Gräfin und ihr Liebster sich, Hand in Hand, in Bewegung setzten und leichtfüßig Meile um Meile durch die Dunkelheit glitten. Nach ihrer Rückkehr saßen sie noch eine Weile vor dem großen Kamin in der alten Bibliothek und tranken aus kleinen Bechern mit Gewürzen erhitzten Wein. Vielleicht war es hier, mit dem Becher in der Hand – dieser Punkt ist unklar –, dass Benvolio die letzten Fesseln seiner Zurückhaltung sprengte und der Gräfin, auf eine Art und Weise, die sie zufriedenstellte, seine Liebe gestand. In aller Form die Seine zu werden, nur die Seine und die Seine für immer – dies verlangte er ausdrücklich, leidenschaftlich, gebieterisch von ihr. Danach gab sie ihren Ball für ihre Nachbarn vom Land, und Benvolio tanzte zu ausgelassenen, schwungvollen Melodien mit einem Dutzend rotbackiger Schönheiten, die nach der neuesten Mode des vorletzten Jahres gekleidet waren. Die Gräfin ihrerseits tanzte mit den strammen männlichen Pendants dieser jungen Damen, doch sie fand reichlich Gelegenheit, Benvolio zu beobachten. Gegen Ende des Abends sah sie ihn ernst und gelangweilt dreinblicken, die Stirn ganz ähnlich gerunzelt wie damals, als er an jenem letzten Tag in ihrem Boudoir ins Feuer starrte. Zum hundertsten Mal sagte sie sich, dass er doch der sonderbarste Geselle auf Erden sei.

Nach ihrer Rückkehr in die Stadt hatte sie häufig Anlass, sich dies erneut zu sagen. Zuweilen machte er den Eindruck, als bereue er seinen Handel – als behage es ihm ganz und gar nicht, dass die Gräfin nun, da er ihr einziger Liebster war, die einzige Frau in seinem Leben sein sollte. Sie hielt es jetzt für ihr gutes Recht, von ihm zu erfahren, wie er seine Zeit verbrachte, und er verheimlichte ihr nicht, dass er nach seiner Ankunft in der Stadt als Erstes seinen exzentrischen Nachbarn einen Besuch abgestattet hatte. Daraufhin machte sie ihm eine leidenschaftliche Eifersuchtsszene, belegte Scholastica mit einem Dutzend hässlicher Schimpfnamen – nannte sie einen kleinen schäbigen Blaustrumpf[15], eine kleine selbstgerechte hinterhältige Heuchlerin –, verlangte, dass er verspreche, nie wieder mit ihr zu reden, und forderte ihn auf, ein für alle Mal seine Wahl zu treffen. Wolle er ihr angehören oder dieser abscheulichen kleinen Schulmeisterin? Er müsse sich für das eine oder das andere entscheiden; es gebe nur ein Entweder-oder; sie könne unmöglich einen Liebsten haben, auf den so wenig Verlass sei. Die Gräfin sagte nicht, dass sie das unglücklich machen würde, vielmehr wiederholte sie ein Dutzend Mal, dass es sie lächerlich mache. Benvolio wurde kreidebleich; sie hatte ihn noch nie so gesehen; offensichtlich fand in seinem Inneren ein heftiger Kampf statt. Eine schreckliche Szene war die Folge. Er stieß Verwünschungen aus und überhäufte die Gräfin mit Vorwürfen; er bezichtigte sie, sie sei sein böser Geist, sie verleite ihn dazu, seine besten Anlagen zu vernachlässigen, sein Talent verkümmern zu lassen, sein Leben zu vergeuden; und dennoch, so gestand er, sei er ihr verfallen, ziehe sie ihn in ihren Bann, ohne dass er sich dagegen wehren könne, müsse er, gleichgültig, welche Opfer ihm abverlangt würden, ihr Sklave sein. Dieses Geständnis erfüllte die Gräfin mit ungewöhnlicher Befriedigung und entschädigte sie bis zu einem gewissen Grad für die wenig schmeichelhaften Bemerkungen, die es begleiteten. Sie gestand ihrerseits, was sie bisher stets zu stolz gewesen war zuzugeben – dass er ihr nämlich überaus viel bedeutete und sie schon seit Monaten darauf gewartet hatte, er möge etwas dieser Art sagen. Sie gingen mit Gefühlen auseinander, die sich nur schwer beschreiben lassen – sie waren voller Ressentiments und Hingabe, hassten einander und beteten sich gleichzeitig an. Bei alldem handelte es sich um tiefe, aufwühlende Emotionen, und als Künstler verstand Benvolio es stets, auf die eine oder andere Weise von Emotionen zu profitieren, selbst wenn sie ihn verletzten oder erstickten. Zudem empfand er eine Art Hochgefühl, weil er alle Brücken hinter sich abgebrochen hatte, und er schwor sich, sein Glück, sein intellektuelles Glück, im Getümmel des Lebens und der Betriebsamkeit zu suchen. Er arbeitete nicht; seine Schaffenskraft war, zumindest für den Augenblick, gelähmt. Bisweilen fand er das beunruhigend; es schien, als sei sein Talent erschöpft, seine Karriere schon vorzeitig beendet; dann wieder wuchs sein Vertrauen in schwindelerregende Höhen; er vernahm, in bruchstückhaftem Gemurmel, die Stimme der Muse und redete sich ein, er ruhe sich nur aus, er warte, sammle Erkenntnisse. Bald aber wurde er wieder etwas ruhiger; ihm kamen wieder Ideen, und die Welt erschien ihm wieder unterhaltsam. Er verlangte von der Gräfin, dass ihre Verbindung, ohne jede weitere Verzögerung, förmlich besiegelt werde. Doch die Gräfin war, ungeachtet ihrer Hochstimmung, über die Unterredung, die ich soeben geschildert habe, zutiefst erschrocken. Wie Benvolio so mit geballten Fäusten und zornigem Blick stolz auf und ab geschritten war, erschien ihr der Gedanke, diesen Mann zu heiraten, schrecklich; und obwohl sie wusste, dass sie einen starken Willen und starke Nerven besaß, hatte die Vorstellung, zu solchen Szenen könnte es häufiger kommen, sie schaudern lassen. Sie hatte bisher im Großen und Ganzen nur die sanfte und anregende Seite ihres Freundes kennengelernt, allenfalls noch die heitere und überspannte; doch nun zeigte sich, dass es noch eine andere Seite in Rechnung zu stellen galt und dass die Opfer, von denen Benvolio gesprochen hatte, nicht allein er würde bringen müssen. Es heißt, die Welt liebt ihren Meister – ein feuriges Pferd einen guten Reiter. Dies mag letztendlich stimmen; doch die Gräfin, in hohem Maße eine Frau von Welt, war noch nicht bereit, unserem jungen Mann ihre kostbare Freiheit als Tribut darzubringen. Zwar bewunderte sie ihn nun, da sie ihn fürchtete, mehr als zuvor, doch gleichzeitig mochte sie ihn ein bisschen weniger. Sie erwiderte, dass die Ehe eine sehr ernste Angelegenheit sei; dass sie in jüngster Zeit eine Kostprobe ihrer jeweiligen Launen bekommen hätten; dass sie besser noch eine Weile warteten; dass sie sich entschlossen habe, ein Jahr auf Reisen zu gehen, und ihm eindringlich empfehle, sie zu begleiten, denn Reisen sei bekanntlich ein hervorragender Prüfstein für eine Freundschaft.

VII

Sie fuhr nach Italien, und Benvolio fuhr mit; doch ehe er fuhr, stattete er seiner anderen Liebsten einen Besuch ab. Er schmeichelte sich, alle Brücken hinter sich abgebrochen zu haben, aber ihre Pfeiler standen unübersehbar noch. Allerdings verbrachte er eine sehr merkwürdige halbe Stunde mit Scholastica und ihrem Vater. Das junge Mädchen hatte sich stark verändert; sie grüßte ihn kaum; sie sah ihn kühl an. Er hatte keine Ahnung gehabt, dass ihr Gesicht einen solchen Ausdruck annehmen konnte; ihn bei ihr zu sehen, verwirrte ihn. Er hatte sie seit vielen Wochen nicht mehr besucht, und nun kam er, um ihr zu sagen, dass er für ein Jahr fortgehen werde. Dies war freilich nicht gerade dazu angetan, sie versöhnlich zu stimmen, doch sie hatte ihm allen Anlass gegeben zu glauben, sie beherrsche in höchster Vollendung die Kunst heiter-ergebenen Duldens, vertrauensvollen Sichfügens – Tugenden, die so anmutig ihre gewölbte Stirn zierten, dass der Gedanke, wie ausgesprochen gut sie ihr zu Gesicht standen, den Gewissensbissen die Schärfe nahm, die er darüber empfand, dass er ihr diese Tugenden abverlangte. Allerdings wirkte Scholastica jetzt älter und trauriger und zweifellos auch nicht mehr so hübsch. Ihre Gestalt war hager, ihre Bewegungen waren linkisch, ihre bezaubernden Augen matt. Schon nach der ersten Minute mied er diese bezaubernden Augen; sie flößten ihm Unbehagen ein. Ihre Stimme ließ sie ihn kaum hören. Der Professor war, wie stets, zurückhaltend und gelassen, unvoreingenommen und allem entrückt.

Etwas Frostiges lag in der Luft, ein Schatten hatte sich zwischen sie gedrängt. Benvolio ging sogar so weit, sich darüber zu wundern, dass er das junge Mädchen jemals anziehend gefunden hatte, und die Ernüchterung, die er in jenem Augenblick verspürte, verursachte ihm mehr Ärger als Schmerz. Er verabschiedete sich unvermittelt und kühl und zermarterte sich noch lange das Hirn auf der Suche nach einer Erklärung für Scholasticas Reserviertheit.

Die Gräfin hatte behauptet, Reisen sei ein Prüfstein für eine Freundschaft; und in diesem Fall versprach die Freundschaft (oder welchen Namen man der Leidenschaft auch geben will) die Prüfung eine Zeitlang zu bestehen. Benvolio verlebte sechs Monate größter Glückseligkeit. Die Welt hat einem Mann von feinem Empfinden nichts Besseres zu bieten als einen ersten Italienbesuch in jenen Lebensjahren, da die Wahrnehmung am schärfsten, Wissen und Erfahrung erworben und dennoch die Jugend noch nicht entschwunden ist. Gemächlich durchreiste er zusammen mit der Gräfin das liebliche Land von den Alpen bis zum sizilianischen Meer, und ihm war, als frohlockten seine Phantasie, sein Verstand, seine schöpferische Kraft bei jedem Blick, als entfalteten sie sich mit jedem Atemzug mehr. Die Gräfin war beinahe ebenso entzückt, und ihrer beider Interessen und Empfindungen befanden sich in vollkommenem Einklang, sah man einmal von der etwas wahllosen Vorliebe der Dame für Gesellschaften und Empfänge ab. Sie hatte tausend Empfehlungsschreiben abzugeben, was eine Unzahl gesellschaftlicher Verpflichtungen mit sich brachte. Oft zerrte sie, in milden Nächten, wenn er lieber zwischen den Ruinen des Forums seinen Gedanken nachgehangen oder den im Mondschein leise plätschernden Wellen der Adria gelauscht hätte, Benvolio mit sich fort, damit er irgendeiner verwelkten Prinzessin die Hand küsse oder eine Prise aus der Schnupftabakdose eines den materiellen Freuden des Daseins nicht abgeneigten Kardinals nehme. Doch die Kardinäle, die Prinzessinnen, die Ruinen, die warmen südlichen Wasser, die die Stimme der Geschichte selbst zu sein schienen – diese und tausend andere Dinge verschmolzen zu einem gewaltigen pittoresken Spektakel, verwandelten sich just in den Stoff, aus dem die Inspiration besteht. Alles, was Benvolio geschrieben hatte, bevor er nach Italien gekommen war, erschien ihm nun wertlos; der Aufenthalt hier drückte dem Talent erst den notwendigen Stempel auf, verlieh ihm seine Weihe. Eines Tages wurde seine Glückseligkeit jedoch getrübt – durch eine Kleinigkeit, werden Sie möglicherweise sagen; doch Sie müssen bedenken, dass es bei Männern von Benvolios Schlag fast immer kleine Vorfälle sind, die grundlegende Entscheidungen auslösen. Die Gräfin, die über den Klang von irgendjemandes Stimme sprach, den sie kennengelernt hatten, erwähnte beiläufig, er erinnere sie an die Stimme jener absonderlichen jungen Frau zu Hause – der Tochter des blinden Professors. War dies bloße Unachtsamkeit, oder geschah es in böser Absicht? Benvolio erfuhr es nie, obwohl er sie sogleich überrascht danach fragte, wann und wo sie denn Scholasticas Stimme gehört habe. Seine ganze Aufmerksamkeit war geweckt; die Gräfin bemerkte es und zögerte einen Moment. Dann antwortete sie unerschrocken, sie habe das junge Mädchen in dem mit Büchern vollgestopften muffigen alten Zimmer besucht, in dem sie ihr trübseliges Leben verbringe. Bei diesen in überaus spöttischem Ton geäußerten Worten beschlich Benvolio ein ganz eigenartiges Gefühl. Er spazierte mit der Gräfin gerade durch den Garten eines Palastes, und sie waren eben an die niedere Balustrade einer Terrasse getreten, von der aus man einen herrlichen Blick hatte. Auf der einen Seite erhob sich der violette Apennin, an dessen Hängen hier und da eine Burg oder ein Kloster schimmerte; auf der anderen stand der prachtvolle Palast, durch dessen Galerien die beiden gerade geschlendert und dessen Kranzgesims mit Statuen und dessen Mauern mit Medaillons reich verziert waren. Doch Benvolios Herz begann heftig zu schlagen; Tränen traten ihm in die Augen; die grandiose Landschaft um ihn herum verblasste und löste sich in Nichts auf, und er sah klar und deutlich den düsteren alten Raum vor sich, der auf den stillen nördlichen Garten hinausging und die beiden schweigsamen Gestalten beherbergte, von denen er einmal zu sich selbst gesagt hatte, dass er sie liebe. Er hatte das Gefühl zu ersticken und verspürte plötzlich ein übermächtiges Verlangen, in sein Heimatland zurückzukehren.

Die Gräfin wollte nicht mehr sagen, als dass eine Laune sie eines Tages veranlasst habe, Scholastica aufzusuchen. «Ich darf doch wohl gehen, wohin ich will!», rief sie im Ton der großen Dame, die glaubt, ihr Blick müsse als Ehre empfunden werden, wo immer er hinfällt. «Ich habe ihr ganz gewiss nichts getan. Sie ist ein rechtschaffenes kleines Ding, und sie kann ja nichts dafür, dass sie so lächerlich unscheinbar ist.» Benvolio sah sie fragend an, erkannte jedoch, dass er nichts von ihr erfahren würde, was sie ihm nicht aus freien Stücken erzählte. Als er so dastand, stellte er erstaunt fest, wie selbstverständlich es ihm erschien oder wie leicht es ihm zumindest fiel, ihr nicht zu glauben. Sie war bei dem jungen Mädchen gewesen; das erklärte alles; es erklärte vollauf Scholasticas peinigende Zurückhaltung. Was hatte die Gräfin gesagt und getan? Welchen teuflischen Streich hatte sie dem armen, unschuldigen Mädchen gespielt? Hilflos stellte er sich diese Fragen, doch er fühlte, dass ihr zuzutrauen war, sie zutiefst verletzt zu haben. Sie hatte ihm die Ehre angedeihen lassen, eifersüchtig zu sein, und um zu erreichen, dass Scholastica sich von ihm abwandte, hatte sie irgendeine abgefeimte Lüge über ihn erfunden. Er war angewidert und aufgebracht, und eine Woche lang begegnete er seiner Begleiterin mit grimmiger Gleichgültigkeit. Der Zauber war gebrochen, der Kelch der Freude geleert. Dies blieb der Gräfin nicht verborgen, die wütend über den Fehler war, den sie begangen hatte. Schließlich teilte sie Benvolio schroff mit, ihre Freundschaft habe die Probe nicht bestanden, sie müssten sich trennen, er täte ihr einen Gefallen, wenn er sich verabschiedete. Dazu ließ er sich kein zweites Mal auffordern, sondern sagte ihr, vor den Augen ihres kleinen Gefolges, Lebewohl und verließ Italien allein in der Gesellschaft seiner Erinnerungen und Pläne, die ihn unablässig umschwirrten.

Zu Hause angekommen, begab er sich als Erstes in die Wohnung des Professors. Zum ersten Mal war der Stuhl des alten Mannes leer, und Scholastica befand sich nicht im Raum. Benvolio ging in den Garten hinaus, wo er, nachdem er hier und dort nachgesehen hatte, das junge Mädchen in einer dämmerigen Laube entdeckte. Scholastica war, wie üblich, schwarz gekleidet, doch sie hielt ihren Kopf gesenkt, ihre leeren Hände gefaltet, und ihr holdes Gesicht wirkte noch freudloser als damals, da er es zum letzten Mal gesehen hatte. Schien sie seinerzeit schon verändert, so war sie es jetzt doppelt. Benvolio blickte sich um, und da der Professor nirgends zu sehen war, erriet er sofort den Grund für ihre Betrübnis. Der gute alte Mann hatte sich zu seinen unsterblichen Brüdern, den klassischen Weisen, gesellt, und Scholastica war nun ganz allein. Sie schien erschrocken, Benvolio zu sehen, doch er nahm ihre Hand, und sie gestattete ihm, sich neben sie zu setzen. «Was immer man Ihnen über mich erzählt hat, das Sie schlecht von mir denken ließ, ist eine schändliche Lüge», sagte er.

«Ich empfinde die zärtlichste Freundschaft für Sie, und mehr denn je verlangt es mich, sie Ihnen zu beweisen.» Allmählich fasste sie Mut, seinem Blick zu begegnen; sie fand ihn vertrauenerweckend, und wenn sie Benvolio auch nicht verriet, auf welche Weise man sie gegen ihn aufgebracht hatte, ließ sie ihn schließlich glauben, ihr altes Vertrauen sei zurückgekehrt. Sie erzählte ihm, wie ihr Vater gestorben war und dass sie sich, ungeachtet der philosophischen Maximen, die er ihr hinterlassen hatte, um sie zu trösten, sehr einsam und hilflos fühle. Ihr Onkel hatte ihr spärliche, aber ausreichende Mittel zur Bestreitung ihres Unterhalts zugesagt; sie hatte die alte Dienstbotin bei sich behalten, damit diese ihr Gesellschaft leiste, und sie beabsichtigte, in ihrer gegenwärtigen Wohnung zu bleiben und ihre Zeit damit zu verbringen, die Schriften ihres Vaters zu sammeln und sie, entsprechend den genauen Anweisungen, die er hinterlassen hatte, der Welt zugänglich zu machen. Sie wirkte unwiderstehlich zart und anrührend, dabei aber doch würdevoll und unabhängig. Benvolio verliebte sich auf der Stelle erneut in sie und verzichtete nur darauf, ihr dies zu sagen, weil er sich gerade noch rechtzeitig erinnerte, dass er ja mit der Gräfin eine Verlobung eingegangen und diese Übereinkunft noch nicht formell gelöst worden war. Sein Besuch bei Scholastica zog sich in die Länge, und sie gingen zusammen ins Haus und stöberten in den Büchern und Papieren des Vaters. Die wissenschaftlichen Aufzeichnungen des alten Gelehrten erwiesen sich als äußerst wertvoll; sie der Welt zugänglich zu machen würde eine nützliche und interessante Aufgabe sein. Als Scholastica hörte, mit welch hoher Wertschätzung Benvolio sich darüber äußerte, begannen ihre Wangen zu glühen und ihre Lebensgeister wieder zu erwachen. Um die Gegenwart muss ich mir also keine Gedanken machen, schien sie sich zu sagen; sie würde so manchen Monat beschäftigt sein. Benvolio erbot sich, ihr zu helfen, soweit es in seiner Macht stand, und suchte sie infolgedessen täglich auf. Scholastica lebte so weltabgeschieden, dass sie sich nicht um vulgären Klatsch zu kümmern brauchte. Welch spöttische Bemerkungen auch immer über den jungen Mann wegen dessen unübersehbarer Hingabe an ein geheimnisvolles betörendes Wesen in Umlauf waren – er konnte ganz sicher sein, dass ihr Ohr nie durch boshafte Anspielungen beleidigt würde. Die alte Dienstmagd saß, über ihrem Spinnrocken[16] eingenickt, in einer Ecke, und die beiden Freunde führten, über vergilbte Manuskripte gebeugt, lange Gespräche, in denen es zugegebenermaßen nicht immer um Dinge ging, die unmittelbar mit den Texten zu tun hatten. Sechs Monate verstrichen, und Benvolio fand diese erquickliche Mischung aus Gefühl und Studium unbeschreiblich reizvoll. Noch nie in seinem Leben war er so lange ein und derselben Meinung gewesen, ja es schien, als hätte er, wie man so sagt, endlich seinen Platz gefunden – als hätte er mit der Welt abgeschlossen und wäre bereit, künftig im stillen Kämmerlein zu leben. Er dachte kaum mehr an die Gräfin, und sie korrespondierten auch nicht miteinander. Sie hielt sich in Italien, in Griechenland, im Orient, im Heiligen Land auf und kam an Orte und in Situationen, die die Phantasie herausforderten.

Eines Tages wurde er, nachdem er sich von Scholastica verabschiedet hatte, in der Düsterkeit des Vorraums von einem kleinen, schäbig aussehenden alten Mann aufgehalten, von dem er kaum mehr erkennen konnte als ein Paar stechend blickender Augen und einen riesigen kahlen Schädel, der wie eine polierte Elfenbeinkugel glänzte. Er war auf seine Art eine recht furchterregende Gestalt, und Benvolio erschrak im ersten Moment. «Herr Dichter», sagte der alte Mann, «auf ein Wort. Ich sorge dafür, dass meine

Nichte ein Auskommen hat. Sie kann tun und lassen, was sie will. Aber sie wird jeden Penny ihrer Zuwendung und des Erbes verlieren, das sie zu erwarten hat, sollte sie töricht genug sein, einen Kerl zu heiraten, der Reime kritzelt. Mir ist gesagt worden, diese Leute brauchen manchmal eine Stunde, bis sie zwei finden, die zusammenpassen! Guten Abend, Herr Dichter!» Benvolio hörte ein Geräusch, das wie das leise Klimpern loser Münzen in einer Hosentasche klang, als sich der alte Mann abrupt in seine häusliche Trübseligkeit zurückzog. Benvolio hatte ihn zuvor noch nie gesehen, und er verspürte nicht den geringsten Wunsch, ihm jemals wieder zu begegnen. Er hatte nicht vorgehabt, Scholastica zu heiraten; aber selbst wenn er es vorgehabt hätte, da bin ich mir recht sicher, hätte er nun die Sache geziemend abgewogen und wäre zu dem Schluss gelangt, dass sein Herz und seine Hand nur ein unzulänglicher Ausgleich für den Verzicht auf das Vermögen eines Geizhalses wären. Das junge Mädchen sprach nie von ihrem Onkel; er lebte offenbar ganz allein, geisterte wie ein ruheloses Gespenst durch seine Räumlichkeiten im Obergeschoss und ließ ihr, eingeschlagen in ein Stück altes Zeitungspapier, ihre dürftige monatliche Zuwendung durch die alte Dienstmagd zukommen. Kurze Zeit nach diesem Vorfall kehrte die Gräfin endlich zurück. Benvolio hatte einen jener langen Spaziergänge unternommen, für die er schon immer eine Vorliebe gehabt hatte, und als er auf dem Heimweg durch die öffentlichen Gartenanlagen kam, hatte er sich auf eine Bank gesetzt, um auszuruhen. Wenige Augenblicke später rollte eine Kutsche vorbei; darin saß die Gräfin – schön, melancholisch, allein. Er erhob sich zu einem förmlichen Gruß, aber sie fuhr weiter ihres Weges. Doch schon nach fünf Minuten kam sie wieder zurück, und diesmal hielt ihre Kutsche an. Die Gräfin warf ihm einen einzigen Blick zu, und er stieg ein. Danach wartete Scholastica eine Woche lang vergebens auf ihn. Was war geschehen? Geschehen war, dass die Gräfin erneut ihren Charme hatte spielen lassen und unser feiner Held ihm erneut erlegen war, obwohl sie sich als so hinterhältig und grausam erwiesen hatte. Nach einer Zeit der Vernachlässigung, die indes nicht so lange gedauert hatte, dass sie unentschuldbar gewesen wäre, nahm er seine Besuche bei Scholastica wieder auf; der einzige Unterschied war, dass sie jetzt nicht mehr so häufig stattfanden.

Meine Erzählung nähert sich dem Ende, denn ich fürchte, Sie verlieren allmählich die Geduld mit der Geschichte dieses liebenswürdigen wetterwendischen Burschen. Ein weiteres Jahr ging ins Land, und die Manuskripte des Professors waren in große Stapel geordnet und beinahe druckfertig. Benvolio hatte stets seinen Teil zu der Arbeit beigetragen und sie außerordentlich interessant gefunden, galt es doch, Erkundigungen und Nachforschungen der anregendsten und lohnendsten Art anzustellen. Scholastica war sehr glücklich. Ihr Freund ließ sich oft tagelang nicht blicken, und sie wusste, dass er in dieser Zeit das Leben der feinen Welt führte; aber sie hatte gelernt, dass das Pendel zurückschwang, wenn sie nur geduldig wartete, und er wiederkam und sich erneut in ihre Bücher, Papiere und Gespräche vertiefte. Und ihre Gespräche, dessen können Sie gewiss sein, drehten sich nicht allein um Fachfragen; sie berührten alles, was ihnen in den Sinn kam, und Benvolio fühlte sich keineswegs verpflichtet, sich über jenes Treiben der mondänen Welt in Schweigen zu hüllen, von dem seine Gefährtin eigentlich gar nichts wissen wollte. Er zog sie als Dichter ins Vertrauen und las ihr alles vor, was er seit seiner Rückkehr aus Italien geschrieben hatte. Je mehr er arbeitete, desto mehr verlangte es ihn danach, zu arbeiten; und so war er damals, obgleich sehr beschäftigt mit der Herausgabe der Manuskripte des Professors, auch was sein eigenes Schaffen anging, produktiver denn je. Er schrieb ein weiteres Drama, diesmal über ein italienisches Sujet, das mit großartigem Erfolg aufgeführt wurde; und dieses Werk besprach er Szene um Szene, Dialog um Dialog mit Scholastica. Er schlug ihr vor, der Aufführung in einer geschlossenen Loge beizuwohnen, wo sie vor neugierigen Blicken vollkommen geschützt wäre. Einen Augenblick lang schien sie der Macht der Verlockung zu erliegen; dann schüttelte sie mit einem aufrichtigen Lächeln den Kopf und sagte, das werde sie besser seinlassen. Das Stück war der Gräfin gewidmet; sie hatte ihm das Sujet in Italien vorgeschlagen, wo ihr die Geschichte als Familienanekdote von einer ihrer betagten Prinzessinnen erzählt worden war.

Dieses unbeschwerte, fruchtbare, vielschichtige Leben hätte ewig so weitergehen können, wären nicht zwei äußerst bedauerliche Ereignisse eingetreten. *Hätte* so weitergehen können, sage ich; Sie bemerken, ich behaupte nicht, dem sei so gewesen. Scholastica verlor ihren Seelenfrieden; ein heimlicher Verdruss quälte sie. Sie versuchte ihn so gut sie konnte vor ihrem Freund zu verbergen, was ihr durchaus gelang; denn obwohl er etwas argwöhnte und sie danach fragte, überzeugte sie ihn davon, dass er sich alles nur einbildete. In Wirklichkeit handelte es sich jedoch keineswegs um Einbildung, sondern um die äußerst unerfreuliche Tatsache, dass ihr niederträchtiger alter Onkel, der Geizhals, ihr ein schrecklicher Stachel im Fleisch war. Zu Benvolio hatte er gesagt, sie könnte tun, was sie wollte, doch unlängst hatte er dieses liebenswürdige Zugeständnis widerrufen. Er hatte ihr eines Tages in einer mit einem stumpfen Bleistift auf die Rückseite eines alten Briefes gekritzelten unleserlichen Notiz mitgeteilt, ihr mittelloser Freund, der Dichter, komme sie viel zu oft besuchen, und er habe beschlossen, dass sie nie einen hirnrissigen Reimschmied heiraten werde, weshalb sie, bevor das Opfer gar zu schmerzlich werde, die Güte haben möge, Mr Benvolio den Laufpass zu geben. Dies wurde von einer unmissverständlichen und nicht sehr freundlichen Andeutung begleitet, dass er seine Geldbeutel nur für jene öffne, die sich seiner unvergleichlichen Weisheit beugten. Scholastica war arm, unerfahren und einsam; aber dennoch hatte sie ihren Stolz, ihren schüchternen, unausgesprochenen Stolz, und sie empfand die an diese Bedingung geknüpfte Mildtätigkeit ihres Onkels als bittere Kränkung. Sie teilte ihm mit, sie danke ihm für seine Großzügigkeit in der Vergangenheit, doch sie werde ihm nicht länger zur Last fallen. Sie sagte sich, dass sie ja arbeiten konnte; sie besaß eine vorzügliche Bildung; viele Frauen, das wusste sie, sorgten selbst für ihren Lebensunterhalt. Sie fand die Vorstellung sogar beflügelnd, in die Welt hinauszugehen, von der sie so wenig wusste, und dort ihr Glück zu suchen. Allerdings wollte sie ihre Situation unbedingt vor Benvolio geheim halten und verhindern, dass er erfuhr, welches Opfer sie für ihn brachte – vor allem dies beweist, dass sie stolz war. Es traf sich, dass die Umstände Heimlichkeiten möglich machten. Ich weiß nicht, ob die Gräfin schon immer vorhatte, Benvolio zu heiraten, doch ihre selbstherrliche Eitelkeit litt nach wie vor unter dem Eindruck seiner geteilten Loyalität, und sie gab ihr die Idee zu einer wahrlich niederträchtigen Rache ein. Eine glänzend besetzte politische Abordnung sollte, zur Erörterung einer bestimmten Frage, in Kürze zu einer befreundeten Regierung entsandt werden, und ein halbes Dutzend junger Männer von Rang und Namen sollte an der Unternehmung teilnehmen. Die Gräfin hatte Einfluss bei Hofe, und ohne Benvolio etwas davon zu sagen, meldete sie unter Verweis auf seine besonderen Verdienste um die Literatur in seinem Namen umgehend Anspruch auf einen der Plätze an. Sie ließ ihre Beziehungen so geschickt spielen, dass sie schon nach kürzester Zeit das Vergnügen hatte, ihm seine Ernennung auf einem großen Bogen Pergament zu präsentieren, von dem das königliche Siegel an einem blauen Band herabhing. Damit verbunden war ein Exil von lediglich einigen wenigen Wochen, womit die Gräfin sich, in Anbetracht des Ergebnisses ihres Planes, durchaus abfinden konnte. Benvolios Phantasie fing Feuer bei der Vorstellung, einen Monat an einem ausländischen Hof zu verbringen, im Brennpunkt höchster diplomatischer Aktivität, war dies doch ein Gebiet, auf dem er noch keine Erfahrung hatte sammeln können. Er reiste ab, und kaum war er fort, machte die Gräfin, auf gut Glück, Scholastica ihre Aufwartung. Sie wusste, dass Scholastica arm war, und war überzeugt, sie werde sich, ungeachtet ihrer natürlichen Bescheidenheit, nicht gänzlich abgeneigt zeigen, ihr Los zu verbessern, stellte man ihr die Möglichkeit dazu nur in einem bestimmten Licht dar. Sie wusste nichts von den ungewissen Aussichten des jungen Mädchens auf das Erbe ihres Onkels, und dass sie sich just zu diesem Zeit-

punkt einmischte, war schlicht ein bemerkenswerter Zufall. Sie unterbreitete ihr den Vorschlag einer gewissen einflussreichen Dame,
deren Gatte, ein bedeutender General, soeben
zum Gouverneur einer Insel auf der anderen
Seite des Erdballs ernannt worden war. Diese
Dame benötige eine Lehrerin für ihre Kinder;
sie habe von Scholasticas Verdiensten gehört und
wage zu hoffen, dass sie sie dazu überreden könne, sie auf die andere Seite der Welt zu begleiten
und in ihrer Familie zu leben. Es war ein glän-
zendes Angebot; Scholastica schien es auf ge-
heimnisvolle und schicksalhafte Weise gerade
zur rechten Zeit zu kommen. Dennoch zögerte
sie, erbat sie sich Bedenkzeit; ohne sich selbst
den Grund dafür einzugestehen, wollte sie Benvolios Rückkehr abwarten, ehe sie eine Entscheidung traf. Er schrieb ihr zwei oder drei Briefe, die ein einziger Widerhall des glänzenden
Lebens waren, das er damals führte, und kein
Wort über die Dinge enthielten, die ihren eigenen Erfahrungen näher waren. Ein Monat verging, und er war noch immer fort. Scholastica,
die mit der Frau des Gouverneurs in Korres-
pondenz stand, vertagte ihre Entscheidung von
Woche zu Woche. Sie hatte die Manuskripte
ihres Vaters für eine sehr geringe Summe an ei-

nen Verleger verkauft und vorübergehend in einem Kloster Unterschlupf gesucht. Schließlich stellte die Gouverneursfrau ihr ein Ultimatum. Das arme Mädchen suchte den Horizont ab und sah dort keinen Freund, der ihr zu Hilfe eilte; Benvolio befand sich noch immer am Hof von Illyrien[17]! Was sie dagegen sah, waren die schönen Augen der Gräfin, die sie über den Fächer hinweg erwartungsvoll musterten. Sie schienen eine schreckliche Drohung zu enthalten und irgendwie die Macht zu haben, über ihr Glück oder Unglück zu bestimmen. Scholastica verzagte; sie packte ihre wenigen Habseligkeiten und brach, zusammen mit ihren illustren Beschützern, ans andere Ende der Welt auf. Kurz nach ihrer Abreise kehrte Benvolio zurück. Rasender Zorn und ein stechender Schmerz durchzuckten ihn, als er erfuhr, dass sie fort war; er ging zur Gräfin, bereit, sie des niederträchtigsten Verrats zu beschuldigen. Doch sie gebot seinen Vorwürfen mit teuflischen Listen Einhalt, derer sie sich bisher noch nie bedient hatte, und versprach ihm, wenn er ihr nur vertraute, werde er niemals Grund haben, diese helläugige kleine Gouvernante zu vermissen. Es ist wohl kaum anzunehmen, dass er ihr glaubte, doch ließ er es sich offenbar wider besseres Wissen einreden. Danach lcbtc er eine Weile geradezu bei der Gräfin. Er hatte sich, mit unendlicher Mühe, von seinem Nachbarn, dem Geizhals, das Recht erkauft, die Wohnung des verstorbenen Professors zu beziehen. Deren widerwärtiger Eigentümer hatte sich, trotz seiner tief verwurzelten Abneigung gegen Reimschmiede, dem finanziellen Argument nicht verschlossen und schien sehr verwundert, dass ein Dichter auch nur ein einziges Fünfschillingstück besaß. Scholastica hatte alles an seinem alten Platz belassen, doch Benvolio betrat das Zimmer vorerst nicht. Er schloss die Tür ab und verwahrte den Schlüssel in seiner Westentasche, wo seine Finger mit ihm spielten, während er bei der Gräfin weilte. Mehrere Monate verstrichen, und das Versprechen der Gräfin erfüllte sich nicht. Er vermisste Scholastica schmerzlich, und je mehr Zeit ins Land ging, umso mehr vermisste er sie. Schließlich betrat er das alte, dunkle Zimmer und versuchte, dort zu arbeiten. Es gelang ihm mehr schlecht als recht; der Raum schien ihm düster und leer, doppelt leer, wenn er daran dachte, wie alles hätte sein können. Unversehens stellte er seine Besuche bei der Gräfin ein; eine lange Zeit verging, ohne dass sie ihn sah. Dann begegnete sie ihm bei anderen Leuten wieder und hatte eine bemerkenswerte Unterredung mit ihm. Sie überhäufte ihn mit Vorwürfen, die er zweifellos verdiente, doch er konterte mit einer Antwort, die sie die Augen aufreißen, erröten und später einräumen ließ, dass sie, für eine intelligente Frau, sehr töricht gewesen sei. «Sehen Sie denn nicht», sagte er, «können Sie sich denn nicht vorstellen, dass Sie mir nur als Gegenbild etwas bedeutet haben? Sie haben sich die Mühe gemacht, das Gegenbild zu zerstören, und damit haben Sie auch alles andere zerstört. Will ich Konstanz, ziehe ich *das hier* vor!» Bei diesen Worten tippte er sich gegen seine Dichterstirn. Er sah die Gräfin nie wieder.

Jetzt bedauere ich es doch ein wenig, zu Beginn meiner Geschichte gesagt zu haben, es handele sich nicht um ein Märchen; denn sonst stünde es mir nun frei, entsprechend frohgemut zu erzählen, dass Benvolio die Gräfin ebenso vermisste wie Scholastica und ein außerordentlich gramerfülltes und unproduktives Leben führte, bis er eines Tages auf die andere Seite des Erdballs segelte und Scholastica nach Hause holte. Danach begann er wieder zu schreiben, allerdings behaupteten viele Leute, seine Dichtung wäre schrecklich schwerfällig geworden. Aber verzeihen Sie; ich schreibe, als handelte es sich tatsächlich um ein Märchen!

Ich bin ihr lediglich viermal begegnet, aber jede
dieser Begegnungen ist mir in lebhafter Erinnerung geblieben; sie hat mich beeindruckt. Ich
fand sie sehr hübsch und sehr interessant – ein
bezauberndes Wesen. Es tut mir sehr leid zu hören, dass sie gestorben ist; aber wenn ich genauer
darüber nachdenke, frage ich mich, warum es
mir eigentlich leidtut. Bei unserem letzten Zusammentreffen war sie fraglos nicht... Doch ich
will alle unsere Begegnungen der Reihe nach
schildern.

I

Die erste fand auf dem Land statt, während
einer kleinen Teegesellschaft an einem Winter-
abend. Das muss jetzt etwa siebzehn Jahre her
sein. Mein Freund Latouche, der Weihnachten bei seiner Mutter verbringen wollte, hatte
mich dazu überredet, ihn zu begleiten, und die
werte Dame hatte uns zu Ehren die gesellige
Unterhaltung ausgerichtet, von der ich spreche.

Für mich war es wirklich unterhaltsam, denn ich war zu dieser Jahreszeit noch nie im tiefsten Neuengland gewesen. Es hatte den ganzen Tag geschneit, und die Schneeverwehungen waren kniehoch. Ich wunderte mich, dass die Damen es geschafft hatten, das Haus zu erreichen, doch merkte ich bald, dass in Grimwinter eine *conversazione*[1], die als Attraktion zwei Gentlemen aus New York bot, als Ereignis galt, für das es sich lohnte, einige Mühe auf sich zu nehmen.

Im Laufe des Abends fragte mich Mrs Latouche, ob ich nicht einigen der jungen Damen die Photographien zeigen wolle. Die Photographien befanden sich in zwei großen Mappen; ihr Sohn, der, wie ich selbst, erst kürzlich aus Europa zurückgekehrt war, hatte sie mitgebracht. Ich sah mich um und stellte erstaunt fest, dass sich das Interesse der meisten jungen Damen auf ein Objekt richtete, das viel faszinierender war, als es selbst die schönste Aufnahme von einer sonnendurchfluteten Landschaft hätte sein können. Eine von ihnen stand indes allein beim Kamin und blickte sich mit einem feinen, sanften Lächeln im Raum um, das nicht recht zu ihrer Distanziertheit zu passen schien. Ich betrachtete sie einen Augenblick und sagte dann: «Dieser jungen Dame würde ich sie gern zeigen.»

«O ja», sagte Mrs Latouche, «sie ist genau die Richtige. Ihr liegt nichts am Flirten; ich werde mit ihr sprechen.»

Ich erwiderte noch, wenn ihr am Flirten nichts liege, sei sie vielleicht doch nicht ganz die Richtige, aber Mrs Latouche war bereits auf dem Weg zu ihr.

«Sie ist entzückt», sagte sie, als sie zurückkam. «Sie ist genau die Richtige, so ruhig und so intelligent.» Und dann erklärte sie, die junge Dame heiße Miss Caroline Spencer, und stellte mich ihr vor.

Miss Caroline Spencer war nicht unbedingt eine Schönheit, aber sie war ein reizendes Persönchen. Sie muss damals schon an die dreißig gewesen sein, doch war sie beinahe wie ein kleines Mädchen gebaut und hatte den Teint eines Kindes. Sie hatte einen sehr hübschen Kopf, und ihre Frisur war so genau wie möglich der einer griechischen Büste nachempfunden, auch wenn freilich bezweifelt werden musste, dass sie jemals eine griechische Büste gesehen hatte. Ich vermutete, sie sei «kunstsinnig», soweit Grimwinter solche Neigungen zuließ. Sie hatte sanfte Augen, die erstaunt dreinblickten, schmale Lippen und sehr schöne Zähne. Um den Hals trug sie, was die Damen meines Wissens einen «Rüschenkragen» nennen, der von einer sehr kleinen rosafarbenen Korallenbrosche zusammengehalten wurde, und in der Hand hielt sie einen aus Stroh geflochtenen und mit rosafarbenem Band verzierten Fächer. Sie trug ein schlichtes schwarzes Seidenkleid. Sie sprach mit einer Art sanfter Deutlichkeit, ließ dabei ihre weißen Zähne zwischen den schmalen, zarten Lippen sehen und schien außerordentlich erfreut, ja sogar ein wenig aufgeregt angesichts meiner bevorstehenden Demonstration. Dieser stand nichts mehr im Wege, nachdem ich die Mappen aus ihrer Ecke geholt und zwei Stühle in die Nähe einer Lampe gerückt hatte. Die Photographien zeigten meist mir Bekanntes – Großaufnahmen aus der Schweiz, Italien und Spanien, Landschaften, berühmte Gebäude, Gemälde und Statuen. Ich erzählte, was ich darüber wusste, während meine Gefährtin, den Strohfächer an die Unterlippe gelegt, vollkommen reglos dasaß und die Bilder betrachtete, die ich hochhielt. Zuweilen fragte sie, wenn ich eines zur Seite legte, sehr leise: «Haben Sie diesen Ort besucht?» Meist erwiderte ich, ich hätte ihn sogar mehrmals besucht (ich reiste damals viel), und hatte dann das Gefühl, dass sie mich einen Augenblick lang prüfend mit ihren hübschen Augen ansah.

Ich hatte sie gleich zu Beginn gefragt, ob sie je in Europa gewesen sei, worauf sie mit einem in verschwörerischem Flüsterton abgehackt hervorgestoßenen «Nein, nein, nein» antwortete. Danach sagte sie jedoch kaum noch etwas, so dass ich, auch wenn sie den Blick kein einziges Mal von den Bildern abwandte, befürchtete, sie langweile sich. Deshalb bot ich an, als wir mit der ersten Mappe fertig waren, die Sache zu beenden, wenn sie es wünschte. Ich spürte, dass sie sich nicht langweilte, doch ihre Schweigsamkeit verwirrte mich, und ich wollte sie zum Sprechen bewegen. Ich wandte mich ihr zu und sah, dass ihre Wangen leicht gerötet waren. Sie fächelte sich mit ihrem kleinen Fächer Luft zu. Anstatt mich anzublicken, starrte sie auf die andere Mappe, die gegen den Tisch gelehnt war.

«Wollen Sie mir die nicht mehr zeigen?», fragte sie mit einem leichten Zittern in der Stimme. Fast hätte man glauben können, sie sei aufgeregt.

«Aber gern», antwortete ich, «wenn Sie nicht müde sind.»

«Nein, ich bin nicht müde», versicherte sie. «Es gefällt mir – es gefällt mir sehr gut.»

Und als ich die andere Mappe hochhob, legte sie ihre Hand auf sie und fuhr sanft darüber.

«Waren Sie hier auch schon?», fragte sie.

Als ich die Mappe öffnete, stellte sich heraus, dass ich tatsächlich dort gewesen war. Eine der ersten Photographien war eine Großaufnahme des Schlosses von Chillon am Genfer See.

«Hier war ich viele Male», sagte ich. «Ist es nicht schön?» Und ich deutete auf die vollkommene Spiegelung der schroffen Felsen und markanten Türme in dem stillen, klaren Wasser. Sie sagte nicht: «Wie bezaubernd!» und schob das Bild weg, um sich das nächste anzusehen, sondern betrachtete es eine Weile und fragte dann, ob dort nicht Bonivard eingekerkert gewesen sei, über den Byron geschrieben hatte.[2] Ich bestätigte dies und versuchte, ein paar von Byrons Versen zu zitieren, was mir aber nur unzulänglich gelang.

Sie fächelte sich einen Moment lang Luft zu und zitierte dann ihrerseits die betreffenden Zeilen mit sanfter, dünner, aber doch angenehmer Stimme. Als sie geendet hatte, waren ihre Wangen gerötet. Ich äußerte mich anerkennend und erklärte, sie sei bestens gerüstet für einen Besuch der Schweiz oder Italiens. Wieder sah sie mich prüfend an, bemüht, herauszufinden, ob ich es ernst meinte, und ich fügte hinzu, wenn sie die von Byron beschriebenen Orte noch sehen wolle, müsse sie sich bald auf die Reise begeben:

Europa sei im Begriff, schmerzlich entbyronisiert zu werden.

«Wie bald?», fragte sie.

«Nun, ich würde sagen, innerhalb der nächsten zehn Jahre.»

«Ich denke, innerhalb der nächsten zehn Jahre werde ich die Reise machen können», antwortete sie ganz sachlich.

«Es wird Ihnen außerordentlich gut gefallen», sagte ich, «Sie werden entzückt sein.» Just in jenem Augenblick stieß ich auf die Photographie eines hübschen Winkels in einer fremden Stadt, den ich sehr gemocht hatte und der zärtliche Erinnerungen in mir wachrief. Ich sprach (wie ich vermute) mit einer gewissen Beredsamkeit; meine Gefährtin hörte mir gebannt zu.

«Waren Sie *sehr* lange im Ausland?», fragte sie, als ich schon eine ganze Weile geschwiegen hatte.

«Viele Jahre», sagte ich.

«Und waren Sie überall?»

«Ich bin weit herumgekommen. Ich reise gern und war glücklicherweise auch dazu in der Lage.»

Wieder sah sie mich mit ihrem prüfenden Blick an. «Und beherrschen Sie die fremden Sprachen?»

«So einigermaßen.»

«Sind sie schwer zu erlernen?»

«Ich glaube nicht, dass es Ihnen schwerfallen würde», erwiderte ich galant.

«Ich möchte sie ja auch gar nicht sprechen – ich möchte nur zuhören», sagte sie. Und nach einer Pause fügte sie hinzu: «Es heißt, das französische Theater sei so schön.»

«Es ist das beste der Welt.»

«Waren Sie oft im Theater?»

«Als ich das erste Mal in Paris war, jeden Abend.»

«Jeden Abend!» Sie öffnete ihre klaren Augen weit. «Das erscheint mir» – sie zögerte einen Moment – «das erscheint mir ganz wundervoll.» Ein paar Minuten später fragte sie: «Welches Land mögen Sie am liebsten?»

«Es gibt ein Land, das ich allen anderen vorziehe. Ich denke, Ihnen erginge es ähnlich.»

Sie sah mich einen Augenblick an und sagte dann leise: «Italien?»

«Italien», antwortete ich, ebenfalls leise, und einen Moment lang trafen sich unsere Blicke. Sie sah so hübsch aus, als hätte ich ihr den Hof gemacht und nicht nur Photographien gezeigt. Dieser Eindruck wurde dadurch noch verstärkt, dass sie sich errötend abwandte. Ein Schwei-

339

gen trat ein, das sie schließlich mit den Worten brach: «Dorthin vor allem wollte ich reisen.»

«O ja, das müssen Sie – das müssen Sie unbedingt!», sagte ich.

Schweigend betrachtete sie zwei, drei Photographien. «Es heißt, es sei nicht so teuer.»

«Wie manch andere Länder? Ja, das ist einer der Reize Italiens, und nicht der geringste.»

«Aber insgesamt ist doch alles sehr teuer, nicht wahr?»

«Sie meinen Europa?»

«Die Überfahrt und das Reisen dort. Darin besteht die Schwierigkeit. Ich habe sehr wenig Geld. Ich unterrichte», sagte Miss Spencer.

«Natürlich braucht man Geld», sagte ich, «aber man kann durchaus auch mit einer bescheidenen Summe auskommen.»

«Ich denke, das könnte ich. Etwas Geld habe ich schon zurückgelegt, und ich lege immer noch ein wenig mehr zurück. Es ist einzig und allein dafür bestimmt.» Sie hielt einen Moment inne und fuhr dann mit einer Art unterdrücktem Eifer fort, als wäre es ein seltenes, aber möglicherweise unmoralisches Vergnügen, mir die Geschichte zu erzählen. «Aber es ist nicht nur das Geld; es ist einfach alles. Alles hat sich gegen mein Vorhaben verschworen. Ich habe gewartet und ge-

wartet. Es war immer bloß ein Wunschtraum.
Ich habe beinahe Angst, darüber zu sprechen.
Zwei-, dreimal schien seine Erfüllung ein wenig
näher zu rücken, doch dann habe ich darüber
gesprochen, und alles hat sich wieder in Luft auf-
gelöst. Ich habe zu viel darüber geredet», sagte
sie ein wenig heuchlerisch, denn es war unübersehbar, dass dieses Darüber-Reden sie jetzt geradezu vor Wonne erbeben ließ. «Es gibt da eine
Dame, mit der ich eng befreundet bin; sie will
nicht nach Europa; ihr erzähle ich immer davon.
Ich langweile sie schrecklich. Sie sagte einmal, sie
wisse nicht, was aus mir werden solle: Ich würde
verrückt, wenn ich nicht nach Europa ginge, und
ginge ich, würde ich erst recht verrückt.»

«Nun», sagte ich, «Sie sind noch hier und dennoch nicht verrückt.»

Sie sah mich einen Augenblick an und entgegnete: «Da bin ich mir nicht so sicher. Ich kann an
nichts anderes mehr denken. Ich denke immer
nur daran. Das hält mich davon ab, an Dinge zu
denken, die wichtiger sind, an Dinge, um die
ich mich kümmern sollte. Das ist schon eine Art
Verrücktheit.»

«Von der eine Reise nach Europa Sie heilen
wird», sagte ich.

«Ich glaube ganz fest daran, dass ich reisen

werde. Ich habe einen Vetter in Europa!», verkündete sie.

Wir sahen uns noch einige Photographien an, und ich fragte sie, ob sie immer in Grimwinter gelebt habe.

«O nein, Sir», sagte Miss Spencer. «Ich habe dreiundzwanzig Monate in Boston verbracht.»

Ich antwortete scherzhaft, in diesem Fall würden fremde Länder sich für sie wahrscheinlich als Enttäuschung entpuppen, doch ich vermochte sie nicht zu beunruhigen.

«Ich weiß besser Bescheid, als Sie vielleicht denken», sagte sie mit ihrem feinen, schüchternen Lächeln. «Aus Büchern, meine ich. Ich habe eine Menge gelesen. Ich habe nicht nur Byron gelesen, sondern auch Geschichtswerke und Reiseführer. Ich weiß, es wird mir gefallen!»

«Ich verstehe Sie sehr gut», erwiderte ich. «Sie haben diese angeborene amerikanische Leidenschaft – die Leidenschaft für das Pittoreske. Ich glaube, sie ist von Anfang an in uns angelegt – vor jeglicher Erfahrung. Die Erfahrung kommt später, und sie zeigt uns lediglich etwas, wovon wir schon geträumt haben.»

«Ich glaube, das stimmt», sagte Caroline Spencer. «Ich habe alles schon in meinen Träumen gesehen; ich werde alles wiedererkennen!»

«Ich fürchte, Sie haben eine Menge Zeit vergeudet.»

«O ja, das war mein großer Fehler.»

Die Leute um uns herum waren nach und nach aufgestanden und machten Anstalten aufzubrechen. Miss Spencer erhob sich ebenfalls und streckte mir die Hand entgegen, zaghaft, aber mit einem eigenartigen Leuchten in den Augen.

«Ich werde wieder nach Europa reisen», sagte ich, als ich ihre Hand ergriff. «Ich werde nach Ihnen Ausschau halten.»

«Und ich werde es Ihnen sagen, wenn ich enttäuscht bin», antwortete sie.

Mit diesen Worten entfernte sie sich. Sie wirkte bezaubernd aufgeregt und fächelte mit ihrem kleinen Strohfächer.

II

Einige Monate später kehrte ich nach Europa zurück, und etwas über drei Jahre vergingen. Ich lebte damals in Paris, und gegen Ende Oktober fuhr ich von da nach Havre, um meine Schwester und ihren Mann abzuholen, die mir geschrieben hatten, sie würden in diesen Tagen dort eintreffen. Bei meiner Ankunft in Havre stellte ich fest, dass das Dampfschiff bereits angelegt hatte; ich war fast zwei Stunden zu spät. Ich begab mich sogleich in das Hotel, in dem meine Verwandten Quartier genommen hatten. Meine Schwester war, von der Reise erschöpft und unpässlich, zu Bett gegangen; sie wurde äußerst leicht seekrank, und diesmal hatte sie besonders arg gelitten. Sie wollte im Augenblick nicht weiter gestört werden und sah sich außerstande, mich länger als fünf Minuten zu empfangen. Wir vereinbarten deshalb, bis zum nächsten Tag in Havre zu bleiben. Mein Schwager, der sich um seine Frau sorgte, wollte ihr Zimmer nicht verlassen, doch sie bestand darauf, dass er mit mir ging, um einen Spaziergang zu machen und wieder Land unter seinen Füßen zu spüren. Es war ein zauberhafter warmer Frühherbsttag, und unser Streifzug durch die farbenfrohen geschäftigen Straßen der alten französischen Hafenstadt war hinlänglich unterhaltsam. Wir spazierten die sonnigen, lauten Kais entlang und bogen dann in eine breite, freundliche Straße ein, die zur Hälfte in der Sonne und zur Hälfte im Schatten lag – eine französische Provinzstraße wie auf einem alten Aquarell: hohe, graue, mehrstöckige Häuser mit steilen Dächern und roten

Giebeln; grüne Läden an den Fenstern und altes Schnörkelwerk darüber; Blumentöpfe auf Balkonen und weißbehaubte Frauen in Türeingängen. Wir gingen im Schatten; all dies erstreckte sich entlang der Sonnenseite der Straße und ließ sie aussehen wie ein Gemälde. Wir betrachteten es, während wir dahinschlenderten; dann blieb mein Schwager, mich leicht am Arm drückend, plötzlich stehen und starrte geradeaus. Ich folgte seinem Blick und stellte fest, dass wir angehalten hatten, just bevor wir ein Café erreichten, wo unter einer Markise mehrere Tische und Stühle auf dem Bürgersteig aufgestellt waren. Die Fenster im Hintergrund standen offen; ein halbes Dutzend Kübelpflanzen war neben der Tür aufgereiht; den Bürgersteig hatte man mit sauberer Kleie bestreut. Es war ein nettes kleines altmodisches Café. Drinnen, wo es verhältnismäßig dunkel war, sah ich eine hübsche, stämmige Frau in einer Haube mit rosafarbenen Bändern; sie thronte vor einem Spiegel, der an der Wand hinter ihr hing, und lächelte jemandem zu, der nicht zu sehen war. All das nahm ich jedoch erst später wahr; zunächst fiel mir eine Dame auf, die allein an einem der Marmortischchen im Freien saß. Mein Schwager war stehen geblieben, um sie zu betrachten. Auf dem Tischchen stand etwas, doch sie saß, die Hände verschränkt, ruhig zurückgelehnt und blickte – von uns weg – die Straße hinunter. Ich konnte noch nicht einmal richtig ihr Profil sehen, dennoch hatte ich sofort das Gefühl, ihr schon einmal begegnet zu sein.

«Die kleine Dame vom Dampfer!», rief mein Schwager.

«Sie war auf eurem Dampfer?», fragte ich.

«Sie saß von morgens bis abends an Deck, die Hände so verschränkt wie jetzt, den Blick zum östlichen Horizont gerichtet. Sie war nie seekrank.»

«Wirst du sie ansprechen?»

«Ich kenne sie gar nicht. Ich habe nie ihre Bekanntschaft gemacht. Ich fühlte mich einfach zu miserabel. Aber ich habe sie oft beobachtet, und sie hat – warum, weiß ich nicht – mein Interesse geweckt. Sie ist eine liebe kleine Yankee-Frau. Vermutlich eine Lehrerin auf Ferienreise – für die ihre Schüler Geld gesammelt haben.»

Als sie ihren Kopf ein wenig zur Seite drehte, um die steilen, grauen Hausfassaden gegenüber zu betrachten, sah ich ihr Gesicht mehr im Profil. Da sagte ich: «Ich werde sie selbst ansprechen.»

«Das würde ich nicht tun, sie ist sehr schüchtern», sagte mein Schwager.

«Mein lieber Freund, ich kenne sie. Ich habe

ihr einmal auf einer Teegesellschaft Photographien gezeigt.»

Mit diesen Worten ging ich zu ihr hin. Sie wandte sich um und blickte mich an, und ich sah, dass es tatsächlich Miss Caroline Spencer war. Doch sie erkannte mich nicht sofort; sie schien verwirrt. Ich schob einen Stuhl an den Tisch und setzte mich.

«Nun», sagte ich, «ich hoffe, Sie sind nicht enttäuscht!»

Sie starrte mich an und errötete dabei ein wenig; dann fuhr sie kurz hoch – ein Zeichen, dass sie mich erkannt hatte.

«Sie haben mir die Photographien gezeigt – in Grimwinter!»

«Ja, das stimmt. Das trifft sich wunderbar, denn mir scheint, es ist an mir, Ihnen einen förmlichen Empfang zu bereiten – Sie offiziell zu begrüßen. Ich habe Ihnen ja so viel über Europa erzählt.»

«Sie haben nicht zu viel versprochen. Ich bin so glücklich!», rief sie leise.

Tatsächlich machte sie einen glücklichen Eindruck. Nichts verriet, dass sie älter geworden war; sie war noch auf dieselbe gesetzte, unaufdringliche und sittsame Weise hübsch wie damals. Hatte sie früher schon wie eine dünnstielige, blässliche Blume des Puritanismus gewirkt, so kann man sich leicht vorstellen, dass diese zarte Blüte in ihrer jetzigen Umgebung nicht weniger auffiel. Neben ihr trank ein älterer Herr Absinth; hinter ihr rief die rosafarben bebänderte *dame de comptoir*[3] mit «Alcibiade! Alcibiade!» den eine lange Schürze tragenden Kellner zu sich. Ich erklärte Miss Spencer, dass mein Gefährte jüngst ihr Schiffsgenosse gewesen sei, und mein Schwager trat zu uns und wurde ihr vorgestellt. Doch sie sah ihn an, als hätte sie ihn noch nie gesehen, und ich erinnerte mich, dass er mir erzählt hatte, ihr Blick sei ständig auf den östlichen Horizont gerichtet gewesen. Sie hatte ihn offenkundig nicht wahrgenommen und machte, noch immer schüchtern lächelnd, auch gar nicht erst den Versuch, so zu tun, als hätte sie ihn bemerkt. Ich blieb mit ihr vor dem Café sitzen, und er ging zu seiner Frau ins Hotel zurück. Ich sagte zu Miss Spencer, dass dieses unser Zusammentreffen in der ersten Stunde nach ihrer Ankunft wirklich sehr kurios sei, dass ich mich aber freute, sie zu sehen und zu erfahren, welches ihre ersten Eindrücke waren.

«Ach, mir fehlen die Worte», antwortete sie. «Ich komme mir vor wie in einem Traum. Ich sitze hier schon seit einer Stunde und möchte gar nicht mehr weg. Alles ist so malerisch. Ich weiß nicht, ob der Kaffee mich vielleicht berauscht hat; er ist so köstlich.»

«Aber, aber», sagte ich, «wenn Sie Ihre ganze Bewunderung schon diesem armseligen prosaischen Havre schenken, werden Sie für Besseres gar keine mehr übrig haben. Verschleudern Sie all Ihre Bewunderung nicht schon am ersten Tag; denken Sie daran, sie ist Ihr intellektueller Kreditbrief. Denken Sie an all die schönen Orte und Dinge, die auf Sie warten; denken Sie an das liebliche Italien!»

«Ich habe keine Angst, sie könnte mir ausgehen», entgegnete sie fröhlich, den Blick noch immer auf die Häuser auf der anderen Straßenseite gerichtet. «Ich könnte den ganzen Tag hier sitzen und mir immer wieder klarmachen, dass ich wirklich hier bin. Alles ist so geheimnisvoll, so alt, so anders.»

«Wie kommt es übrigens, dass Sie hier sitzen?», fragte ich. «Sind Sie nicht in einem der Gasthäuser abgestiegen?» Ich war halb belustigt, halb besorgt ob der Arglosigkeit, mit der diese auf grazile Weise hübsche Frau sich so offensichtlich ganz allein am Rand des Bürgersteigs niedergelassen hatte.

«Mein Vetter hat mich hierhergebracht», antwortete sie. «Ich habe Ihnen doch erzählt, dass ich einen Vetter in Europa habe. Er hat mich heute Morgen vom Dampfer abgeholt.»

«Er hätte sich gar nicht erst die Mühe machen müssen, Sie abzuholen, wenn er Sie so bald schon wieder verlässt.»

«Oh, er ist nur für eine halbe Stunde fortgegangen», sagte Miss Spencer. «Er holt mein Geld.»

«Wo ist Ihr Geld?»

Sie lachte kurz auf. «Das will ich Ihnen gern sagen! Es steckt in Reisekreditbriefen.»

«Und wo sind Ihre Reisekreditbriefe?»

«In der Jackentasche meines Vetters.»

Sie äußerte dies heiter und völlig gelassen, doch mich befiel dabei ein spürbarer Schauder – weshalb, vermag ich kaum zu sagen. Ich hätte zu diesem Zeitpunkt keinerlei Grund dafür nennen können, denn ich wusste ja überhaupt nichts über Miss Spencers Vetter. Dass er ihr Vetter war, sprach erst einmal für ihn. Aber ich fühlte ein plötzliches Unbehagen bei dem Gedanken, dass ihre kärglichen Mittel bereits eine halbe Stunde nach ihrer Ankunft in seine Hände gelangt waren.

«Wird er mit Ihnen zusammen reisen?», fragte ich.

«Nur bis Paris. Er studiert Kunst in Paris. Ich habe ihm geschrieben, dass ich komme, aber ich habe nicht erwartet, dass er hierher zum Schiff kommt. Ich nahm an, er würde mich dann in Paris vom Zug abholen. Es ist sehr nett von ihm. Aber er *ist* sehr nett – und sehr intelligent.»

Ich verspürte sogleich große Neugier, diesen intelligenten Vetter, der Kunst studierte, kennenzulernen.

«Ist er zur Bank gegangen?», fragte ich.

«Ja, zur Bank. Er hat mich in ein Hotel gebracht – es ist ein so wundersames, anheimelndes, hübsches kleines Anwesen mit einem Hof in der Mitte und einer umlaufenden Galerie und einer reizenden Wirtin in einem so perfekt sitzenden Kleid und einer so schön gekräuselten Haube! Nach einer Weile machten wir uns dann auf den Weg zur Bank, denn ich habe kein französisches Geld. Aber mir war vom Schaukeln des Schiffes noch ganz schwindlig, und ich hielt es für besser, mich irgendwo hinzusetzen. Er fand diesen Platz hier für mich und ging allein zur Bank. Ich soll hier auf ihn warten.»

Es mag sehr sonderbar erscheinen, doch mir schoss der Gedanke durch den Kopf, dass er wohl nie zurückkommen werde. Ich machte es mir auf dem Stuhl neben Miss Spencer bequem und beschloss, mit ihr zusammen zu warten. Es hatte etwas Rührendes, mit welcher Aufmerksamkeit sie alles beobachtete. Ihr entging nichts von dem Treiben auf der Straße vor uns – Eigentümlichkeiten der Kleidung, die verschiedenen Arten von Fahrzeugen und Fuhrwerken, die großen normannischen Pferde, die dicken Priester, die rasierten Pudel. Wir unterhielten uns über diese Dinge, und die Unvoreingenommenheit ihrer Wahrnehmung und die Art, wie ihre durch Buchwissen genährte Phantasie alles erfasste und willkommen hieß, hatten etwas Bezauberndes.

«Und was werden Sie tun, wenn Ihr Vetter zurückkommt?», fragte ich.

Sie zögerte einen Augenblick. «Wir wissen es noch nicht so recht.»

«Wann fahren Sie nach Paris? Wenn Sie den Vier-Uhr-Zug nehmen, habe ich vielleicht das Vergnügen, mit Ihnen zusammen zu reisen.»

«Ich glaube nicht, dass wir das tun werden. Mein Vetter hält es für besser, wenn ich noch ein paar Tage hierbleibe.»

«Oh!», sagte ich und dann fünf Minuten nichts mehr. Ich fragte mich, was ihr Vetter, salopp ausgedrückt, im Schilde führen mochte. Ich blickte die Straße hinauf und hinunter, entdeckte aber nichts, was wie ein intelligenter amerikanischer Kunststudent aussah. Schließlich gestattete ich mir die Bemerkung, dass Havre kaum ein Ort war, den man unter ästhetischen Gesichtspunkten als Station einer Europareise auswählen würde. Es war ein Ort, der einfach auf dem Weg lag, mehr nicht; ein Durchgangsort, den man möglichst schnell wieder verlassen sollte. Ich empfahl ihr, mit dem Nachmittagszug nach Paris zu fahren und sich bis dahin die Zeit mit einem Ausflug zu der alten Festung an der Hafeneinfahrt zu vertreiben – jenem malerischen Rundbau, der den Namen Franz' des Ersten trug und wie eine kleine Engelsburg[4] aussah. (Er wurde vor kurzem abgerissen.)

Sie hörte mir mit großem Interesse zu, dann blickte sie einen Moment lang ernst drein.

«Mein Vetter sagte, wenn er zurückkäme, hätte er mir etwas Wichtiges mitzuteilen und wir würden nichts tun oder entscheiden, ehe ich es gehört hätte. Aber ich werde dafür sorgen, dass er es mir rasch erzählt, und dann werden wir zu der alten Festung gehen. Ich habe es nicht eilig, nach Paris zu kommen; ich habe reichlich Zeit.»

Bei den letzten Worten umspielte ein Lächeln ihren ein wenig ernsten kleinen Mund. Doch ich ließ meinen Blick bewusst auf ihr ruhen und bemerkte ein kurzes Aufblitzen von Besorgnis in ihren Augen.

«Erzählen Sie mir nicht», sagte ich, «dass dieser unselige Mensch schlechte Nachrichten für Sie hat!»

«Ich fürchte, sie sind wohl ein wenig schlecht, aber ich glaube nicht, dass sie sehr schlecht sind. Wie auch immer, ich muss sie mir anhören.»

Ich warf ihr erneut einen kurzen Blick zu. «Sie sind nicht nach Europa gekommen, um sich etwas anzuhören», sagte ich. «Sie sind gekommen, um etwas zu sehen!» Doch war ich jetzt sicher, dass ihr Vetter zurückkehren würde; da er ihr etwas Unangenehmes mitzuteilen hatte, würde er bestimmt auftauchen. Wir saßen noch eine Weile da, und ich erkundigte mich nach ihren Reiseplänen. Sie hatte die Route auf Anhieb parat und zählte die Namen mit einer Art feierlicher Bestimmtheit auf: von Paris nach Dijon und Avignon, von Avignon nach Marseille und an die französische Riviera; von dort nach Genua und weiter nach Spezia, Pisa, Florenz und Rom. Es war ihr offenbar nie in den Sinn gekommen, der Umstand, dass sie allein reiste, könnte ihr Unannehmlichkeiten bescheren, und da sie nun einmal keinen Reisegefährten hatte, unterließ ich es tunlichst, sie zu beunruhigen.

Schließlich kehrte ihr Vetter zurück. Ich sah ihn aus einer Seitenstraße treten und auf uns zukommen, und ich wusste von dem Moment an, da mein Blick auf ihn fiel, dass dies der intelligente amerikanische Kunststudent war. Er trug einen Schlapphut und eine abgewetzte schwarze Samtjacke, wie ich sie oft in der Rue Bonaparte gesehen hatte. Sein Hemdkragen ließ große Teile eines Halses frei, der, auf die Entfernung, nicht unbedingt statuenhaft wirkte. Der Mann war groß und mager; er hatte rote Haare und Sommersprossen. So viel konnte ich in der kurzen Zeit erkennen, während er sich dem Café näherte und mich dabei mit verständlicher Überraschung unter seinem schattenspendenden Kopfputz hervor anstarrte. Als er zu uns trat, stellte ich mich ihm sogleich als alten Bekannten von Miss Spencer vor. Er sah mich mit seinen kleinen roten Augen durchdringend an, dann verbeugte er sich feierlich in französischer Manier und zog dabei seinen Hut.

«Sie waren nicht auf dem Schiff?», fragte er.

«Nein. Ich bin schon seit drei Jahren in Europa.»

Er verbeugte sich erneut feierlich und bedeutete mir, ich möge wieder Platz nehmen. Ich setzte mich, aber nur, um ihn noch einen Augenblick zu beobachten – ich hatte bemerkt, dass es Zeit wurde, zu meiner Schwester zurückzukehren. Miss Spencers Vetter war ein seltsamer Geselle. Die Natur hatte ihn mit einer Gestalt ausgestattet, die nicht dazu geschaffen war, sich wie Raphael oder Byron zu kleiden, und sein Samtwams und sein nackter Hals passten nicht zu seinen Gesichtszügen. Sein Haar war kurz geschoren; seine Ohren waren groß und standen vom Kopf ab. Er hatte eine nachlässige Körperhaltung, die, ebenso wie sein melancholischsentimentales Äußeres, einen eigentümlichen Kontrast zu dem stechenden Blick seiner sonderbar gefärbten Augen bildete. Vielleicht war ich ja voreingenommen, doch sein Blick schien mir hinterhältig. Eine Weile lang sagte er nichts; die Hände auf seinen Stock gestützt, schaute er die Straße hinauf und hinunter. Schließlich hob er den Stock langsam in die Höhe und zeigte auf etwas. «Sehr hübsch, das da», sagte er leise. Er hatte den Kopf auf die Seite gelegt, seine kleinen Augen waren halb geschlossen. Ich schaute in die Richtung, in die der Stock wies; er zeigte auf ein rotes Tuch, das aus einem alten Fenster hing. «Hübsche Farbe», fuhr er fort und richtete, ohne den Kopf zu bewegen, seine halb geschlossenen Augen auf mich. «Passt gut zusammen», fügte er hinzu. «Macht sich ausgezeichnet.» Er sprach mit einer schroff klingenden, vulgären Stimme.

«Ich sehe, Sie haben einen geschulten Blick», erwiderte ich. «Ihre Kusine erzählte mir, Sie studierten Kunst.» Ohne zu antworten, schaute er mich weiter unverwandt an, und ich fuhr, betont weltmännisch, fort: «Ich nehme an, Sie arbeiten im Atelier eines jener berühmten Männer.»

Er schaute mich noch immer an, dann sagte er leise: «Gérôme.»

«Gefällt es Ihnen?», fragte ich.

«Verstehen Sie Französisch?», sagte er.

«Etwas», antwortete ich.

Er hielt seine kleinen Augen weiter auf mich gerichtet; dann sagte er: *«J'adore la peinture!»*[5]

«Oh, das verstehe ich!», erwiderte ich. Vor Freude und Aufregung ein wenig zitternd, legte Miss Spencer ihre Hand auf den Arm ihres Vetters; sie genoss es, unter Menschen zu sein, die in fremden Sprachen so zu Hause waren. Ich stand auf, um mich zu verabschieden, und fragte Miss Spencer, wo ich ihr in Paris meine Aufwartung machen dürfe. In welchem Hotel würde sie absteigen?

Sie wandte sich fragend an ihren Vetter, und dieser beehrte mich erneut mit seinem schlaffen, gelangweilten Grinsen. «Kennen Sie das ‹Hôtel des Princes›?»

«Ich weiß, wo es ist.»

«Ich werde sie dort unterbringen.»

«Ich gratuliere Ihnen», sagte ich zu Caroline Spencer. «Ich glaube, es ist das beste Hotel auf der ganzen Welt; und wo finde ich Sie, falls ich hier noch einen Augenblick Zeit habe, Sie zu besuchen?»

«Ach, es ist ein so hübscher Name», sagte Miss Spencer fröhlich. «‹À la Belle Normande›.»[6]

Als ich sie verließ, schwenkte ihr Vetter schwungvoll seinen pittoresken Hut.

III

Meine Schwester war, wie sich herausstellte, noch nicht so weit wiederhergestellt, dass wir Havre mit dem Nachmittagszug hätten verlassen können, und so hatte ich freie Hand, mich bei Einbruch der herbstlichen Abenddämmerung im «Gasthaus zur schönen Normannin» einzufinden. Ich muss zugeben, dass ich mich in der Zwischenzeit unzählige Male gefragt hatte, worin wohl das Unangenehme bestanden haben mochte, das der unsympathische Vetter meiner bezaubernden Freundin dieser erzählt hatte. Die «Belle Normande» war ein bescheidenes Gasthaus in einer Seitenstraße von etwas zwielichtigem Charakter, wo, wie ich mir mit Genugtuung sagte, Miss Spencer auf Lokalkolorit in Hülle und Fülle gestoßen sein musste. Es gab einen kleinen, von schiefen Gebäuden umschlossenen Innenhof, in dem sich ein Großteil der Gastlichkeit abspielte; es gab eine Treppe, die außen am Haus zu den Schlafzimmern hinaufführte; es gab einen kleinen, vor sich hin tröpfelnden Brunnen mit einer Gipsstatue in der Mitte; es gab einen kleinen Jungen in weißer Mütze und Schürze, der an einer Tür, die unübersehbar in die Küche führte, Kupfertöpfe reinigte; es gab eine schwatzende Wirtin, ordentlich geschnürt, die auf einem rosenroten Teller Aprikosen und Trauben zu einer kunstvollen Pyramide aufschichtete. Ich sah mich um, und auf einer grünen Bank vor einer offenen Tür mit dem Schild *«Salle à manger»*[7] entdeckte ich Caroline Spencer. Kaum hatte ich sie erblickt, da wusste ich auch schon, dass seit dem Vormittag etwas geschehen war. Sie saß zurückgelehnt auf ihrer Bank, die Hände im Schoß gefaltet, den Blick auf die Wirtin geheftet, die auf der anderen Seite des Hofes mit ihren Aprikosen beschäftigt war.

Aber ich sah, dass sie nicht an Aprikosen dachte. Sie starrte, in Gedanken versunken, geistesabwesend vor sich hin; als ich zu ihr trat, fiel mir auf, dass sie geweint hatte. Ich setzte mich neben sie auf die Bank, ohne dass sie mich wahrnahm; dann, nachdem sie mich bemerkt hatte, wandte sie sich, ohne die geringste Überraschung erkennen zu lassen, einfach zu mir um und ließ ihren traurigen Blick auf mir ruhen. Zweifellos war etwas sehr Schlimmes geschehen; sie war völlig verändert.

Ich sprach sie sogleich darauf an. «Ihr Vetter hat Ihnen schlechte Nachrichten gebracht; Sie sind zutiefst bekümmert.»

Einen Augenblick lang sagte sie nichts, und ich vermutete, sie wolle nicht sprechen, weil sie fürchtete, ihr würden wieder die Tränen kommen. Doch ich merkte schnell, dass sie in der kurzen Zeit, die verstrichen war, seit ich sie verlassen hatte, bereits all ihre Tränen vergossen hatte und dass sie jetzt nichts mehr erschüttern konnte – sie war vollkommen gefasst.

«Mein armer Vetter hat Sorgen», sagte sie schließlich. «Seine Nachrichten waren schlecht.» Dann, nach kurzem Zögern: «Er benötigte dringend Geld.»

«Ihr Geld, meinen Sie?»

«Alles Geld, das er auf ehrliche Weise bekommen konnte. Meines war das einzige.»

«Und er hat es genommen?»

Wieder zögerte sie einen Augenblick, sah mich aber währenddessen flehentlich an. «Ich habe ihm gegeben, was ich hatte.»

Der Ton, in dem sie das sagte, ist mir über all die Jahre hinweg als die engelhafteste Äußerung eines Menschen in Erinnerung geblieben, die ich je vernommen habe. Doch damals sprang ich geradezu empört auf. «Gütiger Himmel!», rief ich. «Nennen Sie das ‹auf ehrliche Weise bekommen›?»

Ich war zu weit gegangen; sie errötete heftig. «Ich will nicht darüber sprechen», sagte sie.

«Wir *müssen* aber darüber sprechen», antwortete ich, während ich mich wieder setzte. «Ich bin Ihr Freund; mir scheint, Sie brauchen einen. Was ist los mit Ihrem Vetter?»

«Er hat Schulden.»

«Zweifellos! Aber weshalb sollen ausgerechnet Sie seine Schulden bezahlen?»

«Er hat mir die ganze Geschichte erzählt; er tut mir sehr leid.»

«Mir auch! Aber ich hoffe doch, er wird Ihnen Ihr Geld zurückzahlen.»

«Gewiss wird er das; sobald er kann.»

«Wann wird das sein?»

«Wenn er sein großes Gemälde fertiggestellt hat.»

«Meine liebe junge Dame, zum Teufel mit seinem großen Gemälde! Wo ist dieser unselige Vetter?»

Nun zögerte sie unübersehbar, dann sagte sie: «Beim Abendessen.»

Ich drehte mich um und blickte durch die offene Tür in den Speisesaal. Dort entdeckte ich, allein am Ende eines langen Tisches, das Objekt von Miss Spencers Mitgefühl – den intelligenten jungen Kunststudenten. Er war zu sehr mit dem Essen beschäftigt, als dass er mich sogleich bemerkt hätte; doch während er ein bis zur Neige geleertes Weinglas absetzte, fiel sein Blick auf mich, und er sah, dass ich ihn beobachtete. Er hielt in seiner Mahlzeit inne; den Kopf zur Seite geneigt und seine hageren Kiefer langsam bewegend, erwiderte er unverwandt meinen Blick. Dann streifte die Wirtin mich leicht, die mit ihrer Aprikosenpyramide an mir vorbeiging.

«Und dieser schöne kleine Obstteller ist für ihn?», rief ich.

Miss Spencer betrachtete das Kunstwerk liebevoll. «Sie machen das hier so hübsch!», murmelte sie.

Ich war wütend und ratlos. «Nanu», sagte ich, «heißen Sie wirklich gut, dass dieser lange starke Kerl Ihr Geld annimmt?» Sie wandte den Blick ab; offensichtlich schmerzten sie meine Worte. Der Fall war hoffnungslos: Der lange starke Kerl hatte sie für sich eingenommen.

«Verzeihen Sie, wenn ich so ungeniert spreche», sagte ich. «Aber Sie sind wirklich zu großmütig, und er benimmt sich nicht sehr anständig. Er hat seine Schulden selbst gemacht – er sollte sie auch selbst bezahlen.»

«Er war töricht», antwortete sie, «das weiß ich. Er hat mir alles erzählt. Wir haben uns heute Vormittag lange unterhalten; der arme Kerl hat sich meiner Barmherzigkeit anvertraut. Er hat für eine große Summe Schuldscheine gezeichnet.»

«Er ist wirklich ein Tor!»

«Er befindet sich in außerordentlicher Bedrängnis. Und nicht nur er. Da ist auch noch seine arme Frau.»

«Ach, er hat eine arme Frau?»

«Ich wusste es auch nicht – aber er hat mir alles gebeichtet. Er hat vor zwei Jahren heimlich geheiratet.»

«Warum heimlich?»

Caroline Spencer blickte sich um, als fürchte

sie, jemand könnte uns belauschen; dann sagte sie leise in eindringlichem Ton: «Sie war eine Gräfin!»

«Sind Sie ganz sicher?»

«Sie hat mir einen wunderschönen Brief geschrieben.»

«In dem sie Sie um Geld bittet?»

«In dem sie mich um Vertrauen und Mitgefühl bittet», sagte Miss Spencer. «Sie ist von ihrem Vater enterbt worden. Mein Vetter hat mir die Geschichte erzählt, und sie erzählt sie in dem Brief noch einmal mit ihren eigenen Worten. Es ist wie in einem alten Märchen. Ihr Vater war gegen die Heirat, und als er herausfand, dass sie heimlich gegen seinen Willen gehandelt hatte, verstieß er sie grausam. Es ist wirklich sehr romantisch. Sie sind die älteste Familie in der Provence.»

Verwundert sah ich sie an, verwundert hörte ich ihr zu. Es hatte tatsächlich den Anschein, als sei die arme Frau von dem «märchenhaften» Umstand, eine verstoßene provenzalische Gräfin zur Kusine zu haben, so angetan, dass ihr darüber gar nicht richtig bewusst wurde, was der Verlust des Geldes für sie bedeutete.

«Meine liebe junge Dame», sagte ich, «Sie werden doch eines romantischen Gefühls wegen Ihre Pläne nicht aufgeben wollen?»

«Ich werde sie nicht aufgeben. Ich werde in nicht allzu ferner Zukunft zurückkommen, um meinen Vetter und seine Frau zu besuchen. Die Gräfin besteht darauf.»

«Zurückkommen! Sie fahren also nach Hause?»

Sie saß einen Moment mit gesenktem Blick da, dann sagte sie, ein leichtes Zittern in ihrer Stimme heldenhaft unterdrückend: «Ich habe kein Geld mehr, um zu reisen!»

«Sie haben ihm *alles* gegeben?»

«Ich habe so viel behalten, dass es noch für die Rückreise reicht.»

Ich stöhnte wütend auf, und in diesem Augenblick kam Miss Spencers Vetter, der glückliche Besitzer ihrer geheiligten Ersparnisse und der Hand der provenzalischen Gräfin, aus dem kleinen Speisesaal. Er blieb einen Moment auf der Schwelle stehen und entfernte den Stein aus einer fleischigen Aprikose, die er vom Tisch mitgenommen hatte; dann steckte er die Aprikose in den Mund, und während er sie genussvoll dort behielt, schaute er, die langen Beine gespreizt und die Hände in den Taschen seines Samtjacketts, zu uns herüber.

Meine Gefährtin stand auf und warf ihm einen flüchtigen Blick zu, den ich auffing und aus dem eine sonderbare Mischung von Resignation und Faszination sprach – eine Art bizarrer Euphorie. So hässlich, vulgär, anmaßend und unehrlich dieser Mensch in meinen Augen auch war, hatte er doch mit Erfolg an ihre lebhafte, empfängliche Phantasie appelliert. Ich war zutiefst angewidert, aber ich hatte kein Recht, mich einzumischen, zumal ich spürte, dass es vergebens sein würde.

Der junge Mann vollführte mit der Hand eine malerische Geste. «Hübscher alter Hof», bemerkte er. «Hübsches, anheimelndes altes Haus. Schöner Farbton in diesem Backstein. Hübsche schiefe alte Treppe.»

Es war entschieden unerträglich. Ohne etwas zu erwidern, gab ich Caroline Spencer die Hand. Sie sah mich einen Augenblick mit ihrem kleinen weißen Gesicht und weit geöffneten Augen an, und da sie ihre schönen Zähne sehen ließ, nahm ich an, sie bemühte sich zu lächeln.

«Sie brauchen mich nicht zu bedauern», sagte sie, «ich bin sicher, ich werde irgendwann noch etwas von diesem teuren alten Europa sehen.»

Ich erklärte, ich wollte ihr noch nicht Lebewohl sagen – ich würde sicher am nächsten Morgen einen Augenblick Zeit finden, um noch einmal vorbeizukommen. Ihr Vetter, der seinen

Hut inzwischen wieder aufgesetzt hatte, nahm ihn erneut schwungvoll ab und schwenkte ihn mit einer Verbeugung in meine Richtung – worauf ich mich entfernte.

Am nächsten Morgen ging ich noch einmal in das Gasthaus, wo ich im Hof auf die Wirtin traf, die nun weniger sorgfältig geschnürt war als am Abend zuvor. Auf meine Frage nach Miss Spencer antwortete sie: «*Partie*,[8] Monsieur. Sie ist gestern Abend um zehn Uhr fort, mit ihrem... ihrem... nicht ihrem Mann, eh?... nun ja, mit ihrem *Monsieur*. Sie gingen zum amerikanischen Schiff hinunter.» Ich wandte mich zum Gehen; das arme Mädchen war gerade einmal dreizehn Stunden in Europa gewesen.

IV

Ich selbst hatte mehr Glück und blieb noch gut fünf Jahre länger dort. Während dieser Zeit verlor ich meinen Freund Latouche, der auf einer Reise durch die Levante am Sumpffieber starb. Nach meiner Rückkehr führte mich einer meiner ersten Wege nach Grimwinter, um seiner armen Mutter einen Kondolenzbesuch abzustatten. Ich traf sie tief betrübt an und saß den ganzen Vormittag nach meiner Ankunft (ich war spät in der Nacht eingetroffen) mit ihr zusammen, hörte ihren tränenreichen Auslassungen zu und sang Lobeshymnen auf meinen Freund. Wir sprachen über nichts anderes, und unsere Unterhaltung endete erst mit der Ankunft einer lebhaften kleinen Frau, die in einem von ihr selbst gelenkten leichten vierrädrigen Einspänner vorfuhr und die ich dabei beobachtete, wie sie die Zügel mit dem gleichen Schwung auf den Rücken des Pferdes warf, mit dem jemand, der aus dem Schlaf auffährt, die Bettdecke zurückschlägt. Sie sprang aus dem Wagen, und sie stürmte ins Zimmer. Sie war, wie sich herausstellte, die Frau des Pfarrers und die größte Klatschbase der Stadt, und in dieser Eigenschaft hatte sie offensichtlich einen besonderen Leckerbissen parat. Dessen war ich mir ebenso sicher, wie ich mir sicher war, dass die arme Mrs Latouche trotz ihres schmerzlichen Verlusts in der Lage war, ihr zuzuhören. Es schien mir taktvoll, mich zurückzuziehen; ich sagte, ich wolle vor dem Essen noch ein wenig spazieren gehen.

«Ach, übrigens», fügte ich hinzu, «wenn Sie mir verraten, wo meine alte Freundin Miss Spencer wohnt, werde ich einen Spaziergang zu ihrem Haus machen.»

Die Pfarrersfrau antwortete umgehend. Miss Spencer wohne im vierten Haus nach der Baptistenkirche; die Baptistenkirche sei die auf der rechten Seite, mit dem komischen grünen Ding über der Tür; sie bezeichneten es ja als Portikus, aber es sehe mehr wie ein altmodisches Bettgestell aus.

«Ja, tun Sie das, besuchen Sie die arme Caroline», sagte Mrs. Latouche. «Es wird ihr guttun, ein fremdes Gesicht zu sehen.»

«Ich könnte mir denken, Sie hat genug von fremden Gesichtern!», rief die Pfarrersfrau.

«Ich meine, einen Besucher zu empfangen», verbesserte sich Mrs Latouche.

«Ich könnte mir denken, sie hat auch genug von Besuchern!», entgegnete ihre Gefährtin. «Aber *Sie* haben ja nicht vor, zehn Jahre zu bleiben», fügte sie mit einem schnellen Blick auf mich hinzu.

«Hat Sie denn einen solchen Besucher?», fragte ich verwirrt.

«Eine Besucherin, Sie werden sie schon sehen!», sagte die Pfarrersfrau. «Man kann sie gar nicht übersehen, sie sitzt meistens im Vorgarten. Aber passen Sie auf, was Sie zu ihr sagen, und seien Sie unbedingt höflich.»

«Ach, ist sie so empfindlich?»

Die Pfarrersfrau sprang auf und machte einen Knicks vor mir – einen höchst ironischen Knicks.

«Das ist sie in der Tat, wenn's recht ist. Sie ist eine Gräfin!»

So, wie die kleine Frau dieses Wort in vernichtendem Ton hervorstieß, schien sie der Gräfin geradezu ins Gesicht zu lachen. Ich stand einen Augenblick lang da, starrte sie an, überlegte, erinnerte mich.

«Oh, ich werde sehr höflich sein», rief ich, nahm meinen Hut und meinen Stock und machte mich auf den Weg.

Ich fand Miss Spencers Zuhause ohne Mühe. Die Baptistenkirche war leicht zu erkennen, und das kleine schmutzig weiße Haus in ihrer Nähe mit einem großen Schornsteinkasten in der Mitte und wildem Wein an der Fassade schien die natürliche und passende Unterkunft für eine genügsame alte Jungfer mit einer Vorliebe für das Pittoreske. Als ich näher kam, verlangsamte ich meine Schritte, denn ich hatte ja gehört, dass immer jemand im Vorgarten sitze, und ich wollte erst einmal die Lage erkunden. Ich lugte vorsichtig über den niedrigen weißen Zaun, der den kleinen Gartenbereich von der ungepflasterten Straße trennte, doch ich entdeckte nichts, was wie eine Gräfin aussah. Ein schmaler, gerader Pfad führte zu der schiefen Stufe vor der Haustür, und zu beiden Seiten des Pfades befand sich eine kleine, von Johannisbeersträuchern gesäumte Rasenfläche. In der Mitte dieser Rasenflächen stand jeweils ein großer knorriger Quittenbaum von ehrwürdigem Alter, und unter einen der Quittenbäume hatte man einen kleinen Tisch und zwei Stühle gestellt. Auf dem Tisch lagen eine unvollendete Stickarbeit und zwei, drei Bücher, eingeschlagen in leuchtend buntes Papier. Ich trat durch das Tor und ging auf das Haus zu. Auf halbem Weg blieb ich stehen, um mich nach einem weiteren Hinweis auf seine Bewohnerin umzusehen, vor der zu erscheinen ich – ohne dass ich genau hätte sagen können, warum – plötzlich zögerte. Da fiel mir auf, dass das ärmliche kleine Haus sehr heruntergekommen war. Ich zweifelte mit einem Mal an meinem Recht, hier einzudringen; Neugier hatte mich dazu getrieben, und Neugier schien hier ausgesprochen taktlos. Während ich noch zögerte, tauchte eine Gestalt in der offenen Tür auf und musterte mich. Ich erkannte Caroline Spencer sofort, doch sie sah mich an, als hätte sie mich noch nie zuvor gesehen. Langsam und befangen, aber festen Schrittes näherte ich mich der Tür, und bemüht, mit einem Scherz das Eis zu brechen, sagte ich: «Ich habe drüben auf Ihre Rückkehr gewartet, aber Sie sind nicht zurückgekommen.»

«Wo gewartet, Sir?», fragte sie sanft, und ihre hellen Augen weiteten sich noch mehr.

Sie war sehr gealtert; sie wirkte müde und abgehärmt.

«Nun, in Havre», antwortete ich.

Sie starrte mich an; dann erkannte sie mich. Sie lächelte, errötete und verschränkte die Hände. «Jetzt erinnere ich mich an Sie», sagte sie. «Ich erinnere mich an jenen Tag.» Doch sie blieb an Ort und Stelle stehen, kam weder zu mir heraus, noch bat sie mich hinein. Sie war verlegen.

Auch ich fühlte mich ein wenig unbehaglich. Ich bohrte meinen Stock in den Pfad. «Ich habe immer nach Ihnen Ausschau gehalten, Jahr für Jahr», sagte ich.

«Sie meinen, in Europa?», murmelte Miss Spencer.

«Natürlich in Europa! Hier sind Sie ja offenkundig leicht zu finden.»

Sie legte die Hand an den ungestrichenen Türpfosten und neigte den Kopf ein wenig zur Seite. Sie sah mich einen Moment lang an, ohne etwas zu sagen, und ich meinte, jenen Ausdruck zu erkennen, den man in den Augen von Frauen sieht, wenn sie den Tränen nahe sind. Plötzlich trat sie auf die von einem Riss durchzogene Steinplatte vor der Türschwelle heraus und schloss die Tür hinter sich. Dann lächelte sie beflissen, und mir fiel auf, dass ihre Zähne noch genau so schön waren wie eh und je. Aber es waren auch Tränen geflossen.

«Waren Sie die ganze Zeit dort?», fragte sie beinahe flüsternd.

«Bis vor drei Wochen. Und Sie – sind Sie nie zurückgekommen?»

Mich noch immer mit ihrem starren Lächeln musternd, griff sie mit einer Hand hinter sich und machte die Tür wieder auf: «Aber ich bin nicht gerade sehr höflich», sagte sie. «Wollen Sie nicht hereinkommen?»

«Ich fürchte, ich bereite Ihnen Ungelegenheiten.»

«O nein!», erwiderte sie und lächelte mehr denn je. Und mit einer Geste, die mich zum Eintreten aufforderte, stieß sie die Tür ganz auf.

Ich folgte ihr ins Haus. Sie führte mich in einen kleinen Raum links von der engen Diele, der, wie ich vermutete, ihr Wohnzimmer war, obwohl er nach hinten hinaus lag und wir an der geschlossenen Tür zu einem anderen Raum vorbeikamen, von dem aus man anscheinend auf die Quittenbäume sah. Der, in den sie mich geführt hatte, gab den Blick auf einen kleinen Holzschuppen und zwei gackernde Hühner frei. Doch ich fand ihn recht hübsch, bis mir auffiel, dass seine Eleganz äußerst schlichter Natur war; daraufhin fand ich ihn nur noch hübscher, hatte ich doch noch nie verschossenen Chintz und alte, mit gefirnissten Herbstblättern gerahmte Mezzotintos[9] so anmutig angeordnet gesehen. Miss Spencer setzte sich, die Hände fest im Schoß verschränkt, an den äußersten Rand des Sofas. Sie wirkte zehn Jahre älter, und es hätte sich sehr wunderlich angehört, hätte man sie jetzt als hübsch bezeichnet. Doch ich fand sie noch immer hübsch, oder zumindest anrührend. Sie war seltsam erregt. Ich versuchte, so zu tun, als bemerkte ich es nicht, doch dann drängte sich mir die Erinnerung an unsere kurze Freundschaft in Havre unwiderstehlich auf, und ich sagte plötzlich und gegen meinen Willen: «Ich bereite Ihnen doch Ungelegenheiten. Etwas bedrückt Sie.»

Sie hob ihre Hände ans Gesicht und verbarg es einen Augenblick lang in ihnen. Dann ließ sie sie sinken und sagte: «Es ist nur, weil Sie mich daran erinnern…»

«Sie meinen, ich erinnere Sie an jenen unseligen Tag in Havre?»

Sie schüttelte den Kopf. «Er war nicht unselig. Er war wunderschön.»

«Ich bin nie so bestürzt gewesen wie damals, als ich am nächsten Morgen in Ihr Gasthaus kam und feststellte, dass Sie wieder in See gestochen waren.»

Sie schwieg einen Augenblick, dann sagte sie: «Lassen Sie uns bitte nicht mehr davon reden.»

«Sind Sie direkt hierher zurückgekehrt?», fragte ich.

«Genau dreißig Tage, nachdem ich abgereist bin, war ich wieder hier.»

«Und seitdem sind Sie immer hiergeblieben?»

«O ja!», sagte sie leise.

«Wann werden Sie wieder nach Europa reisen?»

Diese Frage schien grausam, doch in ihrer sanften Ergebenheit lag etwas, was mich aufbrachte, und ich wollte sie dazu bringen, ihren Missmut zu äußern.

Einen Moment lang heftete sie den Blick auf einen kleinen Sonnenfleck auf dem Teppich, dann erhob sie sich und ließ das Rouleau etwas weiter herab, um ihn auszulöschen. Gleich darauf beantwortete sie meine Frage mit derselben sanften Stimme: «Niemals!»

«Ich hoffe, Ihr Vetter hat Ihnen Ihr Geld zurückbezahlt.»

«Es ist mir nicht mehr wichtig», sagte sie, den Blick von mir abgewandt.

«Ihr Geld ist Ihnen nicht mehr wichtig?»

«Eine Reise nach Europa.»

«Wollen Sie behaupten, Sie würden nicht reisen, wenn Sie könnten?»

«Ich kann nicht – ich kann nicht», sagte Caroline Spencer. «Es ist alles vorbei. Ich denke nicht einmal mehr daran.»

«Dann hat er Ihnen das Geld also nicht zurückbezahlt!», rief ich.

«Bitte – bitte», begann sie.

Doch dann hielt sie inne; sie blickte zur Tür. In der Diele war ein Rascheln zu hören gewesen und das Geräusch von Schritten.

Ich blickte ebenfalls zur Tür, die offen stand und jetzt einer weiteren Person Zutritt gewährte – einer Dame, die, gefolgt von einem jungen Mann, direkt auf der Schwelle stehen blieb. Die Dame starrte mich recht unverwandt an – so lange, dass ich, der ich ihren Blick erwiderte, einen lebhaften Eindruck von ihr gewinnen konnte. Dann wandte sie sich Caroline Spencer zu und sagte mit einem Lächeln und einem starken ausländischen Akzent: «Entschuldige, dass isch störe. Isch wusste nicht, dass du Besuch 'ast... Der Gentleman kam so leise 'erein.»

Bei diesen Worten richtete sie den Blick wieder auf mich.

Sie war sehr sonderbar; doch ich hatte sofort das Gefühl, ihr schon einmal begegnet zu sein. Dann wurde mir klar, dass ich allenfalls Frauen begegnet war, die ihr sehr ähnlich waren. Aber ich war ihnen sehr weit weg von Grimwinter begegnet, und es war ein seltsames Gefühl, einer Frau wie ihr nun hier zu begegnen. Wohin versetzte mich ihr Anblick? Auf einen nur schwach beleuchteten Treppenabsatz vor einem schäbigen Pariser *quatrième*[10] – vor eine offene Tür, die den Blick in ein schmutziges, unordentliches Vorzimmer freigibt, und zu einer Madame, die sich über das Treppengeländer beugt, dabei einen ausgeblichenen Morgenmantel vorn zusammenhält und zur Pförtnerin hinunterruft, sie solle ihr ihren Kaffee heraufbringen. Miss Spencers Besucherin war eine sehr korpulente Frau mittleren Alters mit einem feisten, totenbleichen Gesicht, das Haar *à la chinoise*[11] zurückgekämmt. Sie hatte kleine Augen, einen durchdringenden Blick und das, was man im Französischen ein liebenswürdiges Lächeln nennt. Sie trug einen alten rosafarbenen Kaschmirmorgenmantel mit weißen Stickereien und hielt ihn, wie die Gestalt, die ich gerade vor meinem geistigen Auge sah, mit einem entblößten rundlichen Arm und einer fleischigen, von tiefen Grübchen durchfurchten Hand vor der Brust zusammen.

«Isch wollte nur se'en, wo meine *café* bleibt», sagte sie mit ihrem liebenswürdigen Lächeln zu Miss Spencer. «Isch 'ätte ihn gern im Garten unter die kleine Baum serviert.»

Der junge Mann hinter ihr hatte inzwischen den Raum betreten und musterte mich ebenfalls. Es war ein Bürschchen mit einem hübschen Gesicht und provinziell geckenhaftem Gehabe – ein etwas klein geratener Adonis aus Grimwinter. Er hatte eine kleine spitze Nase, ein kleines spitzes Kinn und, wie mir auffiel, ausgesprochen winzige Füße. Er musterte mich mit offenem Mund und machte dabei ein dümmliches Gesicht.

«Du sollst deinen Kaffee sofort bekommen», sagte Miss Spencer, auf jeder Wange einen hellroten Fleck.

«Das ist gutt!», sagte die Dame im Morgenrock. «Suchen Sie Ihre Buch», fügte sie an den jungen Mann gewandt hinzu.

Er sah sich flüchtig im Zimmer um. «Meine Grammatik, mein' Se?», fragte er in ratlosem Ton.

Aber die korpulente Dame hielt ihren Blick neugierig auf mich gerichtet und raffte ihren Morgenrock mit ihrem weißen Arm enger zusammen.

«Suchen Sie Ihre Buch, mein Freund», wiederholte sie.

«Meinen Gedichtband, mein' Se?», sagte der junge Mann, der mich nun ebenfalls wieder anstarrte.

«Schon gut, lassen wir die Buch», sagte seine Gefährtin. «Wir werden uns 'eute unter'alten. Wir werden ein wenisch Konversation machen. Aber wir dürfen nicht länger stören. Kommen Sie.» Sie wandte sich zum Gehen. «Unter die kleine Baum», fügte sie an Miss Spencer gerichtet hinzu.

Dann bedachte Sie mich mit irgendeiner Grußfloskel und einem «Monsieur», ehe sie, gefolgt von dem jungen Mann, aus dem Zimmer rauschte.

Den Blick auf den Boden geheftet, stand Caroline Spencer da.

«Wer ist das?», fragte ich.

«Die Gräfin, meine Kusine.»

«Und wer ist der junge Mann?»

«Ihr Schüler, Mr Mixter.»

Diese Beschreibung der Beziehung zwischen den beiden Personen, die den Raum gerade verlassen hatten, ließ mich kurz auflachen.

Miss Spencer sah mich ernst an. «Sie gibt Französischstunden; sie hat ihr Vermögen verloren.»

«Ich verstehe», sagte ich. «Sie will niemandem zur Last fallen. Das ist sehr anständig.»

Miss Spencer blickte wieder zu Boden. «Ich muss den Kaffee holen gehen», sagte sie.

«Hat die Dame viele Schüler?», fragte ich.

«Mr Mixter ist der einzige. Sie widmet ihm ihre ganze Zeit.»

Darüber konnte ich nicht lachen, obwohl ich den Drang dazu verspürte. Miss Spencer war zu ernst. «Er bezahlt sehr gut», fügte sie sogleich naiv hinzu. «Er ist sehr reich. Er ist sehr nett. Er unternimmt mit der Gräfin Spazierfahrten.» Sie wandte sich zum Gehen.

«Sie gehen den Kaffee für die Gräfin holen?», sagte ich.

«Wenn Sie mich kurz entschuldigen wollen.»

«Kann das niemand anders tun?»

Sie sah mich mit heiterster Gelassenheit an. «Ich beschäftige keine Dienstboten.»

«Kann sie ihn sich nicht selbst holen?»

«Das ist sie nicht gewohnt.»

«Ich verstehe», sagte ich so ruhig wie möglich. «Aber ehe Sie gehen, sagen Sie mir bitte: Wer ist diese Dame?»

«Ich habe Ihnen schon von ihr erzählt – an jenem Tag. Sie ist die Frau meines Vetters, den Sie kennengelernt haben.»

«Die Dame, die von ihrer Familie wegen ihrer Heirat verstoßen wurde?»

«Ja; sie haben sie nie mehr sehen wollen. Sie haben sich von ihr losgesagt.»

«Und wo ist ihr Mann?»

«Er ist tot.»

«Und wo ist Ihr Geld?»

Die Arme zuckte zusammen, meine Fragen hatten etwas allzu Inquisitorisches. «Ich weiß es nicht», sagte sie gequält.

Doch ich fragte weiter. «Nach dem Tod ihres Mannes kam diese Dame hierher?»

«Ja, eines Tages war sie da.»

«Wie lange ist das her?»

«Zwei Jahre.»

«Seitdem war sie die ganze Zeit hier?»

«Jede Sekunde.»

«Wie gefällt es ihr?»

«Gar nicht.»

«Und wie gefällt es *Ihnen*?»

Miss Spencer verbarg ihr Gesicht einen Augenblick in den Händen, wie sie es schon zehn Minuten zuvor getan hatte. Dann ging sie schnell hinaus, um der Gräfin den Kaffee zu bringen.

Ich blieb allein in dem kleinen Wohnzimmer zurück; ich wollte noch mehr sehen – noch mehr erfahren. Nach fünf Minuten kam der junge Mann herein, den Miss Spencer als Schüler der Gräfin bezeichnet hatte. Er starrte mich einen Augenblick lang mit offenem Mund an. Ich merkte, dass er ein sehr ungehobelter junger Mann war.

«Sie will wissen, ob Sie nicht hinauskommen», sagte er schließlich.

«Wer will das wissen?»

«Die Gräfin. Diese französische Dame.»

«Sie hat Sie gebeten, mich zu holen?»

«Ja, Sir», antwortete der junge Mann mit kraftloser Stimme, während er meine sechs Fuß große Gestalt musterte.

Ich ging mit ihm hinaus, und wir fanden die Gräfin auf einem Stuhl unter einem der kleinen Quittenbäume vor dem Haus. Sie zog eine Nadel durch die Stickerei, die sie von dem Tischchen genommen hatte. Sie wies anmutig auf den Stuhl neben sich, und ich nahm Platz. Mr Mixter schaute sich um und setzte sich dann zu ihren Füßen ins Gras. Von unten herauf blickte er mit geöffnetem Mund erst zur Gräfin, dann zu mir.

«Sie sprechen doch sischer Französisch», sagte die Gräfin, ihre leuchtenden kleinen Augen auf mich gerichtet.

«Ja, Madame, etwas», erwiderte ich in der Muttersprache der Dame.

«*Voilá!*», rief sie mit Nachdruck. «Ich wusste es, sowie ich Sie sah. Sie waren in meinem geliebten armen Land.»

«Lange Zeit.»

«Sie kennen Paris?»

«Sehr gut, Madam.» Und bewusst sorgte ich aus einem ganz bestimmten Grund dafür, dass unsere Blicke sich trafen.

Daraufhin wandte sie den ihren unverzüglich ab und sah zu Mr Mixter hinunter. «Worüber sprechen wir?», fragte sie ihren aufmerksamen Schüler.

Der zog die Knie hoch, zupfte an ein paar Grashalmen herum, machte große Augen und errötete ein wenig. «Sie sprechen französisch», sagte Mr Mixter.

«*La belle découverte!*»,[12] sagte die Gräfin. «Seit zehn Monaten unterrichte ich ihn nun», erklärte sie mir weiter. «Bemühen Sie sich erst gar nicht, sich die Bemerkung zu verkneifen, er sei ein Dummkopf; er versteht Sie ohnehin nicht.»

«Ich hoffe, Ihre anderen Schüler geben Ihnen mehr Anlass zur Zufriedenheit.»

«Ich habe keine anderen. Die wissen hier ja nicht einmal, was Französisch ist; sie wollen es auch gar nicht wissen. Vielleicht können Sie sich vorstellen, welches Vergnügen es deshalb für mich ist, jemandem zu begegnen, der es spricht wie Sie.» Ich erwiderte, das Vergnügen sei ganz meinerseits, und sie fuhr, den kleinen Finger abgespreizt, fort, ihre Stiche in ihre Stickarbeit zu setzen. Dabei ging sie, wie Kurzsichtige es zu tun pflegen, immer wieder mit den Augen ganz nahe an die Arbeit heran. Ich fand sie äußerst unsympathisch; sie war ungebildet, affektiert, unehrlich und ebenso wenig eine Gräfin wie ich ein Kalif. «Erzählen Sie mir von Paris», fuhr sie fort. «Allein schon der Name versetzt mich in Erregung! Wie lange ist es her, dass Sie dort waren?»

«Zwei Monate.»

«Sie Glücklicher! Erzählen Sie mir davon. Was taten die Leute? Ach, was gäbe ich für eine Stunde auf dem Boulevard!»

«Sie taten das, was sie meist tun – sie amüsierten sich ausgiebig.»

«In den Theatern, was?», sagte die Gräfin seufzend. «In den *cafés-concerts*[13] – an den Tischchen vor den Türen? *Quelle existence!*[14] Wissen Sie, Monsieur, ich bin eine Pariserin», fügte sie hinzu, «eine Pariserin bis in die Fingerspitzen.»

«Dann muss Miss Spencer sich geirrt haben», wagte ich zu entgegnen, «als sie mir sagte, Sie stammten aus der Provence.»

Sie starrte mich einen Moment lang an, dann steckte sie die Nase in ihre Stickerei, die schlampig und schmuddelig wirkte. «Ah, ich bin in der Provence geboren, aber in meinem Herzen bin ich Pariserin.»

«Und wohl eine mit recht viel Erfahrung?», sagte ich.

Sie musterte mich einen Augenblick fragend mit ihren kalten kleinen Augen. «Ach, Erfahrung! Ich könnte viel über Erfahrung sagen, wenn ich wollte. Ich hätte zum Beispiel nie erwartet, dass das Schicksal *diese* Erfahrung für mich bereithält.» Bei diesen Worten deutete sie mit ihrem entblößten Ellbogen und einer ruckartigen Kopfbewegung auf alles um sie herum – auf das kleine weiße Haus, den Quittenbaum, den wackeligen Zaun, ja sogar auf Mr Mixter.

«Sie sind im Exil!», sagte ich lächelnd.

«Sie können sich vielleicht vorstellen, wie das ist! In diesen zwei Jahren, seit ich hier bin, habe ich Stunden verbracht – Stunden! Man gewöhnt sich an alles, und manchmal denke ich, ich habe mich an das hier gewöhnt. Aber es gibt ein paar Dinge, da fängt immer wieder alles von vorn an. Mein Kaffee, zum Beispiel.»

«Trinken Sie immer um diese Zeit Kaffee?», fragte ich.

Sie warf den Kopf zurück und sah mich abschätzend an.

«Wann sollte ich ihn Ihrer Meinung nach trinken? Nach dem Frühstück muss ich einfach mein Tässchen haben.»

«Ach, Sie frühstücken um diese Zeit?»

«Mittags – *comme cela se fait*.[15] Hier frühstücken sie um Viertel nach sieben! Dieses ‹Viertel nach› ist entzückend!»

«Sie wollten mir doch gerade erzählen, was es mit Ihrem Kaffee auf sich hat», bemerkte ich teilnehmend.

«Meine *cousine* hält nichts davon; sie kann es nicht verstehen. Sie ist ein wunderbares Mädchen, aber dieses Tässchen schwarzen Kaffee mit einem Tropfen Cognac, serviert um diese Zeit – das geht einfach über ihren Horizont. Also muss ich sie jeden Tag aufs Neue überreden, und es dauert immer so lange, wie Sie es jetzt erleben, bis er endlich kommt. Und wenn er dann kommt, Monsieur! Wenn ich Ihnen keinen anbiete, dürfen Sie mir das nicht übelnehmen. Ich tue es nur, weil ich weiß, dass Sie auf dem Boulevard Kaffee getrunken haben.»

Diese abschätzigen Bemerkungen über die schlichte Gastfreundschaft der armen Caroline Spencer erbosten mich außerordentlich, doch sagte ich nichts, um nicht unhöflich zu werden. Ich schaute nur zu Mr Mixter, der, die Arme um die Knie geschlungen, ernst und gebannt die demonstrativ hervorgekehrten Reize meines Gegenübers betrachtete. Sie merkte sofort, dass ich ihn beobachtete, und sah mich mit einem widerwärtig anmaßenden, Verständnis heischenden Lächeln an. «Wissen Sie, er betet mich an», murmelte sie, während sie die Nase wieder in ihre Stickerei steckte. Ich brachte zum Ausdruck, dass ich das unbesehen glaubte, und sie fuhr fort: «Er träumt davon, mein Liebhaber zu werden! Ja, das ist sein Traum. Er hat einen französischen Roman gelesen; sechs Monate hat er dazu gebraucht, aber seitdem sieht er in sich den Helden und in mir die Heldin!»

Mr Mixter hatte ganz offenkundig keine Ahnung, dass wir über ihn sprachen, er war zu sehr in seine schwärmerische Betrachtung versunken. In diesem Augenblick kam Caroline

Spencer mit einer Kaffeekanne auf einem kleinen Tablett aus dem Haus. Mir fiel auf, dass sie mir auf ihrem Weg von der Tür zum Tisch einen raschen, gleichsam flehenden Blick zuwarf. Ich fragte mich, was er bedeutete; ich spürte, dass er ein beklommenes Verlangen ausdrückte, zu erfahren, was ich als Mann von Welt, der in Frankreich gewesen war, von der Gräfin hielte. Das brachte mich in eine äußerst unangenehme Lage. Ich konnte ihr schlecht sagen, dass die Gräfin sehr wahrscheinlich die durchgebrannte Frau eines kleinen unbedeutenden Friseurs war. Vielmehr bemühte ich mich nun plötzlich, große Hochachtung vor ihr zu zeigen. Doch ich erhob mich; ich konnte nicht länger bleiben. Es bedrückte mich, Caroline Spencer wie eine Dienstmagd dastehen zu sehen.

«Sie rechnen damit, noch einige Zeit in Grimwinter zu bleiben?», fragte ich die Gräfin.

Sie zuckte theatralisch mit den Schultern.

«Wer weiß? Vielleicht noch Jahre. Wenn man in Not ist…! *Chère belle*»,[16] fügte sie, an Miss Spencer gewandt, hinzu, «du 'ast der Cognac vergessen!»

Ich hielt Caroline Spencer auf, als sie sich, nachdem sie schweigend einen Augenblick auf das Tischchen gestarrt hatte, umdrehte, um die fehlende Köstlichkeit zu holen. Schweigend reichte ich ihr zum Abschied die Hand. Miss Spencer sah sehr müde aus, doch ihr so sanftes kleines Gesicht hatte einen seltsamen Ausdruck, der auch künftig Geduld verhieß. Mir schien, sie war froh, dass ich ging. Mr Mixter war aufgestanden und schenkte der Gräfin Kaffee ein. Als ich auf dem Rückweg an der Baptistenkirche vorbeiging, dachte ich darüber nach, dass die arme Miss Spencer recht gehabt hatte mit ihrer Ahnung, sie werde doch noch etwas von jenem teuren alten Europa zu sehen bekommen.

Ein Landschaftsmaler

1 Ironische Anspielung auf den formgebenden Damen-
unterrock, der in den Achtzigerjahren des 19. Jh.
aufkam. Sein Name leitet sich von ital. *crino* («Pfer-
dehaar») und *lino* («Flachs») ab, denn aus beidem
bestand das steife Gewebe.

2 Newport, im US-Bundesstaat Rhode Island gelegen,
war damals ein sehr beliebter, entsprechend viel-
besuchter Erholungsort. James selbst lebte, mit einer
kurzen Unterbrechung, von 1859 bis 1864 dort.

3 Göttin der ausgleichenden Gerechtigkeit; sie wacht
über die gerechte Zuteilung von Glück und Unglück
an die Menschen und bestraft die Überheblichkeit
im Glück.

4 Lat. «Siegreiche Venus». Die röm. Göttin der Liebe
gilt als Inbegriff von Anmut und Liebreiz.

5 Vgl. *Macbeth*, I, 7: «Macbeth: *If we should fail, –* /
Lady Macbeth: *We fail!*»

6 Frz. «Komme, was wolle!», «Auf gut Glück!».

7 Mit diesen Worten lässt der Fuhrmann Barkis in
Charles Dickens' (1812–1870) Roman *David Copper-
field* seiner künftigen Frau ausrichten, dass er sie heiraten möchte.

8 *Das Bildnis einer Dame (The Portrait of a Lady)* lautet der
Titel eines Romans, den Henry James 1881 schrieb.

9 Vermutlich spielt James auf Agnes Grey, die Heldin

des gleichnamigen Romans von Anne Brontë (1820–1849) an; allerdings legt er die entsprechende Szene in Kap. 24 dieses Buchs etwas frei aus.

10 1842 erschienener Roman von Edward Bulwer-Lytton (1803–1873), *dem* engl. Erfolgsautor des 19. Jh. (u.a. *Die letzten Tage von Pompeji*, 1834). Im Mittelpunkt des erwähnten okkulten Romans, der zur Zeit der Französischen Revolution spielt, stehen der Rosenkreuzer Zanoni und seine Liebe zu einer Opernsängerin.

11 Frz. «diesen Herren».

12 Regenmantel aus einem nach dem schott. Chemiker und Erfinder Charles Mackintosh (gest. 1843) benannten, leichten Baumwollgewebe, das durch eine Gummischicht wasserdicht gemacht wird.

13 Feine Stäbe aus Fischbein, einer hornartigen Substanz aus den Barten des Bartenwals, dienten zur Verstärkung von Korsetts.

14 Nicht zuletzt dank des vermehrten Reisens und des damit einhergehenden wachsenden Interesses an fremden Landschaften in der «Grand Tour»-Epoche erlebte die Aquarellmalerei im 18. und 19. Jh. mit William Turner (vgl. Anm. 20), Richard P. Bonington u. a. einen Höhepunkt.

15 Frz. «Mehr will ich gar nicht.»

16 Lat. «sich über nichts wundern».

17 Frz. «ich».

18 Zitat aus dem Gedicht *Popularity* des engl. Dichters Robert Browning (1812–1889).

19 Frz. «Dann mal los!».

20 Joseph Mallord William Turner (1775–1851), engl. Landschaftsmaler und führender Vertreter der Romantik.

21 Frz. «grell», «schreiend».

22 Leichter kurzer Umhang.

23 Lord Alfred Tennyson (1809–1892), bedeutender engl. Dichter der Spätromantik, der u. a. ein Gedicht mit dem Titel *Locksley Hall* geschrieben hat. Vgl. den Namen des Landschaftsmalers.

24 Locksley stellt sich nicht nur in eine Reihe mit drei der bedeutendsten ital. Maler der Renaissance: Giorgione (1477 oder 1478–1510), Paris Bordone (um 1500–1571) und Paolo Veronese (1528–1588). In erwähntem *Salon Carré* des Pariser *Museé du Louvre* hängt zudem eines der berühmtesten Gemälde der Welt: die Mona Lisa von Leonardo da Vinci.

25 Frz. «Brünette».

26 William Wordsworth (1770–1850), engl. Dichter, bedeutender Vertreter der Romantik.

27 Frz. «von vorn losgehen».

Longstaffs Heirat

1 James spielt vermutlich auf die Statue der Diana mit Hund an, deren Original sich im Vatikan befindet.

2 Frz. «Gang», «Schritt».

3 Als «Ladies of Llangollen» wurden Eleanor Butler und Sarah Ponsonby bekannt, die aus ir. Adelsfamilien stammten, sich aber für ein Leben abseits der Konventionen entschieden. Im walis. Llangollen mieteten sie das Anwesen Plas Newydd, wo sie ein recht exzentrisches Leben führten und von zahlreichen Berühmtheiten ihrer Zeit, darunter Sir Walter Scott und William Wordsworth, besucht wurden.

4 Endymion wird, je nach mythologischer Überlieferung, als König von Elis – als Jäger oder als Hirte

beschrieben, der – in den meisten Versionen – in ewigen Schlaf versetzt wurde. Nach einer Version war Endymion ein karischer Hirte, in den sich die Mondgöttin Selene (die später mit Artemis/Diana verschmolz) verliebte; sie besuchte ihn jede Nacht, während er schlief, und gebar ihm fünfzig Kinder. Einer anderen Überlieferung zufolge wird die Jagdgöttin Diana von Amor zu dem schlafenden Endymion geführt. In der klassischen griech. Literatur steht Artemis jedoch für bewusst gewählte und entschlossen verteidigte Jungfräulichkeit.

5 *Corinne, ou l'Italie* (2 Bd., 1807), ein Roman der frz. Schriftstellerin Madame de Staël (1766–1817). Die Heldin Corinne ist eine lebenshungrige, kunstbegeisterte Frau, deren Liebe zu einem seelenverwandten Mann daran scheitert, dass er ihrer selbstbewussten Art nicht gewachsen ist und einer weniger «anstrengenden» Dame den Vorzug gibt.

6 *Childe Harold's Pilgrimage* (1812–1818), eines der bekanntesten Werke des engl. Dichters Lord Byron (1788–1824). Sein Versepos beschreibt die Reise eines jungen Mannes, der aus Enttäuschung über sein zwar luxuriöses, aber sinnentleertes Leben Zerstreuung in fremden Ländern sucht.

7 Zu den zahlreichen frz. Autoren, die sich Co-Autoren für das Verfassen ihrer Stücke suchten, gehörte beispielsweise auch Alexandre Dumas (père; 1802–1870). Er arbeitete in den Jahren 1837 und 1839 mit Gérard de Nerval zusammen, der ungenannt blieb. 1825 hatte sich Dumas sein erstes Honorar noch selbst als Co-Autor verdient.

8 Silvio Pellico (1789–1854), ital. Patriot, Schriftsteller und Dichter.

9 Frz. «Lieber armer Mann!».

10 Frz. «Kammerdiener».

11 Ital. «Friedhof».

12 Beides engl. Begriffe für ländliche herrschaftliche Wohnsitze.

13 Baumnymphen.

Der Weg der Pflicht

1 Dem Originaltext ist weder hier noch anderswo eindeutig zu entnehmen, ob ein Mann oder eine Frau Adressat der Geschichte ist, da die Anreden «geschlechtsneutral» sind *(compatriot, my dear, American)*. Im Deutschen ist jedoch eine Entscheidung für die männliche oder die weibliche Form unumgänglich. Auch wenn nicht ausgeschlossen werden kann, dass die erzählende «Amerikanerin in London» sich an einen Mann wendet (schließlich steht sie auch mit Ambrose Tester auf vertrautem Fuß), geht aus verschiedenen Andeutungen doch hervor, dass es sich wahrscheinlich um eine neugierige Lands*männin* handelt, die sich für die Geschichte interessiert.

2 Dies bedeutet, dass die Vorfahren Ambrose Testers bereits zu Beginn des 17. Jh. in den Rang eines Baronets erhoben worden waren. Jakob I. hatte diese niedere, zwischen Ritter und Baron angesiedelte Adelswürde im Jahr 1611 eingeführt. Der damit verbundene Titel «Sir» geht beim Tod des Vaters auf den ältesten Sohn über.

3 Pharo (auch Pharao): ein Kartenglücksspiel.

4 Möglicherweise eine Anspielung auf Henry James' Roman *The Bostonians* (1886; dt. *Die Damen von Bos-*

ton), an dem er zu der Zeit arbeitete, als auch *The Path of Duty* entstand. Mit Olive Chancellor, Mrs Burrage und Mrs Farrinder weist er gleich drei kluge Frauen auf. Die bedeutendste Rolle spielt allerdings die intelligente Olive Chancellor, eine leidenschaftliche Frauenrechtlerin, für die Katherine Loring, die Gesellschafterin und Pflegerin von Henry James' kranker Schwester Alice, Pate stand.

5 Die mit der Wahlrechtsreform von 1867 verbundenen Änderungen in der Wahlkreiseinteilung erwiesen sich als nicht ausreichend, so dass schließlich im Zusammenhang mit der Wahlrechtsreform von 1884 im Jahr 1885 ein entsprechendes Gesetz verabschiedet wurde, dessen Bestimmungen den neuen Gegebenheiten Rechnung tragen sollten.

6 Zwar hatten sich die sanitären Zustände in England in weiten Bereichen seit der Verabschiedung des *Sanitary Act* von 1866 erheblich verbessert, doch lag auch zu Beginn der achtziger Jahre noch sehr viel im Argen, so dass die Frage der sanitären Bedingungen und ihrer gesundheitlichen Folgen weiterhin in der Öffentlichkeit, im Parlament und in Ausschüssen lebhaft erörtert wurde.

7 Frz. «(Körper-)Haltung».

8 Frz. «Schicklichkeit», «gesellschaftliche Erwartung».

9 *Rotten Row*: ein alter Saumpfad an der Südseite des Hyde Park.

10 Frz. «Hintergedanke».

11 Frz. «sarkastische Bemerkung», «Spitze».

12 Die *Whispering Gallery* befindet sich in 33 Metern Höhe in der Kuppel der St. Paul's Cathedral. Ihren Namen verdankt sie der besonderen Akustik: Selbst wenn man sich flüsternd unterhält, sind die Worte

auf der anderen Seite, in 32 Metern Entfernung, deutlich zu verstehen.

13 Finanzielle Zuwendung des Bräutigams an die Braut bei der Eheschließung. Sie dient nach dem Tod des Gatten der Versorgung der Witwe.

14 Frz. für niedrige Wandverkleidung aus Holz, Stuck oder Marmor; hier: Deckentäfelung.

15 Anspielung auf die Präraffaeliten, eine Mitte des 19. Jh. entstandene Kunstrichtung, der auch der Kunsthandwerker, Schriftsteller und Sozialreformer William Morris nahestand, mit dem Henry James bekannt war. Morris, einer der vielseitigsten Künstler des 19. Jh. und Vorreiter des kontinentalen Jugendstils, plädierte u.a. für eine Kunst für viele, für eine «schöne» Umgebung, auch und gerade in den eigenen vier Wänden. Um sie zu gestalten, bedurfte es ausgesuchter Gebrauchsgegenstände wie Teppiche, Tapeten, Wandbehänge, Fliesen und Gläser, die Morris zusammen mit Gleichgesinnten in den von ihm geleiteten künstlerischen Werkstätten (als Kontrapunkt zur zunehmend maschinell produzierten Ware) in Handarbeit herstellte.

Benvolio

1 Gemme mit vertieft eingeschnittener Figur.

2 Gesellschaftstanz, der zu Beginn des 18. Jh. in Frankreich entstand und im 19. Jh. mit amüsanten Einlagen und Schritten aus Modetänzen (wie Polka, Galopp oder Walzer) angereichert wurde.

3 Frz. «übersättigt».

4 Lat. «Ende».

5 Frz. «Hervorhebung durch den Gegensatz».

6 Buchformat in der Größe eines zwölftel Bogens.

7 Das geschilderte Motiv wurde von zahlreichen Malern der venezianischen Schule, darunter Tizian und Paolo Veronese, gestaltet. Möglicherweise «ergatterte» Benvolio ein Gemälde Giuseppe Cesaris, genannt Il Cavalier d'Arpino (1568–1640): Von ihm bzw. aus seiner Werkstatt gibt es mehrere Bilder, die das Motiv «Perseus befreit Andromeda» variierten.

8 Damals wurde der aus den zum jeweiligen Buchformat gefalzten Bogen bestehende Buchblock noch nicht dreiseitig beschnitten. Deshalb musste der Leser selbst vor oder während der Lektüre die einzelnen Seiten mit einem Papiermesser voneinander trennen.

9 Jean Antoine Watteau (1684–1721), bedeutendster frz. Maler des 18. Jh., Schöpfer der neuen Bildgattung *Fêtes galantes*. Diese «intimen Gesellschaftsstücke», auf die auch James hier anspielt, zeigen eine verfeinerte höfische Kultur, die in vollendeter Harmonie mythologische Anspielungen, Erotik und gesellschaftliche Umgangsformen zu verbinden weiß.

10 Buch im Quartformat, das entsteht, wenn der Druckbogen zweimal gefalzt wird.

11 Bezeichnung für die in Alexandria beheimatete philosophische Richtung des Neuplatonismus, die dem Christentum sehr aufgeschlossen gegenüberstand. Ihre Vertreter waren bestrebt, erstmals Glauben und Wissen miteinander zu vereinen und hellenistische Philosophie und christlich-jüdisches Denken zu verschmelzen.

12 Das 1631 oder 1632 verfasste und 1645 veröffentlichte Gedicht *Il Penseroso (Der Nachdenkliche)* des engl.

Dichters John Milton (1608–1674) wurde von ihm selbst durch das Pendant *L'Allegro (Der Fröhliche)* ergänzt. Zusammen ergeben sie ein einheitliches Werk, in dem Heiterkeit und Melancholie miteinander kontrastiert werden.

13 Ein Schuh mit erhöhter Sohle, der von Schauspielern in der antiken Tragödie getragen wurde.

14 Frz. «Gesellschafterin».

15 Dieser Begriff geht auf eine Marotte des engl. Botanikers Benjamin Stillingfleet zurück, der um 1750 statt in den üblichen schwarzen Seidenstrümpfen in blauen Wollstrümpfen bei den Zusammenkünften eines schöngeistigen Zirkels erschien. Dessen Teilnehmerinnen erhielten daraufhin den Spottnamen *bluestockings.* Bis weit ins 20. Jh. hinein wurde die Bezeichnung abwertend für gelehrte Frauen verwendet, die der geistigen Arbeit Priorität einräumten und die «typisch weiblichen Eigenschaften» vernachlässigten.

16 Etwa ein Meter langer, senkrecht stehender Stab, auf den beim Handspinnen das zu verspinnende Material gewickelt wird, bzw. auch Name für den entsprechenden Teil des Spinnrades.

17 Illyrien ist der einzige konkrete Hinweis darauf, dass Henry James mit seiner Figur Benvolio offensichtlich auf William Shakespeares Malvolio aus der Komödie *Twelfth Night (Was ihr wollt)* anspielt.

Vier Begegnungen

1 Ital. «Unterhaltung».

2 François de Bonivard, ein Vorkämpfer der Unabhän-

gigkeit des Waadtlands und Genfs von den Grafen von Savoyen, wurde 1530–1536 im Schloss Chillon gefangen gehalten. Lord Byron (vgl. Anm. 6 zu *Longstaffs Heirat*) setzte ihm in seiner 1816 erschienenen Verserzählung *The Prisoner of Chillon* ein Denkmal. Das am östlichen Ende des Genfer Sees gelegene Schloss wurde damals zu einer Touristenattraktion.

3 Frz. «Frau hinter der Theke».

4 Monumentaler Rundbau, am Tiberufer in Rom gelegen (Castel Sant'Angelo); in den Jahren 135–139 als Mausoleum für Kaiser Hadrian erbaut.

5 Frz. «Ich verehre die Malerei!».

6 Frz. «Zur schönen Normannin».

7 Frz. «Speisesaal».

8 Frz. «abgereist».

9 Ital. Bezeichnung (*mezzotinto*: «Halbton») für Schabkunstblätter bzw. die Schabkunst, ein manuelles Tiefdruckverfahren. Dabei raut man zunächst eine Kupferplatte auf, dann werden die Partien, die hell wirken sollen, mit einem Schabmesser geglättet.

10 Frz. «Wohnung in der vierten Etage». Das Erdgeschoss wird in Frankreich separat gezählt, muss also noch dazugerechnet werden.

11 Frz. «nach chinesischer Art».

12 Frz. «Eine schöne Entdeckung!».

13 Frz. Bar mit Varietédarbietungen.

14 Frz. «Welch ein Leben!».

15 Frz. «Wie es sich gehört».

16 Frz. «Teure Schöne!».

NACHWORT

Es war einmal (als handelte es sich um ein Märchen) ein sehr interessanter junger Mann. Ein tatsächlich in mancherlei Hinsicht sehr ansprechender Bursche. «Engel» hatten sie ihn in der Familie genannt, wegen seiner Locken. Ein schlanker junger Mann mit nachdenklichen, bemerkenswert schönen Augen, der gerade erst vor zwei Jahren die Grenze zum dritten Jahrzehnt unserer irdischen Lebensspanne überschritten hatte. Die Ähnlichkeiten mit jenem wetterwendischen jungen Dichter namens Benvolio, von dem er in seiner 1875 im Magazin *Galaxy* erschienenen Geschichte einen bemerkenswert gestelzten Erzähler im oben zitierten Ton berichten lässt, sind durchaus nicht zufällig. Unser junger Mann, den wir aus Gründen der Bequemlichkeit Henry James nennen wollen, war ebenfalls nicht unvermögend, wenn auch nicht reich, und intensiv kann man die Beschäftigung, der er nachging, schon nennen, regelmäßig, wie es ein ordentlicher Brotberuf gewesen wäre, aber war sie bis dahin sicher nicht.

Wie Benvolio, das Zerrbild seiner in mehrfacher Hinsicht allegorischen Erzählung, hatte er lange am Scheideweg gestanden, hatte sich nicht entscheiden können. Zerissen war er nicht zwischen zwei Frauen wie der atemberaubenden kastanienbraunen Gräfin und der nicht weniger faszinierenden blässlich stillen Nachbarin, die der Erzähler symbolisch Scholastica nennt, wie der junge Dichter seiner Geschichte, sondern zwischen zwei Kulturen, zwischen Europa und Amerika. Warum sich James schließlich für den alten Kontinent entschied, zeigt – das macht *Benvolio* endgültig zur Schlüsselerzählung – das Ende seiner Geschichte. Benvolio nämlich holt schließlich – die Gräfin hatte ihre Nebenbuhlerin ans andere Ende der Welt intrigiert und Benvolio anschließend wiederum sich der Gräfin entledigt – Scholastica, das arbeitsame neuenglische Philosophentöchterchen, heim vom Rand der Datumsgrenze. An ihrer Seite fängt Benvolio zwar wieder an zu schreiben, aber schrecklich schwerfällig, sagen die Leute, sei seine Dichtung geworden. Eine Angst, die auch den zweiunddreißigjährigen Theologensohn längst beschlichen hatte, weswegen er beschloss, im Exil, in Europa, zu bleiben. *Benvolio* ist (auch) ein Abschiedsbrief an Neuengland.

Als manischer Beobachter irrte er, so Giuseppe Tomasi di Lampedusa, fortan «wie ein Gott auf Urlaub durch die Salons Europas», ein Sammler von Geschichten, gruseligen und kitschigen, von Gesten, Blicken, Bildern, auf der Suche nach moralischer Wahrheit, nach der Wahrheit zwischen den Geschlechtern und den beiden Kontinenten, ein Korrespondent zweier Welten, ein Außenseiter, der er eigentlich immer schon gewesen war.

Henry war ein etwas anderer Junge. Einer, der früh die Freiheit in sich selbst und in der Literatur suchte. Suchen musste. Ein Stotterer, der lernte, seine Sätze, um sie unfallfrei artikulieren zu können, im Kopf vorzuformulieren, was nicht ganz folgenlos für den Ton seiner Literatur blieb. Ein Junge, der sich vor den Vorträgen seines lauthals philosophierenden Vaters in sich selbst verkroch – Henry James senior war befreundet mit beinahe allem, was unter neuenglischen Intellektuellen Rang und Namen hatte, ein Swedenborgianer, ein spiritueller Sinnsucher mit deutlich sozialistischem Einschlag und mit sehr seltsamen Vorstellungen unter anderem vom Wesen der Frauen (was auch nicht folgenlos für manches Frauenbild in diesem Erzählungsband blieb). Weitgereist war Henry Jr.

früh, musste seinem Vater, seiner Familie folgend durch die Alte und Neue Welt irren (so etwas wie Heimat fand Henry James endgültig erst jenseits der Schwelle zum fünften Lebensjahrzehnt in Lamb House in East Sussex), von Wohnung zu Wohnung, Stadt zu Stadt, Land zu Land, Kontinent zu Kontinent, Schule zu Schule. Eine unstetere Ausbildung als die seine lässt sich kaum denken. Eine freiere allerdings auch nicht. Einziges Kontinuum – neben dem ständigen Wechsel – seiner Jugend war geradezu manisches Lesen. Und die stete Auseinandersetzung mit europäischer Kultur im Allgemeinen und aktueller französischer Malerei im Besonderen. Maler hätte er auch werden wollen, Henry zeichnet viel, ahmt nach, saugt in Ausstellungen, in Museen an Bildern auf, was er aufsaugen kann. Dass er «das Auge eines Malers» habe, sagt sein Mentor, der Schriftsteller und Maler John La Farge. Und gibt ihm Prosper Mérimée zu lesen.

Der *Schriftsteller* Henry James wird schließlich an einem inzwischen für junge Magier längst typischen Ort geboren: in einem Schrank unter der Treppe. Harry Potter hatte da im Haus seines Onkels Dursley bis zu seinem elften Geburtstag hausen müssen. Henry James flüchtet sich

von dort aus endgültig in die (vor allem franko-
phone) Literatur der Alten Welt. Im Schrank
unter der Treppe findet er die *Revue des Deux
Mondes* seines Vaters, liest Texte, Erzählungen,
Essays von Sainte-Beuve, Balzac, Maupassant,
de Musset, Renan.

Und er lernt schreiben, wie er vorher malen
hatte lernen wollen. Er ist sein eigenes Litera-
turinstitut. Henry ahmt nach, er übersetzt, er
orientiert sich, grenzt sich ab. Und liest weiter.
Während seine Generation und ein Teil seiner
Brüder und seiner extrem weitverzweigten Verwandtschaft in den amerikanischen Bürgerkrieg
ziehen, schreibt sich Henry in der Harvard Law
School ein. Nicht für lange, kaum für ein Jahr.
Henry – das bewahrt ihn vor dem Bürgerkrieg –
hat ein (von einigen Biographen in Zweifel ge-
zogenes) Rückenleiden. Er muss liegen. Und er
liest. Unersättlich. Und endlich fängt er an zu
schreiben.

Im Januar 1863, zwei Monate vor der Schlacht
von Gettysburg, erscheint sein erster Text, die
deutlich an französischen Vorbildern orientierte
Kritik des Theaterabends einer gewissen Maggie
Mitchell, in einem der nicht eben wenigen bür-
gerlichen Bostoner Journale. Im Februar 1864,
die Kriegsmüdigkeit auf beiden Seiten wächst so

schnell wie die Zahl der Toten, wird – anonym – vom New Yorker *Continental Monthly* seine erste Geschichte *A Tragedy of Errors* veröffentlicht. Nicht ein Schatten des Krieges trübt ihr Licht – sie handelt von Ehebruch und Mord und spielt in Frankreich, weit weg von den Schlachtfeldern von Gettysburg oder Chattanooga. Einem Teil seiner Verwandtschaft wird die Lektüre der Erzählung verboten.

Henry schreibt weiter, von seinem Vater, der später für kurze Zeit eine Art Agent seines Sohnes wird, halb belustigt beäugt. Seine Texte erscheinen im *Atlantic Monthly*, Bostons führendem Journal und Durchgangstor für die junge amerikanische Literatur, in der *Nation* und der *North American Review*. Für einen Essay über Walter Scott erhält er sein erstes Geld – zwölf Dollar. Nicht lange, und er wird der Einzige seiner Familie sein, der von dem leben kann, was er zu Papier bringt.

Wenn er allerdings überleben will, das weiß er schnell, selbständig und unabhängig als *Homme de lettre*, wenn er Schriftsteller sein, Publikum, Leser gewinnen will, das lernt er schnell, muss er sich professionalisieren. Literatur auch als Beruf, als Geschäft begreifen. Muss er tun, was Dickens und Dumas getan haben, genau aufs (schon damals vornehmlich weibliche) Publikum hin schreiben. Zielgruppenorientiert arbeiten, heißt das heute, ohne sich, seine moralischen, literarischen Ansprüche aufzugeben. So integriert Henry James für die hauptsächlichen Abnehmer seiner Texte das Beste zweier Welten, der populären und der intellektuellen Literatur, Suspense und Grusel und Klatsch und Gesellschafts- und Gefühlsbeschreibung und fotografische Präzision in der Beobachtung und der Analyse der Antriebe und Waghalsigkeit in der Konstruktion. Das macht die Geschichten in ihrer manchmal perfekten, nicht selten bei aller Gefühlsdichte regelrecht unterkühlten moralischen Mechanik zwar für seine Leser nicht ganz einfach zu konsumieren, aber auch verblüffend modern.

Ein Landschaftsmaler – 1866 im *Atlantic Monthly* erschienen – ist so eine Geschichte. Typisch weniger der geradezu schwelgerischen und malerischen Bilder wegen, sondern weil sich hier schon die James'schen Motive geradezu gefährlich zusammenballen. Das Spiel mit der Perspektive, das Spiel mit der Moral, mit dem Verpassen, dem Missverstehen von Gefühlen, die Schwachheit der Männer, die Stärke der Frauen, die Unmöglichkeit der (auch körperlichen) Nähe.

Ein – bei James durchaus nicht seltener – eher unsympathischer, finanziell dafür aber bestens ausgestatteter Held verstößt James' geradezu archetypische amerikanische Heldin (groß, schön, kastanienbraunes Haar, graue Augen) wegen vermuteter Geldgier, wirft sich das härene Kleid eines armen Künstlers über, führt – weil er nicht wegen seines Geldes geliebt werden will – das einfache Leben eines Malers am Meeresstrand und verfällt vor unseren Augen (wir lesen schließlich sein Tagebuch) zunehmend der scheinbar naiven, sehr fleischlichen Ausstrahlung einer blühenden Brünetten (die – stellt sich später heraus – eben auch sein Tagebuch gelesen hat). Und tappt in die eigene Falle, ihre Geld- und Geltungsgier wird ihm nämlich erst offenbar, als er sich glücklich (wie er findet) in die Hölle einer Ehe hat manövrieren lassen und von seiner Frau aufgefordert wird, doch ein Mann zu sein. Das ist allegorisch. Das ist ziemlich moralisch. Und so böse wie lustig. Henry James müssen wir uns schon von da an als sehr sardonischen Erzähler vorstellen.

Unangenehm präzise ist das. Aber mit Realismus hat selbstverständlich nichts zu tun, was der eifrig berichtende Korrespondent aus Europa, als der Henry James für die bunte Landschaft amerikanischer Zeitschriften auch arbeitet, während er durch die Salons Europas irrt, in seinen Geschichten erzählt. Ihnen hält er die Welt vom Leib. Von Sozialreportagen sind sie denkbar weit entfernt, man erfährt beinahe nichts über die Zeit, aber alles, meistens mehr als einem lieb ist, über die Figuren, die Henry James durch den schmalen Spalt in der Tür zu seiner sehr beschränkten Welt, durch den er blickt, geradezu manisch beobachtet.

Es ist eine seltsam künstliche Welt, in der seltsam künstliche Rituale ablaufen. Reiche, schöne Menschen, die kaum einer ordentlichen Beschäftigung nachgehen, pflegen ihre Bienentänze, Maskenspiele, ihr Ballett der Abstoßungen, Annäherungen, Umkreisungen. Es ist eine Welt, deren Funktionsweise, deren Krisen, deren Mechanik der freiwillige Exilant akribisch und mit geradezu wissenschaftlicher Neugier über Jahre erforscht hatte – als faszinierter Zaungast, als beteiligter Außenseiter, als Amerikaner in britischen Salons. 1878, der erste Roman, der erste Band mit Geschichten ist erschienen, die Magazine veröffentlichen als Fortsetzungsromane seine ersten großen Erfolge wie *Daisy Miller*, soll er es auf beinahe hundertfünfzig (angenommene) Dinnereinladungen pro Saison gebracht haben.

Als ob dieses Forschungsfeld noch nicht groß genug gewesen wäre, unterhielt James noch eine Art soziales Informationsnetzwerk, mittels dessen er ständig über die neuesten Entwicklungen der besseren Gesellschaft informiert wurde, was sie gerade mit wem spielt, wer sich gerade in ihren moralischen Fallstricken verfängt, stranguliert. Sammelt Klatschgeschichten und verwandelt sie, schält den Kern von Wahrheit heraus. Klatschgeschichten, wie im Kern das Drama um Diana Belfield eine ist. Die hagestolzhafte, reiche und schöne Diana (sie verfügt garantiert über kastanienbraunes Haar und graue Augen) landet einer unberührbaren Jagdgöttin gleich auf ihrer Grand Tour durch Europa in Nizza, zu ihrer Zeit noch ein weniger elegantes kleines Kaff an der Küste. Wo sie vom augenscheinlich todkranken erzbritischen Gentleman Reginald Longstaff umschlichen, angebetet und schließlich am Totenbett gefreit wird. *Longstaffs Heirat* – 1878, also im Jahr von *Daisy Miller*, im *Scribner's Monthly* erschienen – ist ein Musterbeispiel für die Transformation einer Klatschgeschichte in Weltliteratur aus der moralischen Anstalt des Henry James. Mit einer durchaus typischen, gnadenlosen, fast misanthropisch zu nennenden Konsequenz spielt Henry James den Fall der sich aus Stolz und Vorurteil verpassenden Liebenden bis zu ihrem tödlichen Ende durch. Perfekt konstruiert ist dieses geradezu opernhafte Drama, perfekt organisiert ist die Symbolstruktur, sauber geschliffen die Spannungskurve, kein Gramm dramaturgisches Fett zu viel weist das Drama auf.

Von Gefühligkeit, von Romantik ist übrigens in den fünf Erzählungen dieses Bandes trotz ihres nicht eben geringen Herzschmerzaufkommens keine Spur. Aus der erzählerischen Halbdistanz, die Henry James, auch im wahren Leben ein Meister im Vermeiden von Nähe, nie verlässt, weht dem Leser vielmehr ein kühler erzählerischer Wind entgegen. James probiert Perspektiven durch, experimentiert mit Formen, vor allem lässt er mehr oder weniger Unbeteiligte des Spiels das Spiel erklären. Sie plaudern, sie konversieren mit dem Leser.

Ironie ist jenes Heizmittel, dank dessen der im Kern eiseskalte Ton dieser kunstvollen Konversationsstücke des Menschenskeptikers Henry James einem beim Lesen nicht das Blut in den Adern gefrieren lässt. Was wiederum gerade die beiden späteren Erzählungen überraschend modern macht. Benvolio, jener zwischen zwei Frauen, zwei Lebenshaltungen, zwei intellektuellen

411

Welten hin- und hergerissene, hin- und herschwankende Dichter, geht uns in seiner ganzen Unentschiedenheit, seiner Zauderhaftigkeit ähnlich an die Nieren und auf die Nerven wie zwanzig Jahre später der ebenfalls zwischen zwei Welten, zwischen Stadt und Land, Moderne und Tradition sich zerreißende Emilio Brentani des italienischen Chefironikers Italo Svevo in dessen Frühwerk *Senilitá*. An ironischer Gnadenlosigkeit im Bloßstellen seines hybriden, manchmal hysterischen Künstlers kann es James in seiner nicht wenig selbstreferentiellen Allegorie durchaus mit Svevos frühmoderner Angestelltenanalyse aufnehmen.

Mit der 1884 (also nach *Bildnis einer Dame* und *Washington Square*) ausgerechnet im *English Illustrated Magazine, dem* Klatschmagazin seiner Zeit, erschienenen Erzählung *Der Weg der Pflicht* stellt James Svevos serpentinenhafte Erzählung allerdings leichthändig in den Schatten. Zur endgültigen Enthüllung der geradezu menschenverachtenden moralischen Mechanik der britischen Salongesellschaft wirft sich Henry James in vermutlich eher umfangreiche Frauenkleider und erzählt verkleidet als in London ansässige amerikanische Übel-Unke in einer geradezu ätzenden Tirade von der sehr serpentinenhaften Beziehung zwischen dem Bilderbuchgentleman Sir Ambrose Tester und der Bilderbuchlady Vandeleur. Auch das letztlich eine Klatschgeschichte. Denn sie können – stets unter Beobachtung ihrer Klassengenossen – zueinander nicht kommen, die Schöne und der Beau, gehen, gefangen in den gesellschaftlichen Fallstricken und zu schwach, sich ihrer zu entledigen (was durchaus denkbar wäre), ebenjenen «Weg der Pflicht», den Weg der lustvollen Entsagung. Wie in einem Brennspiegel versammelt die vertrackte und bestrickende Erzählung noch einmal fast den gesamten Katalog der James'schen Themen. Den amerikanischen Blick auf die seltsame Liturgie des britischen Gesellschaftslebens. Die Schwäche der Männer, deren Unterlegenheit im Geschlechterspiel Henry James mit einer beeindruckenden Galerie vorführt und als deren Musterexemplar Sir Ambrose ganz gut taugt. Das Sichverfehlen zweier Liebender, die Schwierigkeit eines moralischen Lebens. Das Ringen um persönliche Freiheit, um Leben in einem starren System, einer geschlossenen Gesellschaft, in der sich alles immer vor aller Augen abspielt, weswegen sich alle für alle Masken über Masken aufziehen müssen, so lange, bis sie selbst nicht mehr wissen, welche Maske sie nun tatsächlich selbst sind, welches Spiel sie nun tatsächlich nicht nur spielen, sondern leben wollen.

Wer das, wer den denn noch lesen wolle, hat mich mein Lieblingskollege gefragt, als er Sheldon M. Novicks umfassende Henry-James-Biographie auf meinem Schreibtisch liegen sah. Bitte, hab ich gesagt: Maskenspiele! Verfehlte Liebe, verfehltes Leben! Schwache, windelweiche Männer, starke, geradlinige Frauen! Moralisches Handeln in einer amoralischen Gesellschaft! Amerikanischer Blick auf europäisches Wesen! Ironie! Ich glaube, ich hab ihn bekehrt.

Elmar Krekeler

INHALT